La clave Pinner

Antonia Kerrigan
Agencia literaria

Travessera de Gracia 22
4.º 1.ª 08021 Barcelona

T +34 93 209 38 20
F +34 93 414 43 28

info@antoniakerrigan.com
www.antoniakerrigan.com

La clave Pinner

Andrés Pérez Domínguez

Rocaeditorial

© Andrés Pérez Domínguez

Primera edición: septiembre de 2004

© de esta edición: Roca Editorial de Libros, S.L.
Marquès de l'Argentera, 17. Pral. 1.ª
08003 Barcelona
correo@rocaeditorial.com
www.rocaeditorial.com

Impreso por Industria Gráfica Domingo, S.A.
Industria, 1
Sant Joan Despí (Barcelona)

ISBN: 84-96284-29-8
Depósito legal: B. 34.376-2004

Todos los derechos reservados. Esta publicación no puede ser reproducida, ni en todo ni en parte, ni registrada en o transmitida por, un sistema de recuperación de información, en ninguna forma ni por ningún medio, sea mecánico, fotoquímico, electrónico, magnético, electroóptico, por fotocopia, o cualquier otro, sin el permiso previo por escrito de la editorial.

Para mi padre,
que me compraba libros.

Para mi abuelo Andrés (1906-1997),
que también fue miliciano.

«Dije que sí, me acomodé en el interior frotándome las manos, y antes de que se me ocurriera decidir dónde iría comprendí que el idioma inusual y sonoro que me hablaba el conductor era el duro español de mi adolescencia.»

Beltenebros,
Antonio Muñoz Molina

«¿Qué te imaginas que son los espías: sacerdotes, santos y mártires? Son una lamentable procesión de memos vanidosos y traidores, además; sí: maricas, sádicos, borrachos, gente que juega a pieles rojas y *cow-boys* para iluminar sus putrefactas vidas. ¿Crees que están sentados como monjes, en Londres, sopesando el bien y el mal? Yo habría matado a Mundt si hubiera podido; le odio; pero ahora no. Da la casualidad de que le necesitan. Le necesitan para que la gran masa de imbéciles que admiras pueda dormir tranquilamente en sus camas por la noche. Le necesitan para la seguridad de la gente corriente y moliente como tú y como yo.»

El espía que surgió del frío,
John le Carré

«A principios de mayo se llevó a cabo la famosa operación *Mincemeat*, que consistió en abandonar el cuerpo de un muchacho muerto vestido con uniforme de oficial de "marines" frente a las costas del sur de España. Fue descubierto por pescadores que entregaron el cadáver a las autoridades españolas, las que a su vez entregaron los documentos que encontraron entre sus ropas a los representantes alemanes de la Abwehr. Entre los documentos, figuraba una carta ficticia de sir Archibald Nye al general Alexander, comandante de las fuerzas del Medio Oriente, en que detallaba los deseos de Londres de realizar el planeado ataque en el Mediterráneo oriental, aludiendo a que también el sur de Francia figuraba entre las posibilidades.»

Juego de topos,
DESMOND BRISTOW

«No, éste no es el final de la guerra, ni tan siquiera el principio del fin. Es, tal vez, el final del principio.»

WINSTON CHURCHILL

*E*l caballero inglés mantenía la vista clavada en algún punto indefinido del mantel de lino mientras el camarero le llenaba la copa de Soberano sin esperar a que la hubiese vaciado del todo. Al otro lado de la mesa de roble, su anfitrión sacudía la cabeza, incrédulo todavía, como un niño abatido que acabase de descubrir la verdad sobre los Reyes Magos.

Los guardias civiles, que se habían tomado la molestia de desplazarse hasta el cortijo para darle la noticia, interrumpieron la cena justo cuando iban a empezar el postre. Al principio el inglés, que estuvo presente aunque a una distancia prudente cuando el sargento le destapó a su anfitrión la verdad sobre su empleado, no le dio importancia al asunto. Le llevó un rato darse cuenta de las posibilidades del suceso, pero ahora, en la sobremesa de la cena, la cuestión le parecía tan clara que se regocijaba en su fuero interno por haber tenido la fortuna de estar allí cuando los policías llegaron por sorpresa.

Le había ocurrido otras veces. Se trataba de una sensación difícil de explicar, como si le hubiera saltado un resorte, algo parecido a un chispazo que se traducía como una idea que enseguida se convertiría en obsesión. Con un poco de suerte su anfitrión, ensimismado como estaba pensando en el empleado de confianza que acababa de perder, no se daría cuenta del súbito interés que aquel acontecimiento, intrascendente en apariencia, había suscitado en él.

—Una lástima —. El dueño de la casa pronunció las palabras pensativo, mirando cómo se removía el coñac dentro de la copa antes de llevárselo a los labios, como si lo que de verdad le entristeciera fuese el sorbo que estaba a punto de arrebatarle al vaso y no la pérdida de un empleado valioso—. Parecía un buen muchacho. Llevaba dos años trabajando aquí, sin faltar ni un día, sin jamás poner mala cara o protestar, y ahora vienen a contarme que se ha fugado cuando los guardias han ido a hacerle unas preguntas a su casa. Ya me habían venido antes con el cuento de que era rojo. Alguien que lo conocía de antiguo lo había reconocido en el pueblo, pero no me importaba, habría seguido pensando lo mismo de él, pero esto... —sacudió la cabeza para subrayar el razonamiento— Si no tuviera nada que esconder no habría salido huyendo.

El caballero inglés apenas pudo ocultar una sonrisa de satisfacción mientras bebía un largo trago. Su mente no estaba allí, sentado a la mesa con el dueño de un cortijo cerca de Huelva, sino en las consecuencias que aquel suceso, aislado y aparentemente sin relación con la operación, tendría para los muchachos de la Sección Ibérica del MI6 que operaban desde el viejo caserón de Glenalmond en cuanto él la filtrase con el aderezo correspondiente. Fingió no mostrarse interesado, incluso amagó un principio de bostezo, pero el hacendado español no reparó o no quiso darse por enterado de que a él le parecía un asunto doméstico bastante aburrido.

—Un rojo, y de los peligrosos —añadió el anfitrión sacudiendo la cabeza. Su invitado se preguntó si le dolía más la pérdida de un buen trabajador o haber descubierto que se trataba de un impostor.

—A veces, las apariencias engañan —dijo, por decir algo.

El otro soltó el aire despacio, emitiendo un sonido parecido a una sonrisa amarga.

Procuró cambiar de tema de conversación: no le convenía que su interlocutor se preguntara por su desmesurado interés en un obrero al que habían descubierto un pasado sindicalista. Por sus gestos y por la rapidez con que había cambiado de tema, ni el observador más avezado se habría dado cuenta de que había repetido mentalmente el nombre del trabajador al menos una docena de veces para no olvidarlo.

Apuraron la sobremesa sin volver a hablar del asunto. Mientras su anfitrión buscaba una caja de vegueros aromáticos, el caballero inglés salió al jardín después de que el criado le volviese a llenar la copa e inspiró una bocanada de aire para sentir el olor de la tierra seca y del azahar.

Era una noche preciosa. La finca se extendía más allá de donde alcanzaba la vista a plena luz del día. Llevaba cuatro días alojado y lo habían tratado a cuerpo de rey. No en vano era uno de los mejores clientes del viticultor español: le compraba varios miles de barriles de vino cada año, lo cual, en una época en la que gran parte de la población malvivía con la cartilla de racionamiento, era un negocio a cuidar con extremado cariño. Cuando le dijo que iba a pasar unos días en Huelva al otro no le extrañó la idea. Acostumbraba a hacerlo de vez en cuando, cuando organizaba una montería o simplemente porque le apetecía pasar unos días de descanso. Ahora había venido por otros motivos que no tenían nada que ver con el vino o la caza de venados en la sierra, sino con esa oficina del MI6 de St. Albans en la que no podía dejar de pensar desde que su anfitrión se había empeñado en hablarle de su empleado fugado. La excusa para venir a la costa de Huelva había sido la Feria de Sevilla, el ajetreo de la ciudad esos días, la gente, la inminente visita de Franco los últimos días de las fiestas. No existía un pretexto mejor para ausentarse unos días de la ciudad y poder supervisarlo todo de cerca. Hasta ahora, todo había salido tal y como estaba previsto: el submarino *Seraph* había arrojado la carga frente a la costa onubense la madrugada del viernes, y el sábado ya había visto merodeando por el pueblo a dos ciudadanos alemanes que a buen seguro no habían venido a hacer turismo. El piloto había sido enterrado con todos los honores la mañana del domingo en el cementerio de Huelva y, hasta ahora, suponiendo que los documentos del cadáver estuviesen siendo fotografiados en la embajada alemana de Madrid antes de ser entregados a los ingleses, todo había rodado según lo planeado.

Pero lo del fugitivo era algo con lo que no contaba, y cuantas más vueltas le daba al asunto más claro lo veía. Era una oportunidad que no podía dejar pasar. Aquello podía ser la guinda que rematase el pastel. Tener la más mínima sospecha de que un elemento ajeno pudiese estar al tanto de la operación era algo que los chicos de Glenalmond no dejarían pasar por alto.

—¿Te quedarás mañana? —el anfitrión se había colocado a su lado ofreciéndole un puro de la caja que traía abierta.

Perdido en sus pensamientos como estaba, con la vista fijada en algún punto donde la luz de la luna se reflejaba en las vides, el inglés no se había percatado de su presencia. Negó levemente, con los ojos cerrados, como si de verdad lamentase tener que marcharse. Apuró la copa despacio y luego la dejó sobre la tarima de mármol. Cogió un habano de la caja, se lo pasó despacio por debajo de la nariz para disfrutar del aroma y se lamentó:

—Lo siento, pero me va a resultar imposible. Me marcharé mañana, muy temprano. Tendré un día muy ajetreado —lo cual iba a ser cierto—. Prefiero ponerme en marcha por la mañana para llegar a Sevilla cuanto antes.

—Mañana Franco visitará Huelva. Tengo un sitio reservado a las doce en el puerto, junto al alcalde. Podríamos ver de cerca la entrega de la espada al Caudillo.

—Ya me gustaría —mintió—. Pero he de estar en Sevilla temprano.

El anfitrión se encogió de hombros y, en lugar de insistir, asintió dejando entrever cierta tristeza en la mirada. Le gustaba charlar con el inglés, con la gente en general, sobre todo desde la muerte de su esposa. Ya era mayor para muchas cosas, pero sabía apreciar el valor de una buena compañía, sobre todo porque a sus años se estaba acostumbrando a la soledad más de lo recomendable y aún se resistía a pasar días enteros sin tener una conversación interesante.

Al inglés también le gustaba departir con él porque era un hombre profundamente interesado en los acontecimientos que estaban sucediendo en Europa. El día anterior le había mostrado en su amplia biblioteca, con orgullo de colegial, los cuatro tomos que acababa de adquirir por correspondencia en Barcelona por doscientas pesetas. El título en las tapas, con letras doradas, le hizo sonreír: *Historia de la Segunda Guerra Mundial*. Como si hubiera acabado cuando aún quedaba todo por decidir. Memorizó los nombres de los autores de cada tomo —Manuel Aznar, que firmaba dos, José Díaz de Villegas, y Eduardo Fuentes Cervera— para leerlos con tranquilidad algún día. No quiso decirle a su amigo que, puesto que el último tomo concluía con la rendición de Francia, aún se necesitarían otros cuatro volúmenes por lo menos para completar la historia. Y una parte muy importante estaba sucediendo delante de sus narices.

—Ha sido una lástima lo de este muchacho —volvió a lamentarse el anfitrión—. Pensaba subirle el sueldo después del verano, tras la vendimia, pero ha sido una sorpresa desagradable. Más vale así —sacudió la cabeza—. Espero que no vuelva a aparecer por aquí.

El inglés lo miró a los ojos, expulsó el humo del tabaco y, mientras despejaba el aire con la mano, con una convicción en el tono que no dejaba lugar a dudas, le dijo:

—No volverá. De eso puedes estar seguro.

Durante el resto de la velada ya no volvieron a mencionar el asunto, aunque el invitado no dejó de hacer cábalas mentales hasta mucho después de haberse acostado. Era lunes, 3 de mayo de 1943. Aún tenían tiempo. Fue ésa la última idea que se le vino a la cabeza antes de que la duermevela se transformase en un sueño accidentado donde él y dos tipos que tenían las mismas facciones que los alemanes que había visto el sábado en el pueblo perseguían a un hombre que portaba un secreto. Los alemanes y él corrían en paralelo, él a un lado de la carretera y ellos al otro, y el fugitivo avanzaba resuelto en la oscuridad del arcén sin volver la vista atrás, hasta que de pronto él, sin poder evitarlo, iba perdiendo fuerzas mientras los alemanes apretaban el paso. No podía más, le dolía el costado y tuvo que detenerse. Al cabo de un momento vio a lo lejos cómo el fugitivo, sin duda cansado también, aflojaba la marcha, caía de rodillas y luego se desplomaba sobre el asfalto. Los alemanes siguieron corriendo hasta llegar a su altura, desenfundaron sendas Lugers y encañonaron al hombre que yacía inerte sobre la carretera. Le ordenaron que se pusiese de pie, pero el otro no hacía caso, hasta que uno de ellos lo agarró de una manga para levantarlo, pero lo único que logró izar fue una chaqueta sin cuerpo. Frunciendo el ceño, miró al otro que seguía apuntando, con el mismo gesto absurdo, a la prenda sin dueño, mientras su compañero se agachaba para recoger del suelo unos pantalones también vacíos, también sin dueño. Entonces los oyó proferir unos exabruptos en alemán que, a pesar de su más que digno conocimiento del idioma, en la lejanía del sueño no logró descifrar. Fue cuando el que sostenía la ropa la arrojó rabioso sobre el asfalto y los dos se volvieron hacia él y lo miraron con furia. Hasta entonces no se había dado cuenta, pero él, que ya había recuperado el aliento, se estaba riendo, con descaro, a lágrima viva, mientras los otros ahora le dedicaban toda una suerte de insultos en alemán, que ahora sí comprendía, mas no le importaba en absoluto.

Ya había amanecido cuando despertó y, mientras estiraba el cuerpo bajo las sábanas, sin abrir los ojos del todo, aún estaba riéndose.

Uno

$\mathcal{L}$o primero que pensó mientras luchaba contra sí mismo para mantener los ojos abiertos fue que ahora era antes otra vez, pero una leve sacudida del aparato desplazó su cabeza sin miramiento desde el respaldo del asiento hasta la ventanilla y, sin llegar a despertarse completamente, entrevió la hélice de uno de los motores.

Por más que le pesara hubo de rendirse a la evidencia: no se trataba de entonces, sino de ahora, y el sonido que le había llegado como un lejano rumor en la duermevela —mientras intentaba abrir los párpados bajo los que habitaba un escozor familiar de resaca—, no era el del pasado, sino el ruido de los motores del hidroavión, idéntico en la pesadez del sueño al del viejo ventilador que colgaba hacía muchos años del techo de la cama del dormitorio de la pensión. A veces, recordaba, le costaba conciliar el sueño las noches de verano en Sevilla, pero nunca se levantaba para desconectarlo: prefería dormir mal pero fresco a poder conciliar un sueño decente bañado en sudor. Ahora, más de siete años después de la última vez que un ventilador colgó del techo de cualquier cuchitril que pudiera considerar su habitación, se preguntaba cómo había sido capaz de abandonarse a una tímida duermevela, a bordo, por primera vez en su vida, de un engendro volador que lo transportaba a nueve mil pies sobre el Atlántico, lento pero inexorable, lo bastante bajo como para poder distinguir desde la ventanilla las luces de la costa portuguesa.

Estaba bebido, recordaba, la noche anterior, aunque ahora, con el miedo a volar presente en el sudor de las manos, culpar por haber aceptado venir a una simple borrachera sería una excusa demasiado pueril para tratar en vano de esconder la verdad que no le había confesado a nadie, la verdadera razón por la que había aceptado el, por llamarlo de alguna manera, trabajo. Todavía con los ojos entreabiertos —se le cerraban a cada instante después de hacer un esfuerzo sobrehumano para sujetar los párpados— echó un vistazo al pequeño habitáculo en que viajaba. Aparte de la tripulación y de los dos agentes que lo habían embaucado en la aventura —ahora no recordaba sus nombres— sólo se hallaba presente, peinado con la raya bien alta y envainado dentro de su uniforme sin mácula —nada que ver con el aspecto que debía de presentar él mismo a causa de la resaca descomunal que padecía—, el tipo, el que había representado el papel de bueno apenas quince horas antes. Al verlo sentado hojeando unos documentos con la espalda marcialmente recta sobre el respaldo del asiento, sin mostrar el menor atisbo de cansancio, sin pestañear siquiera cuando el avión se sacudió como una premonición macabra al atravesar una zona de baches, se preguntó si habría permanecido así, estirado, sin inmutarse, sentado en la misma postura incómoda desde que salieron de Londres.

Le había parecido verlos otras noches, a él y a su compañero, en el pub donde acostumbraba a beber pintas de cerveza las pocas veces que le sobraba algún dinero, hasta que la vista se le nublaba levantando una barrera confusa a su alrededor que mantenía a raya la rutina y los bombardeos. Solía permanecer allí hasta que cerraba, pero aquellos dos hombres nunca le habían llamado la atención lo bastante como para detenerse a observarlos detenidamente. Él era un cliente tan antiguo y tan fiel del local que a veces el camarero lo dejaba dormir en el interior las noches que sonaban las sirenas, cuando había que apagar las luces y la gente se dirigía presurosa a los refugios o al metro, como corderos obedientes, con las cajas donde guardaban las cámaras antigás sujetas de la mano, a veces con un ridículo lacito, como si se tratase de vulgares regalos de Navidad.

La única diferencia que mostraron los caballeros impecablemente trajeados con las otras noches que pudo haberse encontrado con ellos —aunque seguía sin poder asegurar que había sido así— fueron las palabras que utilizaron para dirigirse a él. El pub estaba a punto de cerrar. El camarero barría el suelo. Por fortuna esa noche las sirenas no habían reventado el silencio de la ciudad y, al menos hasta esa hora, no parecía probable que fuera a producirse ningún ataque. Aparte del camarero, que ya había colocado las sillas del revés sobre las mesas para barrer, y de los dos hombres, sólo quedaba él, acodado en la barra, con la nariz metida dentro de la última pinta y con la mirada ya lo bastante turbia para no distinguir sus rostros, pero no tan borracho como para no albergar sospechas de que aquellos tipos no estaban allí, mientras el camarero barría distraídamente y él apuraba la jarra con desgana, por simple casualidad.

La respuesta se la dio uno de los caballeros, el más joven de los dos, el mismo que ahora viajaba a pocos metros de su asiento en el hidroavión y se había mostrado más amable y comedido por la noche.

—Buenas noches.

En otras circunstancias jamás hubiera respondido al saludo, ni siquiera se habría molestado en girar el cuello para mirarlos. Detestaba, porque le recordaba su propia decadencia, hablar con otros borrachos noctámbulos, pero nadie que no hubiera tenido nada importante que decirle se habría dirigido a él a esas horas, en un español más que aceptable, aunque —pese a la borrachera conservaba cierta lucidez y seis pintas podían hacer que se tambaleara un poco al caminar, pero no eran suficientes como para provocarle alucinaciones— no tan bueno como el suyo, por supuesto.

Aquel individuo sonreía y alzaba la taza a modo de saludo mientras su acompañante no intentaba disimular el rictus amargo, como si le desagradara profundamente tener que abordar a un borracho huraño y acabado, o tal vez le disgustara no comprender del todo el idioma en el que tan bien se desenvolvía su risueño acompañante.

—¿Cómo está?— insistió el tipo, exagerando la mueca simpática. Pero él no sonrió, sino que frunció el ceño mientras trataba de dilucidar por qué le hablaban en español y, lo que más le intrigaba, cómo podían siquiera imaginar que los entendía. Su aspecto no dejaba lugar a dudas: era grandote, algo metido en carnes y pelirrojo, con una piel tan blanca y pecosa que sería imposible que nadie lo confundiera con un español. El aspecto del hombre que lo invitaba a sentarse a la mesa con ellos, y el de su compañero, no le decía nada especial, salvo que un par de tipos bien vestidos y repeinados hablándole en español y esgrimiendo una sonrisa hipócrita uno y una expresión implacable el otro, no podía significar otra cosa que problemas, algo de lo que él, por desgracia, andaba sobrado. Debía tres semanas de alquiler de la habitación donde, aparte de la cama prestada, guardaba sus escasas pertenencias: un par de mudas, tres pantalones, cinco o seis camisas, un jersey grueso de lana, una chaqueta, media docena de libros con las páginas amarillentas (Machado, Lorca, Max Aub), una bandera tricolor y unas pocas fotos antiguas con los picos gastados guardadas en una bolsita de lona. La casera, a pesar de no sonreír más de lo estrictamente necesario, tenía buen corazón, y aún no le había reclamado el alquiler. Estaría la mujer acostumbrada a verlo llegar dando tumbos por la noche, levantarse tarde y hacer caso omiso de las sirenas que presagiaban un ataque. Pero él sabía que cualquier día se acabaría la paciencia de esa buena mujer, igual que podría terminar su suerte y que una bomba estallara en el edificio. Alguna vez había llegado a pensar, en mitad de una borrachera, que la razón por la que la casera no lo presionaba para que le pagase el alquiler era una superstición atávica que la llevaba a pensar que mientras fuese su huésped el edificio se mantendría a salvo de los bombardeos.

Pero ahora no tenía la mente en su casera. Aquellos dos tipos sentados a la única mesa disponible del local eran algo mucho más serio que su casera.

Aun así, se acercó a ellos.

—¿Le apetece tomar una copa? Por supuesto, invitamos nosotros.

Pinner echó un vistazo a sus viejos pantalones de pana arrugados y se pasó el dorso de la mano por la mejilla que llevaba varios días sin afeitar. O aquellos tipos eran muy generosos o su apariencia no dejaba lugar a dudas y era más que obvia la falta de lustre que acompañaba a su existencia desde que volvió de España.

Recorrió el desangelado bar con los ojos antes de contestar. No había nadie, ni un alma y, a esa hora y con la mayoría de las sillas vueltas del revés sobre las mesas, resultaba bastante improbable que entrase nadie. Buscó al camarero con la mirada. Ahora barría el suelo de la acera, algo que jamás le había visto hacer: parecía como si hubiera querido apartarse con discreción de la conversación, o que, tal vez, sospechaba algo.

—Goodman —se presentó el que hacía el papel amable. De repente recordó su nombre. Le estrechó la mano sin mucho entusiasmo, y también al otro, Taylor, o Sailor, ése no lo recordaba.

Sí se acordaba de lo primero que le dijo, y fue ésa la primera y la única vez que lo vio sonreír en toda la noche, pero no fue aquél un gesto de cordialidad o compromiso, sino tal vez, interpretó, una pequeña jactancia, una forma de mostrar hasta qué punto lo conocían, hasta dónde sabían de su vida y cuánto daño, si hiciera falta, podrían causarle.

—Pinner, ¿verdad? —preguntó Taylor, o Sailor, sin soltarle la mano, en un español más notable aún que el de Goodman, clavando sus ojos helados y serenos en la turbiedad de los suyos—. Usted debe de ser Gordon Pinner.

Goodman le había acercado una silla y Pinner se dejó caer en ella con pesadez, como si estuviera muy cansado después de haber recorrido un largo camino. Durante un momento parecía como si las paredes del pub empezaran a dar vueltas alrededor de su cabeza. Goodman tomaba un sorbo de café, y al sentir el olor le sobrevino una arcada desde la boca del estómago, mientras Taylor, o Sailor, insistía acerca de su identidad.

—Gordon Pinner. Hijo de William Pinner, un ingeniero inglés que trabajó dos años para The Seville Water Works Company Limited, y de María Zalamea Gutiérrez, española. Nacido en Sevilla el veinte de julio de 1902.

Pinner escuchaba los datos sin pestañear. Tal vez porque pronto cumpliría cuarenta y un años, casi nunca pensaba en su fecha de nacimiento, y aquel fulano que sostenía la taza de té —al menos este olor lo soportaba mejor que el del café— con el meñique enhiesto mientras hacía una pausa para sacar un sobre abultado que guardaba bajo la chaqueta de *tweed* parecía saber muchas cosas sobre él y, lo peor de todo, seguro que pronto sacaría a relucir muchas más. Los ingleses estirados que se escondían bajo esos trajes a cuadros de buen paño le producían el mismo rechazo que antaño le infundían los caballeros con sombrero, fino bigote y elegante bastón con empuñadura de plata que se sentaban junto a las cristaleras del Café París los domingos soleados en Sevilla.

Goodman tomó el sobre de las manos de Sailor, o Taylor, y, aunque la mueca agradable que le había dedicado cuando lo invitó a sentarse con ellos se había transformado en una sonrisa forzada, sus ojos miraban con atención a Pinner mientras sacaba despacio una fotografía para mostrársela, como si quisiera añadir un toque de suspense a la conversación.

—¿Conoce usted a este hombre?— preguntó señalando con el índice a uno de los del grupo que aparecían retratados.

Pinner, envuelto en esa calma lúcida que solía apoderarse de él después de la quinta pinta de cerveza, estuvo a punto de soltar una risotada: ni en sus sueños más atrevidos habría podido imaginar algo así. Saltaba a la vista que aquellos tipos trabajaban para el gobierno, y había resuelto con rapidez que sólo querían molestarlo un poco, averiguar algo sobre lo que andaba haciendo por esa época. Estaba acostumbrado a que se entrometieran de vez en cuando, como hicieron a finales del verano del 39, cuando los agentes británicos —a raíz del encuentro entre Ribbentrop y Stalin—, se mostraron demasiado interesados en saber cuál sería el papel en Londres de un tipo afiliado al Partido Comunista, que había visitado cinco veces Moscú y había tenido contactos, aunque nunca los consideró sus amigos, en la NKVD soviética. Aunque eso había sido antes de julio del 36, y los funcionarios ingleses no parecían dispuestos a mostrarse comprensivos: no entendían que eso ya formaba parte del pasado. No se fiaban y lo detuvieron, como si él tuviera la culpa de que los alemanes estuvieran acercando posturas con los rusos.

Hacía ya dos años —desde que los alemanes emprendieron el camino de Moscú por la fuerza— que no lo molestaban, pero que un agente británico le mostrase una fotografía de aquella época, por muy fecunda que hubiera sido su imaginación, que no lo era, jamás se le habría ocurrido. Claro que conocía al hombre de la foto, y Goodman sabía que lo conocía. La pregunta no había sido más que un mero formalismo. Cómo no lo iba a conocer, si él mismo, doce años más joven, pelirrojo y grandullón, pasaba un brazo por los hombros del camarada por quien le preguntaban en aquel bar del barrio de La Macarena que fue reventado a cañonazos el mismo verano en que se tomó la fotografía.

—Miguel Carmona —murmuró al vacío, como si Goodman y Taylor, o Sailor, no estuviesen allí.

Habían pasado siete años desde la última vez que lo vio. Poco después abandonaría Sevilla, con el tobillo roto por dos sitios —aún le dolía los días de frío, que en Londres eran la mayoría—, a bordo de un barco con bandera británica, tres semanas después de que los militares se sublevaran.

—Queremos que nos ayude a encontrarlo —las palabras de Goodman lo devolvieron a la fría noche londinense de primeros de mayo. A pesar de llevar varios años seguidos en esa ciudad no se acostumbraba a pasar la mayor parte de la primavera embutido en ropas de abrigo y a no ver el sol durante semanas, aunque el calendario indicase que faltaba muy poco para el verano.

Pinner no pudo evitar una débil carcajada.

—¿Encontrar yo a Carmona? ¿Qué diablos puede estar haciendo Miguel Carmona en Londres?

Taylor, o Sailor, cerró los puños sobre la mesa.

—Está en España. Hay que buscarlo en España, y usted nos ayudará a encontrarlo.

Pinner lo miró con desprecio. Toda su vida había detestado que le dieran órdenes, y aún le disgustaba más si provenían de un agente estirado del MI6 —estaba claro que se trataba del Servicio Secreto Británico— con modales de *gentleman* que sostenía la taza de té con el meñique tieso.

Miró al camarero, pero seguía barriendo la puerta, ajeno a la conversación. De momento, pensó, no voy a poder pedir otra pinta. Soltó el aire despacio, para darse una tregua, y preguntó:

—¿Y por qué tendría que ayudarles?

Taylor —sí, era Taylor, ahora lo recordaba— torció una sonrisa macabra y extrajo unos documentos del sobre que aún sostenía Goodman.

—Tiene usted, Gordon Pinner —contestó mientras pasaba despacio las hojas del informe—, un historial muy interesante. Nacionalidad británica, aunque criado en España; espero que nuestro español —enarcó una ceja para subrayar el comentario—, ya que el suyo es impecable, no lo decepcione. Su padre los abandonó a su madre y a usted cuando aún no había cumplido los dieciséis años —hacía pausas en la lectura y clavaba sus ojos en Pinner, como si quisiera detenerse a calcular el daño que las palabras infligían en su estado de ánimo—. Su madre murió poco después —otra pausa—. Regresó a Inglaterra, pero volvió a España en abril de 1931 —una nueva pausa, ahora con una sonrisa—, eso sí, después de visitar tres veces Moscú, en 1926, 1929 y 1930. Fue enviado al país de su madre como reportero de la *London General Press*. Permaneció en Sevilla durante los cinco años siguientes, aunque se le perdió la pista varias veces durante ese periodo —hizo otra pausa y lo miró a los ojos—. Pero, según vemos aquí, estuvo muy relacionado con todos y cada uno de los más destacados sindicalistas de Sevilla, lo cual no es de extrañar puesto que usted pertenece al Partido Comunista Inglés desde 1924. Fue detenido en Sevilla en julio del 36 pero logró escapar tres semanas después con un tobillo roto. Luego hasta Inglaterra a bordo de un barco británico. Y poco más hasta hoy. Parece que al volver a la tierra de su padre se le desinflaron todos los ímpetus revolucionarios —en este punto Taylor dedicó a Pinner una mirada de desprecio que el otro le sostuvo sin pestañear—. En fin, por lo que se deduce de su historial, suerte tiene de seguir vivo.

Taylor acabó la frase con la barbilla levantada en dirección a Pinner, que ahora no lo miraba: había girado la cabeza y tenía los ojos perdidos en algún punto de la barra, como si la conversación no fuera con él.

—Le conviene colaborar con nosotros, Gordon Pinner. Aquí hay varias fotografías suyas con destacados agentes de la NKVD —hizo sonar la punta del dedo índice en el sobre para dar mayor énfasis a la amenaza—. Podríamos detenerlo ahora mismo por espionaje, incluso podríamos conseguir que lo colgasen.

Pinner lo miró, sonrió con desgana y se tomó unos segundos antes de contestar. La NKVD y sus dirigentes le importaban tanto o menos que el MI6.

—Eso fue hace mucho. Era otro país, otra época.

También era otro hombre entonces, pensó, aunque no llegó a decir la frase.

—¿Cree usted que en estos tiempos eso importará mucho antes de ahorcarlo? —la sonrisa macabra de Taylor se intensificó aún más.

Gordon Pinner buscó apoyo durante un fugaz instante en los ojos de Goodman que ahora los mantenía fijos en la mesa.

—Ya me detuvieron y me interrogaron por eso hace cuatro años, pocos días antes de comenzar la guerra con los alemanes, y al final me soltaron. Estoy limpio.

Taylor sonrió con la satisfacción de quien sabe que tiene la sartén por el mango.

—Podrían volver a detenerlo —replicó, seguro de sí—, y tal vez no tenga tanta suerte esta vez.

Pinner sacudió la cabeza. Ni siquiera se molestó en despedirse. Bebió de un trago la cerveza que le quedaba en la jarra y se dirigió hacia la puerta procurando no tambalearse. Casi siempre que abandonaba el pub el camarero se despedía de él con alguna broma, pero en esta ocasión apenas le dedicó un gesto de compromiso mientras se aplicaba en barrer un suelo que estaba limpio desde hacía rato. Estaba claro que esos dos agentes eran unos tipos importantes, pero a él no lo iban a intimidar, y mucho menos a estas alturas de su vida. Se caló la gorra, se subió el cuello de la chaqueta para protegerse del frío y se metió las manos dentro de los bolsillos del grueso pantalón de pana. Aún no había doblado la primera esquina cuando oyó a Goodman llamarlo, pero no se detuvo. En lugar de ello apretó el paso, soslayando el dolor del tobillo, aunque supo que iba a tener que soportar otro rato a uno de los dos hombres cuando el funcionario se acercó con prisas a él.

—Señor Pinner —el agente hablaba con la respiración entrecortada a causa de la carrera—. Déjeme hablar con usted un momento, por favor.

—¿Y por qué habría de perder el tiempo con usted?—A Pinner estaba empezando a dolerle la cabeza por culpa de la cerveza y del exceso de conversación. Últimamente no acostumbraba a hablar más de dos o tres palabras seguidas.

—Necesitamos su ayuda —suspiró, aunque Pinner notó cómo su voz recuperaba aplomo—. Se trata de algo extremadamente importante.

—¿Y si no les ayudo? ¿La horca entonces? Inténtenlo.

Goodman levantó las manos en gesto conciliador.

—No creo que ésa sea la mejor solución, aunque le advierto que Taylor no le ha mentido: con un expediente como el suyo no sería muy difícil relacionarlo con alguna trama de espionaje y conseguir que lo colgaran. Créame: en estos tiempos la justicia puede usar métodos realmente expeditivos.

Pinner sonrió escéptico. Si de verdad estuvieran al tanto de su expediente lo más probable sería que lo fusilaran sin juicio previo.

—Pero —añadió Goodman— ya le digo que no me parece buena idea.

Sacó un paquete de cigarrillos americanos. Le ofreció

uno a Pinner y cogió otro para él. Hacía tiempo que no probaba uno de ésos: por culpa de la guerra todo lo bueno estaba racionado en Inglaterra.

—¿Qué le parece si damos un paseo?

Pinner apoyó la espalda en la pared y aspiró profundamente del cigarrillo. Casi había olvidado el sabor del buen tabaco rubio. Estaba demasiado mareado para caminar.

—Mejor hablemos aquí —sugirió Pinner sacudiendo el tobillo—. No tengo ganas de andar: me duele la pierna.

Goodman soltó una bocanada que a Pinner le pareció un suspiro de alivio y dijo:

—Tenemos que encontrar a Miguel Carmona, y tenemos que hacerlo pronto.

—¿Por qué?

Goodman sacudió la cabeza. La firmeza de su gesto no dejaba lugar a dudas.

—No puedo explicárselo.

—Entonces yo no puedo ayudarles.

Goodman, resignado, asintió levemente antes de seguir hablando.

—Es más que posible que sepa algo muy importante.

—¿Cómo de importante?

—Mucho. Hasta donde yo conozco puede ser vital para el futuro de la guerra.

Pinner frunció el ceño. Eso no encajaba para nada con el Miguel Carmona que conocía. Por mucho que el tiempo lo hubiera cambiado no lo conseguía imaginarlo interesado en el futuro de la guerra entre Alemania y los aliados.

—¿Y por qué no lo encuentran ustedes?

—No es tan sencillo. Ahora mismo Miguel Carmona es buscado por la policía española. Vivía en la costa de Huelva hasta hace pocos días. Nos hemos enterado de que alguien ha descubierto su pasado revolucionario durante los años de la República y lo ha denunciado a la Guardia Civil. Creemos que se dirige a Sevilla y tenemos que encontrarlo antes de que los españoles o los agentes alemanes lo hagan.

—¿Los agentes alemanes?

—Están tanto o más interesados que nosotros en descubrir lo que él conoce.

A Pinner casi se le atraganta el humo en la carcajada.

—Si ustedes saben tanto sobre todo el mundo, convendrán en que Miguel Carmona se dejaría matar antes de colaborar con los alemanes.

Goodman ni siquiera sonrió.

—Es posible, pero la gente cambia. Y no podemos arriesgarnos a que ellos lo encuentren primero.

Pinner también dejó de reír. El asunto parecía ir en serio.

—Tenemos un avión preparado. Viajaremos a Gibraltar y desde allí hasta Sevilla. Apenas nos queda tiempo, pero aún es posible que encontremos a Miguel Carmona en la ciudad. Creemos que tratará de procurarse documentos falsos, y no podemos arriesgarnos a que se esfume sin antes interrogarlo. Usted nos será útil para localizarlo. A cambio de su colaboración podemos ayudarle a salir del país. Podemos proporcionarle un visado falso del Ministerio de Asuntos Exteriores español para toda Europa y América... salvo México y la Unión Soviética, claro está. Pensamos que si usted lo aborda primero confiará en nosotros. Al fin y al cabo eran buenos amigos, ¿no?

Pinner tragó saliva y asintió despacio. Habían sido amigos, pero eso fue hace mucho tiempo y tal vez, pensaba, lo más probable era que Miguel Carmona pensase que estaba muerto. Y también era más que posible que no se alegrase mucho al encontrárselo con vida.

De repente, sin previo aviso, como siempre ocurría, a pocas manzanas sonó una alarma. Estaba demasiado lejos de su casa como para llegar a tiempo antes de que empezasen a caer las bombas. No le gustaban los refugios y ahora sólo le quedaban unos pocos minutos para correr hasta la primera boca de metro y pasar la noche entre gente muerta de miedo o tan resignada a los bombardeos que se había acostumbrado a dormir bajo tierra tan plácidamente como en su propia cama. Hacía un frío terrible, y el tobillo le palpitaba como si tuviera clavada una aguja. Sabía que por culpa de la humedad ese dolor no lo abandonaría del todo ni aun con la llegada del verano. No, no iría a refugiarse al metro, nunca lo hacía, y se había lamentado en más de una ocasión al despertarse de una pieza en la cama de la habitación que tenía alquilada. Tal vez hoy tampoco durmiera en aquel cuchitril: se dio cuenta de que ya llevaba unos instantes sopesando esa posibilidad cuando Goodman pisó la colilla con la suela del zapato mientras esperaba su respuesta.

Ahora Goodman estudiaba un grueso fajo de documentos mientras él trataba en vano de mantener los ojos abiertos. Era la última vez que bebía. Siempre se decía lo mismo por las mañanas, cuando lo despertaba la luz del sol, bien entrado el día, con la boca pastosa y la cabeza a punto de reventar por culpa de la resaca, pero no había sospechado —cómo iba a hacerlo— que acabaría volando rumbo a Gibraltar. Sus escasas pertenencias habían quedado abandonadas en el armario de la habitación alquilada hasta su vuelta, siempre que una bomba traviesa —puesto que tal vez la suerte del inmueble viajaba a España con él— no cayera sobre el edificio. Se le torció en el rostro una sonrisa maliciosa al pensar que la única vez que un piloto alemán tuviera la puntería suficiente él no se encontraría tumbado en la cama escuchando los silbidos de la muerte.

Contuvo una arcada cuando se incorporó en el asiento. Goodman volvió la cara y le dedicó un gesto a modo de saludo. Si pudiera bajarse del avión lo haría ahora mismo, pero ya no podía volverse atrás. Lo peor era saber que se había embarcado en una aventura arriesgada: el exceso de idealismo era su punto flaco. Siempre pensó —y esa idea fue la que lo mantuvo alejado más de una vez del oscuro cañón de un revólver las noches en que las seis o siete pintas de cerveza no conseguían borrar los malos recuerdos— que alguna vez tendría la oportunidad de redimirse, y la ocasión, aunque no lo reconocería ante nadie, se la había proporcionado en bandeja ese agente del MI6 con modales de chico educado en Eton que lo reclutó en Londres. Sin haber pensado nunca que lo haría bajo los auspicios del gobierno británico, otra vez viajaba a España, adonde había jurado no volver mientras Franco se mantuviera en el poder. Ya no le quedaba nadie allí. Hacía muchos años que ningún lazo familiar lo unía con Sevilla: su padre los abandonó para volver a Inglaterra y su madre, que nunca quiso dejar España, murió durante la epidemia de gripe de 1918. Después de enterrarla volvió a Inglaterra con la vana esperanza de un chaval de dieciséis años que busca a un padre que jamás encontrará. Viajó por todo el país; trabajó de minero, limpiando retretes, incluso cuidando ovejas. Con el tiempo, gracias a su dominio del castellano y a haber sido un lector empedernido en su adolescencia, logró un puesto en la *London General Press*. Para entonces ya había sido captado por los agentes del Komintern y festejaron juntos el empleo como una cobertura inmejorable para viajar a España, donde acababa de proclamarse la República. Subió a un barco el verano de 1931 y se dirigió a Sevilla en cuanto llegó a orillas del Cantábrico. No tardó en volver a sentirse a gusto en la ciudad que lo vio nacer y que había echado tanto de menos los años que pasó dando tumbos por Inglaterra. Después de las obras de la Exposición del 29, cientos de trabajadores en paro deambulaban por la ciudad. Eran el germen de la futura revolución y él era uno de los que habían venido a preparar el terreno y a recabar información para el Komintern. Su trabajo como periodista británico le permitía moverse con relativa libertad y hacer preguntas. Llevaba pocos meses en la ciudad cuando conoció a Miguel Carmona y a todos los demás. Con ellos recorrió muchos lugares de la geografía española, pero sólo salió del país las dos últimas veces que visitó Moscú y, tres semanas después de que empezase la guerra, se marchó jurándose a sí mismo que jamás volvería a España. Pero él, que siempre había creído ser una persona firme en sus convicciones, había descubierto que no era un hombre de palabra, ni siquiera, pese a su apariencia imponente, se consideraba un hombre valiente. Aquellas últimas semanas del verano del 36 había dejado de confiar en sí mismo, en su capacidad de resistencia ante el dolor y la tortura, a pesar de que lo habían entrenado para ello. Nunca volvió a ser el mismo desde entonces. Se emborrachó el mismo día que subió a un carguero inglés en el puerto de Sevilla, y lo había seguido haciendo cada día hasta entonces, casi siete años después. Sus manos ya no eran tan firmes como antes, cuando alzaba el puño para cantar *La Internacional* en la avenida de la Libertad —seguro que le habrían cambiado el nombre—: últimamente le temblaban cuando agarraba el asa de una jarra para beber cerveza o al intentar encender un pitillo. Su rostro tampoco se parecía al de antaño, rubicundo y saludable: ahora, con los ojos subrayados por unas bolsas que se habían acentuado con el paso de los años y de las borracheras, se había transformado en un espectro de lo que fue. Lo único que conservaba de cuando vivía en España, aparte de los rizos bermejos por los que ya asomaba más de una cana, era una estatura considerable, una talla demasiado grande como para pasar desapercibido.

Un sabor espeso a cerveza rancia —nunca le sabía peor el alcohol que cuando tenía resaca— le inundó la boca cuando el hidroavión se inclinó ligeramente a estribor. A duras penas tragó la bola que le subió por la garganta al asomar la cabeza por la ventanilla. Ya había amanecido. Un rayo de luz, tan intenso como no lo había visto en años, lo cegó durante unos segundos. Se retrepó en el asiento parpadeando convulsivamente y, cuando recuperó la vista, contempló la franja de tierra y de océano que se dibujaba al fondo. Entonces el avión se inclinó un poco más a estribor y pudo ver con claridad la forma puntiaguda del cabo San Vicente y, apenas doscientos kilómetros más adelante, hacia donde el piloto acababa de enfilar el morro del aparato, la costa de Huelva, el sur de España; la misma España adonde había jurado no regresar, sin saber aún que los recuerdos y los remordimientos acabarían haciendo de él un despojo, un borracho irremediable. La misma España donde esperaba encontrar, si es que aún quedaba algo, lo que alguna vez fue o intentó ser, antes de saber que era un cobarde, antes de descubrirse como lo que más odiaba, un traidor, sin saber que él también acabaría siéndolo. Un traidor, como los que él mismo habría matado con sus propias manos; las mismas manos que ahora temblaban al recordarlo.

Dos

Cinco días antes de que el hidroavión en que viajaba Pinner sobrevolase la costa portuguesa, el fugitivo contaba sus primeras doce horas de libertad como un regalo que se le antojó inalcanzable cuando los guardias civiles, a quienes conocía por haber compartido más de un rato junto a un vaso de vino en el pueblo, llamaron a la puerta de su casa para detenerlo. Después de tantos años viviendo en la clandestinidad, oculto tras la fachada siempre precaria de un nombre falso, a veces se olvidaba de quién era en realidad, y no se habría mostrado alerta de no ser por el malnacido que lo reconoció y gritó su nombre a voz en grito frente al ayuntamiento. Aunque había esperado que tal vez algo así jamás ocurriese, por suerte había barajado la posibilidad de que fueran a buscarlo y estaba preparado para poner tierra de por medio, sin pensárselo dos veces, cuando llegara el momento.

Ahora pasaban pocos minutos de las once de la mañana. Viajaba sentado en el asiento del acompañante, procurando no moverse porque su hombro servía como almohada improvisada a la hija del dueño de la vieja camioneta. La muchacha permanecía sumida en un sueño profundo a pesar de lo avanzado de la mañana y de los rayos de luz que atravesaban el parabrisas, inundando de luz la cabina.

—La pobre —dijo el conductor—. Estamos levantados desde las cuatro. No está acostumbrada a madrugar tanto y siempre se duerme a la vuelta.

La camioneta traqueteaba sin cesar: parecía como si el viejo motor de gasoil se fuera a parar en la próxima cuesta de la carretera que unía las ciudades de Huelva y Sevilla. El conductor se había ofrecido a llevarlo al encontrárselo parado en la cuneta a la salida de una venta cerca de la capital onubense. No le había dado tiempo a ocultarse. Cuando quiso darse cuenta tenía la camioneta encima, así que optó por disimular que caminaba por la carretera. Se lo pensó un instante antes de subir: ya había amanecido y, debido a lo azaroso de su existencia las últimas horas —fugado de la Guardia Civil y a pie hasta Huelva, de noche, por la playa, ocultándose entre las dunas—, llevaba los pantalones, la camisa y las alpargatas llenos de polvo y de arena y un feo corte le marcaba el pómulo derecho, donde se le había secado la sangre. Al final había emprendido el camino más arriesgado pero también el que le ofrecía las mayores probabilidades de abandonar el país con éxito. También le rondó por la cabeza la idea de robar una barca y marcharse a Portugal, pero no era una opción segura: habían llegado a sus oídos noticias de algunos milicianos que fueron entregados a las autoridades españolas tras ser detenidos por la policía portuguesa después de cruzar la frontera. No, la policía portuguesa no les tenía muchas simpatías. Además, tampoco tenía papeles. Había dejado en casa los documentos que establecían una falsa correspondencia entre su rostro y el nombre que había adoptado los últimos años, pero tampoco se lamentaba por ello. Esa identidad clandestina ya no servía para nada. Necesitaba papeles nuevos. Sin ellos no tardaría en dar con sus huesos en la cárcel, así que decidió arriesgarse a volver a Sevilla, después de tantos años, donde conocía a alguien que —si todavía estaba vivo— se los podría conseguir.

Por fortuna, o quizá por discreción, el conductor no le hizo preguntas. Era un hombre de ralos cabellos grises, con la piel cuarteada por demasiadas horas al sol, seguramente por el trabajo en el campo. Le ofreció tabaco de picadura y un mechero de yesca para encenderlo. El fugitivo ahuecó la mano y estiró el brazo para cogerlo con cuidado, sin despertar a la muchacha que acomodó la cabeza en su hombro.

—Siempre la traigo conmigo —le dijo—. Me da pena dejarla sola en casa. Salgo cargado de sacos de harina de madrugada y no me gusta que se despierte sola. Desde que murió su madre se le cae la casa encima.

El fugitivo exhaló una bocanada de humo y asintió.

—¿Qué le ocurrió? —preguntó, sin mucho entusiasmo.

El hombre sacudió la cabeza y después miró por la ventanilla, como si buscase algún punto indeterminado en el horizonte. Permaneció unos instantes en silencio, y el prófugo se lamentó de haber hecho una pregunta indiscreta.

—Tisis —respondió al cabo de unos segundos—. Se le encharcaron los pulmones, escupía sangre. La respiración le silbaba cada vez más, igual que un fuelle gastado, hasta que una noche ya no aguantó más. Fue todo muy rápido. Al menos me queda ese consuelo.

Mucha gente había muerto de tisis después de la guerra, sobre todo en la cárcel. Él lo sabía bien: le habían hablado de algún camarada que pasó a mejor vida después de agonizar durante semanas en la oscuridad de una celda húmeda, con dificultades para respirar, escupiendo cuajarones de sangre cuando lo abandonaban las fuerzas.

El camionero se encogió de hombros, como fingiendo que ya se había resignado o que tenía asumida la pérdida de su esposa.

—En julio se cumplirá el primer año —añadió.

Al cabo de un rato le advirtió que su trayecto terminaba en La Palma del Condado y él asintió despacio, sin pronunciar palabra. La Palma del Condado estaba al menos más cerca de Sevilla que el lugar donde lo había recogido. Ahora, a plena luz del día, se daba cuenta de lo afortunado que había sido porque aquel hombre se hubiera ofrecido a llevarlo. Su aspecto era un desastre, y con esa facha la Guardia Civil no tardaría en fijarse en él y pedirle los papeles. Menos mal que no se había roto ningún hueso en la huida, lo cual ya era bastante teniendo en cuenta todo lo que había pasado.

La niña se despertó poco después. Miró al extraño con el ceño fruncido, medio dormida todavía. Flexionó las piernas sobre el asiento y se hizo un ovillo con los brazos, como si de repente sintiera vergüenza de haberse quedado dormida en el hombro de un desconocido. Encogió la cabeza, sin querer mirar al intruso, y luego inquirió a su padre con un gesto.

—Es un amigo que hemos recogido por el camino — la tranquilizó éste, revolviéndole el pelo.

Él sonrió sin dejar de mirar por la ventanilla, para no causar más azoramiento a la muchacha que se frotaba los ojos al tiempo que bostezaba. Ya era casi una mujer. Tendría unos quince años y, al descifrar el color de sus ojos enormes que se clavaron en el precario asfalto con aire ausente, le sobrevino un recuerdo antiguo: una mujer, una casa en ruinas al final de la guerra, en Aragón. El final del desastre.

Ha llegado herido, lleva toda la tarde andando hasta que se ha desplomado, no tiene ni idea de cómo, de por qué está vivo, pero ha sobrevivido a pesar de la herida del costado de la que sigue manando sangre, ahora menos que antes, pero ha empapado el lienzo con el que se la ha cubierto y hace presión contra su cuerpo. De tanto apretar se le ha quedado la mano dormida.

Casi todos los que lucharon junto a él ya están en Francia. Él no tenía claro si marcharse o no. Aún no había decidido qué hacer, pero estaba todo perdido. Madrid caería de un momento a otro. La guerra había terminado. Aunque todavía no se hubiera proclamado la victoria, ya no había nada que hacer. Todo estaba perdido. Había sido un desastre. Su unidad se había desmembrado; sólo quedaba él, en Aragón, desorientado, sin saber adónde ir o esconderse. A mediodía se enzarzó en una refriega con un grupo de legionarios y se había llevado como recuerdo un balazo que por fortuna le había atravesado el cuerpo de parte a parte.

Podía haber sido peor —piensa cuando llega al claro donde está la casa—. La bala podría haberse quedado dentro y haberme matado por culpa de la infección en cuestión de horas.

Ya es casi de noche cuando ve la casa. Parece deshabitada. Es muy grande. Tiene un establo, y una noria, pero no ve a nadie. Se acerca. Se le nubla la vista. Si hay alguien armado podrá acabar con él desde lejos. Qué pena, piensa. Haber llegado hasta aquí para que me maten como a un conejo. Pero no hay ningún disparo. Está a punto de desplomarse cuando llega a la puerta de la hacienda, pero aún tiene energías para empujar, muy débilmente, con el hombro. Piensa que no hay nadie, pero reúne fuerzas para golpear la madera con los puños. Grita. La vista se le enturbia de nuevo. Cree que va a morir y vuelve a gritar. Cae de rodillas, la correa del fusil le resbala del hombro. Hace un esfuerzo para mantener los ojos abiertos, pero los párpados le pesan. Está convencido de que lo último que verá en la vida será la madera carcomida de la puerta de una vieja hacienda cuando escucha el quejido de las bisagras, y entonces la puerta se abre, primero un poco, luego del todo, y unas manos de mujer lo sujetan antes de que caiga desmayado.

Tragó saliva y se esforzó en pensar en otra cosa.

Sacó la cabeza para escrutar el cielo. Se adivinaba un día espléndido: no había ni una nube y pronto empezaría a hacer calor.

Apenas hablaron en el trayecto que les quedaba hasta el pueblo. El camionero guiaba la tartana despacio, sin prisas. La muchacha continuó en la misma postura, con la vista clavada en la carretera y él estiró las piernas como pudo y cerró los ojos para descansar un poco antes de llegar. Procuró pensar en su buena suerte: el hombre que lo había recogido era un tipo sencillo, como él mismo. La clase de gente que le caía bien nada más conocerla. Pero sobre todo le gustaba el conductor porque, igual que él, parecía una persona de pocas palabras. No le había hecho ninguna pregunta indiscreta a pesar de que su aspecto sucio —la manga de la camisa hecha jirones, las incontables mataduras de los brazos y la herida en la cara—, era, a todas luces, sospechoso. Había conocido a mucha gente como ese hombre: buena gente que no hacía preguntas, que se encogía de hombros con resignación y miraba para otro lado mientras trataba de vivir su existencia lo mejor que podía, aunque no estuviera de acuerdo con lo que pasaba en el país. No hacía falta una imaginación fecunda para entrever su historia, similar a la de tantos: su propio padre, que había muerto agotado después de labrar durante toda la vida una tierra que jamás le perteneció; hombres que habían acariciado con ilusión el sueño de la revolución y que luego, cuando llegaron los militares, tuvieron que buscar a toda prisa un aval por medio de algún amigo con buenos contactos entre los fascistas para salvarse de ser fusilados. Probablemente acabó por sucumbir a la desidia y terminó enterrando sus ímpetus revolucionarios de antaño tal y como le había sucedido a él mismo, aunque le disgustase reconocerlo. Luego se había acostumbrado a una vida cómoda, mirando para otro lado y cerrando la boca, buscando una manera digna de existir, de resignarse. Al final, se había dado cuenta de que lo que la gente quería era vivir tranquila, y parecía darle igual quién gobernase. Durante mucho tiempo le irritó que los trabajadores se acomodaran a una existencia sin sobresaltos, hasta que él mismo se fue amoldando a su vida clandestina, a trabajar en el cortijo de un terrateniente que, para colmo, no lo trataba mal —le pagaba un sueldo digno y le hablaba con educación—, a faenar en un barco de pesca cuando hacía falta, a ser otra persona mientras el tiempo pasaba y nada sucedía para cambiar las cosas. Sin embargo ahora, apenas medio día después de haber sido denunciado por rojo y escapar, había vuelto a sentir el ímpetu y el vigor de entonces, cuando era más joven y luchaba contra la desigualdad y la injusticia.

Poco antes de llegar a La Palma, al coronar un repecho, el conductor aminoró la marcha: había varias parejas de la Guardia Civil en la carretera y algunos coches parados a la entrada del pueblo. Algo tenía que pasar. No era normal ver por allí tantos policías apostados en la carretera.

—Hijo —le advirtió el conductor—, si quieres seguimos, pero si nos dan el alto...

El hombre había detenido el camión. Lo miraba a los ojos. Parecía querer decirle que de verdad lo lamentaba, pero que tal vez aquellos guardias estuvieran allí esperando para detenerlo y que ya se había arriesgado bastante trayéndolo hasta el pueblo.

El fugitivo aspiró una profunda bocanada de humo y se demoró unos segundos antes de expulsarlo y contestar. No llevaba ningún documento encima. Si le daban el alto y lo detenían todo estaría perdido, para él y para el hombre que había tenido la buena voluntad de ayudarle. Tiró la colilla por la ventana, pellizcó suavemente la cara de la niña y abrió la puerta.

—Gracias por traerme.

Sin volver la vista atrás, se adentró en el inmenso olivar que se extendía más allá de la cuneta, casi hasta donde le alcanzaba la vista. Aquél podía ser un buen lugar para ocultarse si hiciera falta. Escuchó el sonido del motor de la camioneta al acelerar trabajosamente a su espalda. Cuando se había adentrado un centenar de metros entre los olivos, se detuvo para secarse el sudor de la frente. Hacía calor, mucho calor para una hora tan temprana. Miró alrededor y no vio ni escuchó nada, sólo silencio, tanto silencio que durante un instante se sintió sobrecogido. Algo no encajaba. No había nadie trabajando en el campo. Hizo un cálculo mental, no podía haber perdido la noción del tiempo: habían ido a detenerlo la noche del lunes, por tanto hoy era martes, martes cuatro de mayo, no domingo, pero no veía a nadie en el olivar. Parecía como si todo el mundo se hubiese quedado en el pueblo y aquel pensamiento sólo consiguió aumentar su preocupación.

No tenía más opción que ocultarse y esperar a que el panorama se despejase de policías para dirigirse al pueblo y buscar la manera de seguir su camino. Tendría que entrar en una casa cualquiera, robar una camisa y coger algo de comida si podía —no quería hacer daño a nadie—, y buscarse algún vehículo que lo llevase hasta Sevilla. No tenía tiempo que perder. Seguro que todos los cuarteles de la Guardia Civil entre Huelva y Sevilla tenían noticias de su fuga y a buen seguro que andarían buscándolo.

Se volvió para mirar a los guardias apostados a la entrada del pueblo. La camioneta estaba llegando a su altura. Si empezaba a caminar campo adentro aún tardaría un buen rato en desaparecer de la vista de los agentes. El terreno era llano y ellos podrían verlo igual que él los veía a ellos. Si decidía ocultarse y lo descubrían estaría perdido. Lo mejor sería acercarse al pueblo por la estacada, con disimulo, que no pareciese que estaba huyendo, sólo que, por alguna razón, caminaba entre los olivos en lugar de por la cuneta. De ese modo, si le daban el alto, tal vez tendría una oportunidad.

Se caló la gorra hasta las cejas para esconder su rostro y emprendió el camino hacia el pueblo caminando entre terrones, siguiendo una línea imaginaria que discurría paralela a la carretera. Diez minutos después miraba de soslayo al conductor y a su hija: se habían bajado del camión y ahora el hombre hablaba con los guardias civiles. Junto a ellos, le llamó la atención otro vehículo que estaba parado en la cuneta: grande, negro, lujoso. No sabía leer, pero el color y el aspecto de la matrícula no eran los mismos que los de los coches que estaba acostumbrado a ver. No debía de pertenecer a nadie del pueblo. El que parecía ser su dueño —un hombre alto, tocado con un sombrero panamá y perfectamente trajeado— encendía con movimientos lentos un habano sin dejar de mirar pensativo la carretera mientras, dentro del coche, otro hombre que llevaba una gorra azul de lo que debía de ser un uniforme —tenía que ser el chófer— esperaba al volante.

Un poco más adelante, a la altura de la primera casa del pueblo, distinguió una especie de arco triunfal levantado con barriles superpuestos de mayor a menor tamaño. Se escuchaba un griterío a lo lejos. El sonido de unos altavoces lo sorprendió cuando apenas lo separaban cien metros de la primera pareja de guardias civiles. Uno de los agentes lo vio a él y ya no le quitó los ojos de encima. Para poder entrar en el pueblo primero tenía que salir a la carretera, y si se quedaba quieto en medio del olivar o si optaba por dar la vuelta no haría más que complicar su situación. Se temió lo peor, aunque ya no podía dar marcha atrás. Tragó saliva, respiró hondo, se arremangó la camisa con disimulo para ocultar los jirones y se dirigió hacia ellos con paso decidido.

No tenía miedo, y aquella calma cuando debía temblarle el pulso no era una sensación desconocida para él: al contrario que la mayoría de las personas que había conocido, se mostraba tranquilo en las situaciones más complicadas, cuando la línea que separaba la vida de la muerte se volvía tan difusa que apenas podía diferenciarlas. Durante la guerra, en los momentos de mayor riesgo, cuando caían los obuses junto a las trincheras en el frente de Aragón y hasta a los más valientes les castañeteaban los dientes, él encendía un cigarrillo sin más mínimo temblor en los dedos, apretaba los labios, se calaba la gorra y amartillaba el viejo máuser de finales del siglo pasado que le habían asignado, contando los segundos que le quedaban para ponerse a cubierto desde que escuchaba el silbido del obús. No era el zumbido de las balas lo que alteraba sus nervios, sino cosas más livianas que a muchos de sus amigos no les aceleraban el pulso, como una mujer hermosa que se lo quedase mirando —le vino a la cabeza ahora, mientras avanzaba hacia los guardias, el corazón agitado cuando vislumbraba a Lucía sin saber quién era, malherido en la habitación de la muchacha—, pero sentir la muerte cerca era algo que nunca le había perturbado el ánimo; por el contrario, llegaba incluso a sentir placer cuando estaba cerca del peligro, disfrutaba al percibir cómo la sangre batía despacio por sus venas y sus sentidos se agudizaban al máximo. Nunca le había contado esto a nadie porque ni siquiera él mismo lo comprendía. Se escuchaba a sí mismo expulsando el aire despacio por la nariz, muy tranquilo, y veía las imágenes discurrir a su alrededor como ralentizadas, una sensación idéntica a la que sentía ahora mientras se dirigía a la carretera con la mirada clavada en el guardia que estaba más cerca: el corazón bombeando sangre despacio en su pecho mientras se decía que aquél sería el primero en caer si no le quedaba otro remedio que tirar por la calle del medio.

El conductor de la camioneta, que parecía haber adivinado sus pensamientos, lo miraba fijo, como si quisiera decirle algo, pero él no supo entenderlo. Tal vez lo instaba a huir, pero ya había cerrado los puños y tensado los músculos para saltar sobre el policía cuando se dio cuenta de que el pobre hombre esbozaba una mueca forzada para llamar su atención, un gesto vagamente similar a una sonrisa nerviosa.

—¡Date prisa, coño! —le dijo antes de que hablara alguno de los civiles o de que saltara sobre el que tenía más cerca—. Que te vas a perder el paso de la comitiva.

El fugitivo frunció el ceño y soltó el aire despacio. Se preguntó si estaría lo bastante cansado como para que sus reflejos no reaccionasen a la misma velocidad que las palabras de los demás. Pasó junto al guardia sin mirarlo. Desconcertado, echó un vistazo al rudimentario arco del triunfo levantado con barriles que señalaba el conductor y, detrás del mismo, distinguió sendas filas de bocoyes, tras las que se arremolinaban cientos de vecinos, que discurrían paralelas a la carretera, adentrándose en el pueblo. Perplejo, observó que sobre cada barril se agitaba una muchacha vestida con traje de gitana, y entonces le llegó el aroma del romero con que estaba alfombrada la carretera. No entendía nada, y no estaba dispuesto a dejarse detener sin presentar batalla, pero, puesto que ninguno de los guardias se había dirigido a él, decidió darse una tregua antes de actuar.

—Ya va a pasar —avisó el conductor estirando el cuello y alzándose de puntillas sobre la carretera. Parecía como si de verdad lo entusiasmase el espectáculo. Luego subió a su hija al capó de la camioneta para que pudiera ver el acontecimiento.

Las muchachas que estaban apostadas sobre los barriles aplaudían al paso del coche mientras se contoneaban con donaire. Lo primero que vio fue una pareja de motoristas del ejército, y luego un vehículo negro, enorme. Desde allí escuchaba los gritos enfervorecidos de los vecinos, aunque no estuvo seguro o no quiso creer lo que estaba oyendo hasta que los motoristas pasaron a la altura de los guardias civiles que se cuadraron al unísono. Tras las motos, a unos doscientos metros por detrás, el coche avanzaba despacio. Fue entonces cuando se le heló la sangre al distinguir el griterío. Se había colocado junto a su nuevo amigo, que ahora levantaba la mano derecha cansinamente mientras los guardias permanecían impertérritos con la punta de los dedos en las sienes. El coche pasó despacio junto a ellos y todavía no quiso creerlo mientras llegaba a su altura el siguiente vehículo de la comitiva. Sintió el codo del conductor del camión clavarse en sus costillas antes de volverse y que éste le indicara con un gesto, que le faltaba poco para ser una súplica, que levantase la mano para saludar. El coche aminoró la marcha al acercarse a ellos; la postura de los guardias se tensó aún más si cabe, sacando pecho y estirando hasta el límite los dedos de las manos que saludaban en gesto marcial. Todavía sin querer darse cuenta de lo que estaba sucediendo, el fugitivo levantó el brazo derecho, bien estirado, con la palma hacia abajo, y, con el puño izquierdo crispado dentro del bolsillo polvoriento gritó, tan fuerte como los demás pero por un motivo diferente, expulsando la rabia que llevaba acumulada desde que los guardias civiles fueron a su casa a detenerlo: «¡Franco, Franco, Franco!».

Hasta que la comitiva entera hubo atravesado el pueblo no llegó a convencerse de que había estado tan cerca del Caudillo. Parecía una alucinación, pero era cierto. Allí, a escasos metros de él, el mismísimo Franco. El mismísimo general vestido de uniforme a bordo de un coche descapotable saludaba con la mano y sonreía; incluso le había sonreído a él mientras gritaba la triple invocación. Sacudió la cabeza, aturdido. Eso nunca lo habría imaginado: estar tan cerca de Franco que hubiera podido tocarlo con sólo alargar el brazo. Era una ironía de la vida: tantos años luchando contra quienes apoyaban a ese hombre y ahora, a un palmo de sus narices, no tenía ni una piedra que arrojarle a la cabeza, aunque sabía que tampoco le habría lanzado una de haberla tenido a mano. Por mucho que le hubiera apetecido era una idea descabellada. Hacía tiempo que no veía tantos guardias civiles y soldados juntos: cómo iba a ser capaz de tirar un pedrusco a la comitiva, si ni siquiera se atrevía a dejar de mostrar una sonrisa forzada. También era mala suerte comenzar su fuga cuando el dictador estaba de visita en Huelva. Ahora la vigilancia en las carreteras se habría multiplicado por diez y llegar hasta Sevilla se le antojó una empresa aún más complicada.

A pocos metros de la camioneta, el hombre del traje blanco se había despojado del sombrero y ahora lo agitaba despacio delante de su rostro para refrescarse. No parecía muy entusiasmado, aunque miraba atento el paso de la comitiva: los vehículos, los soldados, los guardias civiles. Visto de cerca le pareció aún más alto. Poseía una sedosa y tupida cabellera completamente blanca, la piel pálida, las cejas espesas del mismo color del cabello y unos ojos pequeños, azul claro. Tenía toda la pinta de ser extranjero. Al darse cuenta de que lo estaba observando, también el hombre se lo quedó mirando un instante y entonces el fugitivo humilló los ojos: no era el mejor momento para que alguien lo reconociese.

Aprovechando que los guardias civiles se arremolinaron en un corrillo, el conductor tomó en brazos a la niña, abrió la portezuela del pasajero y le indicó al fugitivo con un gesto rápido que subiese al camión. Había tenido suerte: los guardias, pendientes del paso de la comitiva de Franco, no se habían fijado en su aspecto ni le habían pedido los papeles. De momento, y aunque de algún modo se lo debiera al dictador, estaba a salvo, pero todavía le quedaba un largo trecho por recorrer y, por lo que había visto, muy complicado.

—¿Tienes hambre?— le preguntó el conductor al entrar en el pueblo por la misma carretera por la que había circulado el coche del Caudillo. Debido al brillo de sus ojos y a la firmeza con que sujetaba el volante le pareció que le gustaba destrozar con el camión las ramas de romero que alfombraban la carretera para el paso de Franco, como si al hacerlo se apuntara una victoria íntima, una secreta jactancia.

El fugitivo sonrió.

—Bastante.

—Entonces te llevaré a mi casa. Allí no te molestará nadie. Por cierto —añadió, tendiéndole la mano por delante de los brazos cruzados de su hija, sin apartar la vista de la calle—, me llamo Alonso.

Se la estrechó con fuerza, agradecido. Se trataba de un buen hombre, le había ayudado y no podía mentirle. No sería justo con él ni con sus principios. Podía decirle un nombre inventado, o cualquiera de los muchos nombres falsos que había utilizado durante los años de vida clandestina, después de la guerra y antes, cuando militaba en el sindicato en Sevilla, pero no iba a hacerlo. Después de haberse jugado el pellejo para ayudarlo, aquel hombre no se merecía un embuste.

—Yo soy Miguel —le dijo sonriendo, satisfecho de referirse a sí mismo con su nombre verdadero al cabo de tantos años—, Miguel Carmona.

Tres

No había subido nunca a un avión porque aseguraba que odiaba volar, lo cual no era más que una manera burda de esconder ante los demás el pánico que le infundía la sola idea de subir a un engendro metálico que se elevara del suelo. Había viajado mucho, eso era cierto, incluso a pie, pero las dos veces que había recorrido el trayecto entre Inglaterra y España fue a bordo de un barco, y siempre que había visitado Moscú lo había hecho en sucios trenes que atravesaban Europa: el presupuesto con que contaban los agentes de la GPU —entonces no se llamaba NKVD— no daba para mucho dispendio. Casi todos los que como él habían trabajado para el Komintern lo hicieron por idealismo, pagando muchas veces de su propio bolsillo y malgastando su vida para luego ser —muchas veces, demasiadas— ultimados de un tiro en el cráneo en los fríos sótanos de la Lubianka. Hasta Londres habían llegado noticias de la ejecución de Berzin, que fue llamado a Moscú con urgencia cuando se encontraba en España bajo el nombre de General Grichin y colaboraba con la República. En octubre del 36 Pinner también fue requerido en Moscú para rendir cuentas del fracaso en Sevilla, pero ya intuyó entonces —sin haber sucedido aún lo de Berzin y sin haber leído todavía el libro del disidente Walter Krivitsky en el que aireaba los métodos poco ortodoxos de los Servicios Secretos Soviéticos— que su destino estaría sellado en cuanto pisara el edificio de la calle Lubianka que conocía tan bien. Desoyó la orden, hizo pedazos el carné del partido y arrojó los trozos de cartulina verde por el retrete. Si viajaba a Moscú estaba perdido, aunque tampoco las tenía todas consigo si se quedaba. Él no era más que una partícula minúscula dentro del engranaje del Komintern y no tenía por qué correr mejor suerte que Berzin o el propio Krivitsky, cuyo cuerpo había aparecido después de —por lo visto y aunque nadie lo creía— haberse suicidado en la habitación de un hotel de Washington en febrero del 41.

A Pinner lo volvieron a convocar a Moscú en el 38, poco después de que Beria tomase las riendas de la NKVD, pero también esta vez hizo caso omiso a la amenaza velada del agente que se encargó de comunicarle el mensaje. Durante ese año cambió de casa ocho veces. Se dejó crecer la barba y se oscureció el pelo. Pero no volvieron a molestarlo y, aunque no lo habían vuelto a llamar desde aquella vez y ya habían pasado cinco años desde el último mensaje, aún no había dejado de pensar, cada vez que se acostaba, que quizá alguien encontraría su cadáver por la mañana con un balazo entre los ojos.

Cuando era más joven y más radical, tal vez hubiese aprobado una depuración entre quienes se oponían a la causa del Komintern, pero ahora —y reconocerlo suponía uno de los mayores fracasos de su vida— no le quedaba duda de que se habían equivocado en algo fundamental: la revolución que estaba destinada a cambiar el destino de los hombres había perdido el norte. Cualquiera de sus miembros, por importante que fuera el cargo que ocupase, era eliminado a la mínima sospecha, y por culpa de esa desconfianza fanática habían perdido la vida demasiados hombres valerosos.

Pero, por fortuna, todo eso formaba parte del pasado. Ahora todo había sucedido tan deprisa, y su presencia en Sevilla era al parecer tan urgente, que viajar a bordo de un hidroavión resultaba un requisito indispensable.

Después de unos largos minutos en los que el aparato fue descendiendo acompañando la maniobra de inquietantes sacudidas, la bestia voladora cabeceó ligeramente. Asomado a la ventanilla, Pinner vio la mole impresionante del Peñón. Junto a la enorme piedra, el mar aparecía tapizado de buques de guerra. Goodman se ajustó el cinturón de seguridad, pero Pinner se retrepó en al asiento para contemplar la Bahía de Algeciras. El hidroavión volvió a traquetear con violencia al aminorar la velocidad y, aunque ya había dejado de sentir las molestas arcadas con sabor a cerveza rancia que había padecido durante el viaje, el sudor seguía manchando las palmas de sus manos como prueba de su pánico a volar. Subir a un avión por primera vez en su vida, y además hacerlo con una resaca descomunal como la que él padecía, no era lo más recomendable.

Las sacudidas se volvieron más bruscas a medida que el avión iba perdiendo altura. Parecía como si el aparato fuera a estallar antes de posarse en las aguas revueltas del Estrecho o que fuera a hundirse sin remedio antes de que tuvieran siquiera la oportunidad de abandonarlo. Pensó que el zarandeo se debía al viento, que acostumbraba a soplar con fuerza en Gibraltar. El océano pareció a punto de tragárselo cuando una ola enorme estalló contra la ventanilla. Después de una miríada de vibraciones acompañadas de un estrépito ensordecedor, el aparato se detuvo. Goodman volvió la cara para mirarlo y a Pinner le pareció que se estaba riendo. Debía de tener la cara pálida como el mármol. Las manos le temblaban, tenía frío y lo peor estaba por venir. Se preguntó si podría regresar a Londres en el mismo aparato sin desembarcar siquiera en Gibraltar. Pero no, dadas las circunstancias y la importancia de la misión, aquello no parecía posible.

Goodman se levantó, maletín en mano —seguro que no lo había soltado en todo el viaje— y le dijo:

—Ya hemos llegado.

Pinner asintió sin mucha convicción. Un bote se acercaba al hidroavión, que ya había parado los motores.

—Es hora de salir —indicó Goodman.

Pinner se levantó con la espalda dolorida. Estiró los brazos para desentumecer los músculos. No recordaba haber pasado nunca tantas horas sentado, ni siquiera en un tren. Renqueando, fue hasta la portezuela. A bordo, un capitán del ejército británico se cuadró en cuanto vio salir a Goodman.

—Bienvenido, señor.

Subieron a la pequeña embarcación que los llevaría hasta el pantalán. Soplaba un viento formidable, pero el aire era aceptablemente cálido y Pinner se sintió aliviado por primera vez desde que despertó a bordo del hidroavión. Al menos había dejado atrás las brumas inglesas para viajar a un clima donde la primavera era una primavera de verdad, no un sucedáneo donde casi siempre hacía frío y el cielo permanecía semanas enteras cubierto de nubes.

Las oficinas del MI6 estaban situadas en un edificio cercano a la plaza Mackintosh. Goodman y Pinner fueron trasladados hasta allí por un chófer de la RAF que los esperaba en el pantalán donde desembarcaron. El asunto, cada vez estaba más claro para Pinner, debía de ser serio: nadie en su sano juicio se habría tomado tantas molestias para buscarlo, convencerlo y traerlo hasta Gibraltar por una nadería. Pero no podía entender —y era lo que menos le cuadraba en aquel absurdo— que Miguel Carmona tuviese algo que ver con ese entramado de militares y espías británicos.

Sin más demora fueron conducidos a un despacho y se sentaron a una reluciente mesa de roble. Pocos minutos después Goodman se levantó y se cuadró, cuando apareció un caballero inglés, unos diez años mayor que Pinner, vestido de paisano. Pinner se limitó a observar el gesto de asentimiento del recién llegado mientras Goodman entrechocaba los tacones de sus zapatos. Ni siquiera se levantó cuando el otro le tendió la mano y se presentó:

—Douglas Barrymore.

Pinner torció una sonrisa antes de contestar. Después de lo vivido, le parecía bastante improbable que aquél fuera el nombre verdadero del agente, como tampoco, a buen seguro, Goodman sería el nombre del oficial que había viajado con él hasta Gibraltar.

—Pinner —respondió, estrechándole la mano sin mucha convicción y sin decidirse a levantarse de la silla, con lo que el saludo quedó sellado de una forma casi grotesca, inclinado sobre la mesa, como un equilibrista, con el brazo estirado mientras se presentaba—, Gordon Pinner.

Goodman abrió el maletín mientras Barrymore se frotaba las manos despacio, mirando los documentos con gesto severo. Hizo dos montones con los papeles y le tendió uno a su superior, que los leyó atentamente durante unos minutos mientras ellos permanecían callados.

—¿Y bien? —fue Barrymore quien rompió el silencio, cuando terminó de examinar los legajos—. ¿Está Pinner al tanto de la situación?

—Superficialmente —respondió Goodman sin mirar a Pinner, como si no estuviese en la habitación.

Barrymore parpadeó y asintió de un modo apenas perceptible.

—¿Cuál es el plan, entonces? —preguntó.

Goodman inclinó el cuerpo sobre la mesa.

—Tenemos que hacer llegar a Pinner a Sevilla. Esta noche, si puede ser. No tenemos tiempo que perder.

—¿Se le ha explicado la misión? —Barrymore se dirigió a Pinner.

Dudó unos instantes antes de responder, y a punto estaba de decir también «superficialmente» cuando Goodman se decidió a exponer los detalles mirándolo a él y a Barrymore alternativamente.

—Es posible que Miguel Carmona esté al corriente de unos documentos vitales para los aliados. Carmona vivía bajo una falsa identidad en un pueblo de la costa de Huelva hasta que la semana pasada un vecino lo denunció a la Guardia Civil. Fueron a detenerlo pero logró escapar. Creemos que está en Sevilla o que se dirige hacia allí y —miró a Pinner de soslayo—, ya se lo dije a él en Londres, es vital que lo encontremos nosotros antes de que lo hagan los hombres de la Abwehr.

Pinner sacudió la cabeza. Aquello parecía una locura. Le había parecido una locura en Londres y se lo seguía pareciendo ahora.

—¿Y qué tiene que ver Miguel con los espías ingleses o con los alemanes? ¿Qué documentos son ésos? —preguntó.

Goodman miró a Barrymore y éste se lo pensó un momento antes de dar su aprobación, resignado.

—Tres días antes de que Miguel Carmona fuera detenido —le explicó Goodman—, el cadáver de un piloto inglés fue encontrado frente a la costa de Punta Umbría, en Huelva, muy cerca de donde vivía su amigo. Este piloto portaba cierta información secreta. Todo lo que puedo decirle es que tenemos sospechas fundadas de que Miguel Carmona podría haber tenido acceso a esos documentos antes de escapar.

Pinner se frotó los párpados. Estaba empezando a dolerle la cabeza otra vez. No acababa de verlo claro. El agente del Komintern que aún llevaba dentro pugnaba por salir a la superficie y preguntar una por una todas las dudas que se le agolpaban en la cabeza sobre el asunto.

—Vayamos por partes —dijo—. En primer lugar, ¿cómo pueden estar seguros de que Miguel Carmona tiene algo que ver con esos documentos que buscan? Y, si así fuera, ¿qué indicios hay de que se encamine a Sevilla?

Barrymore dirigió una mirada cargada de significado a Goodman antes de que éste tuviera tiempo de responder.

—Albergamos una duda razonable —contestó después de sostener la mirada de su superior unos segundos—. No estamos seguros de cuánto sabe, pero no podemos arriesgarnos a permanecer impasibles ante la incertidumbre. Tenemos que encontrarlo nosotros primero, antes de que la policía española o los alemanes lo hagan.

Pinner sacudió la cabeza. No. Definitivamente no. No estaba claro. No tenía mucho sentido. Tenía el convencimiento de que si Miguel Carmona estaba al tanto de algún secreto no se lo diría a nadie, y mucho menos a los alemanes, así como tampoco a la policía española, que colaboraba codo con codo con los nazis. Lo conocía bien y era muy reservado, como una tumba.

—Ya le dije que me juego el cuello a que Miguel Carmona se dejaría matar antes de entregar un secreto a los alemanes o a la Guardia Civil.

Goodman soltó el aire despacio, por la nariz, controlando sus impulsos. Pese a los buenos modales que le había visto desplegar desde que lo conoció en Londres, a Pinner le pareció que a la mínima daría un puñetazo en la mesa y lo agarraría por el cuello.

En lugar de ello lo vio recuperar la calma, si es que había llegado a perderla en algún momento.

—Yo también le dije que la gente cambia. Y le diré algo más: aunque su amigo sea un dechado de honradez y apueste por la Causa Aliada estamos convencidos de que no puede imaginar la importancia de lo que sabe, lo que resulta aún más peligroso si al final decide contárselo a alguien.

Pinner sonrió para sus adentros. Había escuchado demasiadas palabras grandilocuentes a lo largo de su vida y hacía tiempo que el recordarlas sólo le provocaba una sonrisa amarga. Demasiados amigos habían muerto por palabras como Revolución, Fascismo, Proletariado o Capitalismo como para creer que significaban algo o podrían perdurar mucho más de lo que se tardaba en pronunciarlas. Demasiada gente había muerto en vano empuñando una bandera mientras quienes dirigían la partida desayunaban en Moscú con manteles de lino y amplias vistas a la Plaza Roja. Palabras vacías por las que la gente luchaba y malgastaba su vida y que ahora sólo le inspiraban un bostezo amargo.

La Causa Aliada, murmuró, como si estuviese solo. Hacía siete años que no veía a Miguel Carmona, pero apostaría lo que fuera a que la Causa Aliada le resultaba tan indiferente como a él mismo. En eso sí se parecían, y tal vez más ahora, le gustaba pensar, después de tantas batallas perdidas y tantos desengaños. En la única patria que creía Pinner era en la carne tibia de una mujer, si la tuviera, una cama mullida, una pinta de cerveza y un buen plato de comida caliente. Miguel Carmona debía de estar tanto o más desengañado que él de aquellos ideales por los que habían arriesgado el pellejo y de la gente en la que habían confiado. Por lo visto, ellos dos eran los únicos supervivientes, un par de seres en peligro de extinción, y lo único que les quedaba por hacer en la vida era apretar los dientes y seguir adelante. A estas alturas, la única causa que tendría que importar a Gordon Pinner era Gordon Pinner. Por eso había aceptado venir hasta Gibraltar. Sin embargo, a pesar de todas las decepciones que había sufrido, aún conservaba un resquicio de idealismo que lo salvaba cuando miraba el cañón de la pistola como una oscura tentación las noches que los pilotos de la Luftwaffe inundaban de plomo las calles de Londres, una ilusión embustera que lo conminaba a no apretar el gatillo y darse otra tregua, para poder ajustar cuentas con el pasado, para redimirse de una vez por todas.

Él ya había peleado bastante, y todo para nada, para que sus camaradas, aquellos con los que había luchado hombro con hombro, se dividieran, se traicionaran —una sombra aparecía en sus ojos cada vez que recordaba esa maldita palabra que trataba en vano de olvidar, para la que utilizaba un eufemismo estúpido o hipócrita, como lo son todos los eufemismos—, para que acabaran a tiros luchando contra ellos mismos mientras las tropas de Franco avanzaban sin remedio hacia la victoria. Suerte tuvo de no ver aquello, de estar ya en Inglaterra entonces.

—Es más —añadió Goodman; Pinner había olvidado por completo que no estaba solo en la barra de un pub bebiéndose una pinta, sino que Goodman le estaba hablando en Gibraltar, en las oficinas del MI6, sobre Miguel Carmona—, los hombres de la Abwehr pueden ser muy persuasivos si dan con él antes que nosotros.

Pinner enarcó una ceja.

—¿Tan persuasivos como el MI6?

—Se trata de algo muy serio —hasta ese momento no se dio cuenta del enorme vozarrón, autoritario, de Douglas Barrymore. Era, sin duda, el tono de alguien acostumbrado a mandar. Luego, ignorando a Pinner, le dijo a Goodman—: Espero que sepa lo que ha hecho al traer a este individuo desde Inglaterra, al parecer para nada.

Goodman tamborileó con los dedos sobre la mesa, y permaneció callado un instante con la vista clavada en la madera antes de mirar a Pinner.

El silencio duró unos segundos eternos: Barrymore miraba a Goodman, Goodman miraba a Pinner, y éste tragó saliva y se rascó despacio la cabeza antes de responder. Era cierto que para él la guerra había terminado mucho tiempo atrás, y probablemente también para Miguel Carmona, pero había viajado a España para ajustar cuentas con el pasado, por unas razones que no estaba dispuesto a desvelar ni a

Goodman ni a Barrymore porque ni siquiera las reconocía abiertamente ante sí mismo. Se estaba dejando llevar por un impulso, por el mismo impulso que lo había arrastrado a aceptar la propuesta que Goodman le había hecho en Londres. No, ahora no iba a echarse atrás, pero antes de viajar a Sevilla tenía que asegurarse de que Miguel Carmona estaba en la ciudad.

—Díganme una cosa —preguntó—. ¿Cómo saben que Miguel está en Sevilla? ¿Por qué no ha cruzado la frontera portuguesa, por ejemplo, que tenía tan cerca?

—Era una posibilidad —Goodman parecía más animado que dos minutos antes y preparado para responder—, pero la frontera portuguesa no es segura. La policía es abiertamente germanófila, tanto o más que la española, y es posible que, de cruzar la frontera Carmona y ser descubierto, fuera entregado a la Guardia Civil de nuevo. Miguel Carmona debe de saber que algunos compañeros suyos que han pasado a Portugal han corrido esa suerte.

—Pero —insistió Pinner— eso no quiere decir que esté en Sevilla. Puede haber cruzado la frontera sin que nadie se haya enterado, o puede estar oculto en cualquier otro lugar.

Goodman asintió, condescendiente, apenas esbozando una breve sonrisa, como el profesor que sabe que puede rebatir todos los argumentos de un alumno impertinente.

—Hace cinco días, un hombre cuya descripción corresponde punto por punto con la de Miguel Carmona escapó de una pareja de la Guardia Civil, muy cerca de La Palma del Condado, a mitad de camino entre Huelva y Sevilla —El agente del MI6 hizo una pausa, inclinó el cuerpo sobre la mesa y bajó la voz, como si temiera que alguien lo escuchase—. Miguel Carmona necesita papeles nuevos —era la primera vez, en el corto espacio de tiempo que había transcurrido desde que lo conoció, que Pinner observaba una expresión de franca impaciencia en el rostro de Goodman—. Y se dirige a Sevilla. Seguro que allí le quedan amigos. Es el único sitio donde se me ocurre que lo puedan ayudar, y usted puede sernos muy útil para localizarlo: conoce la ciudad, habla como un auténtico andaluz, sabe los sitios adonde Carmona puede haber acudido. Con su ayuda y un poco de suerte lo encontraremos, averiguaremos lo que sabe y le ofreceremos cobertura para abandonar el país. Colaborará con nosotros. No le quepa duda.

Pinner asintió despacio, pero no estaba tan seguro de ello. Después de tanto tiempo sólo se le ocurría un lugar, si es que aún existía, al que Miguel Carmona pudiera acudir buscando ayuda. El mismo lugar —y de algún modo ya intuyó en Londres que acabarían encontrándose allí— donde habrían de resolverse muchas de las cuentas pendientes que había dejado atrás cuando abandonó Sevilla apresuradamente poco después de estallar la guerra.

Se frotó el cuello al pensarlo mientras clavaba los ojos en la mesa reluciente. Pensaba, ausente de los dos agentes del MI6 que cruzaban una mirada de satisfacción, que la suerte estaba echada, que ya había aceptado el trabajo en Londres aun antes de saber él mismo que lo aceptaría, y que los inconvenientes que acababa de sugerir a Goodman y a Barrymore no habían significado más que una tregua pueril para demorar unos instantes el momento de viajar a Sevilla.

Porque viajaría a Sevilla. Claro que sí. Para eso había venido.

Cuatro

Aunque no le hizo ninguna pregunta indiscreta, lo cual Miguel agradecía porque le habría disgustado mentir a aquel buen hombre, Alonso le aconsejó quedarse en su casa, al menos hasta la noche. Un vecino le había contado que la comitiva de Franco regresaría esa misma tarde desde Huelva porque estaba prevista una cena en el Alcázar de Sevilla en la que el Caudillo tenía previsto invitar a diversas autoridades sevillanas y a los ministros de Hacienda, Agricultura y Obras Públicas. No era, pues, el mejor momento para deambular por la carretera. Miguel aceptó a regañadientes la invitación: no quería molestar más de lo necesario y deseaba llegar a Sevilla cuanto antes.

La casa de Alonso era una vivienda humilde, con la fachada encalada y las rejas pintadas de negro, no muy diferente a la casa donde él había vivido bajo una falsa identidad, junto a la playa, o al corral de vecinos del barrio del Cerro del Águila en Sevilla, donde pasó algunos años. Habría querido quedarse más tiempo, pero eso era algo de lo que por desgracia andaba muy escaso. Tenía que llegar a Sevilla y conseguir papeles nuevos. Luego ya decidiría lo que hacer. Descartada Portugal, tal vez viajaría al norte y trataría de encontrar a alguien que le ayudase a cruzar la frontera francesa. Había escuchado historias acerca de muchos camaradas que lo habían conseguido: en los Pirineos existía una infraestructura de gente que se ocupaba de guiar a los que querían pasar a Francia desde España, aunque, tal y como estaban las cosas, con el ejército de ocupación nazi al otro lado de las montañas, pasar al otro lado de los Pirineos tampoco suponía una garantía de encontrarse a salvo. Otra posibilidad, y cuantas más vueltas le daba más claro lo tenía, aunque intuía que si optaba por ello jamás volvería, era liarse la manta a la cabeza y embarcar hacia América, a México, donde habían marchado tantos exiliados al finalizar la guerra. Le dolía pensar que si lo hacía tardaría mucho en volver a España. Si se marchaba tan lejos tal vez ni siquiera regresaría cuando los aliados ganasen la guerra —si la ganaban— y echasen a Franco de Madrid, si es que lo echaban.

Pero mientras decidía su futuro y buscaba la manera de llegar a Sevilla, sobre todo no quería poner en apuros ni un momento más de lo necesario a Alonso y a su hija. La muchacha le había preparado un plato de sopa caliente a mediodía, después de que su padre saliese a la calle para enterarse de la hora a la que estaba previsto el regreso de la comitiva de Franco. Miguel se sentó a la pequeña mesa mientras ella le calentaba la comida. De la pared colgaba una vieja fotografía de boda, amarilla por el paso del tiempo, de Alonso y de su madre. La mujer debía de haber sido muy guapa, igual que lo sería su hija dentro de poco tiempo: tenían las dos el mismo pelo negro espeso y los mismos ojos grandes.

Desde la mesa, Miguel veía el perfil de la muchacha en la cocina mientras removía dentro de la cacerola con una cuchara enorme de madera. Le pareció que la chiquilla hacía un esfuerzo por no mirarlo. Movía la cuchara muy despacio, con la vista clavada en la olla, como si le costase mantener el cuello tenso y no volver la cabeza para fijarse en él. Saltaba a la vista que se sentía incómoda con un desconocido en la casa. Estaban los dos solos y tal vez ni ella ni su padre estuvieran habituados a la presencia de extraños. Pese a ello, lo habían acogido en su casa cuando su aspecto y su actitud al encontrarse con los agentes de la Guardia Civil dejaba poco margen de duda. Miguel llevaba tantos años viviendo en la clandestinidad que le resultaba difícil pensar que aún quedase gente que confiara en los demás y los aceptasen en su casa sin hacer preguntas igual que Alonso había hecho con él.

El olor de la comida se le coló de repente por las fosas nasales, y antes de que se diese cuenta se le había hecho la boca agua. Parecía un manjar delicioso. Hacía tanto que una mujer no cocinaba para él que se descubrió tragando saliva con dificultad al recordar aquellos días con Lucía, cuando estuvo al borde de la muerte sin saber que la guerra había terminado. Cuando todo acabó, cuando ella se fue para siempre, no pasó un solo día desde entonces que no la recordase curándolo, lavándolo, preparándole la comida cuando no era más que un moribundo delirante. La comida, por culpa de su estómago hambriento, era lo que mejor recordaba ahora de aquellos días, el olor tumbado en la cama, sin poder moverse por culpa de las heridas.

Se debate entre la vida y la muerte. A veces está despierto pero su cuerpo no le responde. Quiere abrir los párpados, pero no tiene fuerzas. Escucha unos pasos acercarse a la cama, y siente cómo una mano suave se posa sobre su frente, y la voz de una mujer a quien no conoce le dice al oído que se calme, que pronto se pondrá bien. Pero no puede abrir los ojos. Y siente miedo. Y tiene mucho calor. Seguro que es por la fiebre. Se acuerda de sus amigos en Sevilla, antes de que empezase la guerra. Se acuerda de Pinner, se acuerda de Márquez, de Doménico, el artista; se acuerda de Rosa, la mujer de Márquez. Qué guapa era. Sabe que ya nunca volverá a verlos. Sabe que Pinner y Márquez han muerto y que él no pudo despedirse de ellos. Él no estaba allí cuando estalló la guerra; qué lástima, con lo que le hubiese gustado ayudarlos. El resultado no habría cambiado, seguro que no, pero se hubiera sentido satisfecho de haber muerto junto a sus amigos cuando empezaron los problemas. No había vuelto a Sevilla desde el 36. Ahora la guerra ha terminado y él, después de luchar tanto, yace en una cama extraña, en una casa que no sabe a quién pertenece, está siendo cuidado por las manos de alguien a quien no conoce y, lo que más le inquieta entre sueños febriles y delirios, ni siquiera sabe si está vivo o muerto.

Cuando se despierta es noche cerrada. Lo ve todo borroso, igual que antes de desmayarse, pero distingue una habitación grande, como la cama, un aguamanil sobre la cómoda, unos lienzos limpios doblados sobre una silla, unas contraventanas cerradas que dejan entrever la luz de la luna. Se busca el costado, con mucho cuidado, y descubre un vendaje. Le duele, pero eso significa que puede estar vivo. Se palpa el pecho escuálido: la convalecencia ha terminado con sus últimas reservas de grasa. No ve a nadie junto a él, piensa si estará solo, piensa si está muerto. Trata de incorporarse en la cama, pero se marea, la vista se le nubla. Deja escapar un quejido antes de volver a dormirse.

Hay alguien junto a él cuando abre los ojos. Una mujer. La misma mujer que lo recogió cuando se desmayó en la puerta. Está sentada en una silla, junto a la cama, sostiene en el regazo un plato del que sale un hilillo de humo. Huele muy bien. A pesar del dolor del costado vuelve a aspirar profundamente para volver a percibir el olor tan rico. Tiene mucha hambre. La boca se le humedece. No sabe, no quiere saber desde cuándo no ha probado comida caliente. Más de un mes ha pasado. Por lo menos. Mira a la mujer que le sonríe. Hola, le dice. Cómo estás. Me llamo Lucía. Pero él no acierta a decirle su nombre. Mueve la cabeza despacio, a modo de saludo; sólo tiene fuerzas para eso, para eso y para tragar la sopa que ella le acerca a la boca con la cuchara.

ϒ

—¿Puedo ayudarte? —se había levantado después de sacudir la cabeza para ahuyentar los malos recuerdos y estaba en la puerta de la cocina, pero la niña no respondió a su pregunta.

Miguel frunció el ceño y volvió a preguntar, pero tampoco hubo respuesta. La hija de Alonso vertió el contenido de la sopa en un plato hondo y al olerlo Miguel sintió cómo le crujían las tripas. Llevaba casi un día entero sin probar bocado.

A la muchacha por poco se le cae el plato del susto cuando se volvió y lo vio allí, con el brazo apoyado en el umbral.

—¿Quieres que te ayude? —preguntó Miguel, sonriendo para aliviar la tensión que había detectado en la muchacha.

Ella sacudió la cabeza nerviosa después de mirar sus labios y entonces cayó en la cuenta: la niña no podía oír, ni tampoco hablar. Tan sólo podía entender el movimiento de sus labios. Miguel se rascó la coronilla y frunció el ceño para disimular su azoramiento. Luego, se sentó a la mesa y ella ocupó otra silla frente a él.

Probó un sorbo de la sopa caliente que le pareció deliciosa.

—Riquísima —dijo mirando a la niña, procurando pronunciar despacio cada sílaba para que pudiera entenderlo.

Ella asintió brevemente y esbozó una sonrisa. Al menos, pensó Miguel, ya no está nerviosa, y eso lo hizo sentirse más cómodo. No le gustaba que la gente que se portaba bien con él estuviese nerviosa a su lado o desconfiara. Nunca había hecho daño a nadie. Sólo había disparado su viejo máuser en la guerra y tampoco entonces —aunque apuntaba a un enemigo cuyo único deseo era acabar con él—, en los tres años que pasó en el frente, ni siquiera en los momentos más difíciles, cuando los rebeldes estuvieron a punto de entrar en

Madrid después de lo de Guadalajara, en marzo del 37, o cuando perdieron Teruel en febrero del 38 tras haberla conquistado pocas semanas antes, tuvo plena conciencia de estar haciendo lo correcto.

—Me llamo Miguel —le dijo, por decir algo, golpeándose el pecho con la palma de la mano—. Miguel Carmona.

Alonso llegó cuando había terminado la sopa y devoraba un trozo de pan acompañado de un vaso de vino tinto. Miró a su hija al otro lado de la mesa y sonrió al tiempo que asentía con una sonrisa de aprobación.

—¿Qué tal la comida? —preguntó.

Miguel se palmeó la panza con satisfacción. Harían falta muchos platos de sopa para calmar aquel castigado estómago.

Alonso sonrió.

—Si quieres, puedes descansar ahora —le dijo.

No quería molestar, y tampoco quería poner en un aprieto a ese buen hombre y a su hija. Pero tal vez permanecer en la casa fuese más seguro que caminar por la carretera a plena luz del día, con tantos guardias civiles y soldados patrullando por la visita de Franco. Allí dentro se estaba fresco, tanto que resultaba difícil creer que fuera hiciese calor. No sabía cuánto tiempo pasaría hasta que pudiese dormir otra vez en una cama, así que ya le había dicho que sí a Alonso antes de apurar el último sorbo de vino.

Tumbado en el colchón que le había prestado su anfitrión, pensó en lo afortunado que era por tener el estómago lleno y poder descansar en un jergón decente. Como casi todas las del sur, la de Alonso era una vivienda fresca y, aunque no se trataba de una de las casas con balcones ostentosos y gruesos barrotes de hierro en las ventanas que había visto cuando atravesaron el pueblo, Miguel no tardó en cerrar los ojos. Pero no pudo conciliar el sueño inmediatamente. Volvía a ser un fugitivo y, medio dormido, se vio a sí mismo en la primavera de 1939, más muerto que vivo, sus camaradas al otro lado de la frontera y él debatiéndose entre la vida y la muerte, desesperado por no poder valerse por sí mismo. Luego, cuando sucedió lo de Lucía, optó por quedarse, por tomar una identidad falsa y aguardar, en parte porque esperaba que algún día todo volviese a ser como antes, que el poder de Franco no durase más allá de lo que las democracias europeas quisiesen, y también porque estaba cansado de luchar, de correr, de escapar, de la vida de prófugo. Quería vivir en paz, encontrar una buena mujer. Después de todo lo que había pasado estaba demasiado triste y demasiado cansado para ir a ningún lado. Y ahora, después de casi cuatro años en calma viviendo bajo una identidad falsa, habían tenido que descubrirlo, de la manera más tonta. Un viejo conocido, miliciano como él, pero que Miguel no recuerda, ha salido de la cárcel y llega un buen día al pueblo. Miguel no sabe quién es: si llega a saberlo jamás se hubiera cruzado en su camino. El otro lo reconoce, y lo llama por su nombre. Está borracho pero las palabras son lo bastante inteligibles para que la gente pueda entenderlas. «Miguel, Miguel Carmona», le dice, y él baja la cara, aprieta los dientes y sigue andando. Finge no reconocerlo, pero él insiste: «Miguel, Miguel Carmona, del frente de Aragón, todo un valiente, ¿no te acuerdas de mí?» Y se ríe, se ríe a carcajadas delante de todos los vecinos que pasan por allí, gente que lo ha conocido siempre por otro nombre, un nombre clandestino, una identidad que no es suya. Entonces el recién llegado se echa al gañote un trago de vino de la bota después de brindar por su valor. «Qué tiempos —dice a viva voz, para que todos puedan oírlo—. ¿Te acuerdas

Carmona, te acuerdas cuando cruzamos el Ebro y cogimos a los fascistas por sorpresa? Casi lo conseguimos, camarada». Y luego otra carcajada. Alguno que lo conoce lo mira con el ceño fruncido: lleva cuatro años viviendo con ellos y nadie lo ha llamado nunca Miguel Carmona. Incluso él mismo, acostumbrado a su nombre clandestino, tarda una fracción de segundo en darse cuenta de que se está refiriendo a él. Y ha sucedido todo de una manera tan estúpida que no sabe qué hacer. Al principio sonríe, como siguiendo la broma, luego calla, fingiendo no haberlo oído, y piensa que no sería mala idea rajarle la barriga de un tajo seco cuando nadie lo vea, en un callejón oscuro, acabar con ese borracho del que ni siquiera se acuerda. Lo peor de todo es que no se marcha: al día siguiente está otra vez allí. Miguel estaba convencido de que se habría ido, de que su presencia no había sido más que una fantasmagoría. Pero tal vez espera conseguir un trabajo en el pueblo, porque sigue allí, junto al ayuntamiento, y al verlo vuelve a llamarlo por su nombre, Miguel, Miguel Carmona. Ahora no pasa nadie, pero hay bastante luz como para no poder librarse de él como le gustaría. Aunque Miguel agradece no habérselo encontrado de noche, pues en el fondo no habría querido tener que matarlo. Después de todo no es más que un pobre desgraciado con la cabeza perdida, aunque con muy buena memoria, demasiado buena. Lo agarra por la solapa y le acerca la cara a medio palmo de su nariz. Tiene que contener la respiración por culpa del olor a vino y a mugre que desprende. El puño de Miguel sujeta con fuerza la camisa raída. «No me llamo Miguel, ¿te enteras?, así que no se te ocurra volver a abrir la boca cuando me veas, si es que me ves otra vez, porque como mañana vuelva a encontrarte por aquí te abro en canal. ¿Entendido?» El otro se ríe, abriendo una boca desdentada, una mueca extraña, como si le doliera que un viejo camarada al que tanto admira lo maltrate.

Pero ya no va a tener la oportunidad de saber si al día siguiente está junto al ayuntamiento, borracho y vociferando su nombre para que todos se enteren: Miguel Carmona, el más valiente, Miguel Carmona, el que nunca temblaba al cargar contra los fascistas. Y luego esa vieja canción:

Si me quieres escribir,
te diré mi paradero.
En el frente de Gandesa,
primera línea de fuego.

En el pueblo hay gente que lo aprecia, pero la noticia se propaga como un incendio. Pocas cosas en la vida viajan tan deprisa como el rumor malintencionado, y ésta no tiene por qué ser una excepción. De repente todo se desarrolla de un modo inesperado. Esa noche llama a su puerta una pareja de guardias civiles. Miguel no tiene que pensárselo dos veces, aunque los conoce del pueblo, en más de una ocasión ha charlado con ellos en la taberna; alguna vez le ha parecido que incluso lo aprecian. Después de todo no saben nada, al menos hasta entonces, de su pasado revolucionario.

En la puerta de su casa lo miran como disculpándose, incluso carraspean azorados antes de decírselo. Tiene que acompañarlos. Hay que hacer unas comprobaciones, nada importante, estarás de vuelta dentro de un rato. Pero Miguel sabe que no, que si se marcha con ellos jamás regresará, que lo retendrán y algún funcionario meticuloso no tardará en encontrar su nombre en algún archivo polvoriento de la Dirección General de Seguridad: Miguel Carmona González, hijo de jornalero, nacido en Alhama, Almería, el tres de febrero de 1906, sindicalista en Sevilla entre 1928 y 1936, analfabeto, rojo, miliciano, sujeto muy peligroso. Luego ingresará en prisión tras un juicio sumarísimo, y lo menos malo que le puede pasar es acabar el resto de sus días picando piedra, si es que no lo fusilan antes.

Mira a los guardias y sonríe. Ellos casi parecen lamentar la situación. Tiene que ser un error, anda, no te preocupes, sólo habrá que comprobar unos documentos y ya está, no pasa nada. Miguel no pierde la sonrisa, encara la situación con frialdad, respira hondo, contiene las pulsaciones, como si de nuevo hubiera de apretar el gatillo, lo que tanto odiaba hacer. Les dice que va a buscar sus papeles, a recoger alguna cosa antes de acompañarlos, y los guardias asienten, pero ni siquiera se entretiene en hacer ruido de cajones para disimular que los está buscando. Antes de saltar mira el mar por la ventana, la playa, el océano oscuro apenas rematado por el débil reflejo de la luna, y no se lo piensa, se tira por el hueco y echa a correr, otra vez a correr, después de tanto tiempo, sin detenerse al escuchar las voces de los guardias engañados que gritan su nombre, su nombre falso; y lo percibe como si llamasen a otra persona, un intruso de cuya piel se ha desprendido hace un instante y que, sin embargo, mientras siente la fría y fina arena colándose bajo sus pies por las alpargatas, se le antoja tan ajeno y tan lejano como si jamás le hubiera pertenecido.

Cuando se despertó ya era de noche. La primera impresión fue estar todavía corriendo por la playa, en la oscuridad. Boca arriba en la cama sentía el pecho agitado, como si no hubiera tenido tiempo de reponerse tras la carrera. Luego le llegó un breve aroma de comida y abrió los ojos. Debía de ser muy tarde porque no se escuchaba nada en la calle, ni pasos ni voces. Se había despertado alerta, como antaño; no en vano volvía a ser un fugitivo. Volvió a repasar los últimos acontecimientos. Después de haber llegado hasta Huelva por la playa, antes del amanecer y de haber bordeado la ciudad, ocultándose en la ría, se había encontrado con Alonso, que le había ofrecido cobijo durante unas horas, y había dormido toda la tarde, hasta que la comitiva del Caudillo volvió a pasar en dirección a Sevilla. Alonso, que le había dado una de sus camisas para que se deshiciera de la que llevaba hecha jirones, se había ofrecido a llevarlo a algún sitio al amanecer. Miguel declinó el ofrecimiento girando la cabeza con una sonrisa. No quería comprometerlo más: si lo detenían en su camión tendría serios problemas con la justicia.

La niña ya estaba acostada cuando se despidió del padre. Además de la camisa y un poco de tabaco, le había regalado una chaqueta vieja, aunque limpia, porque por la noche refrescaba.

Le estrechó la mano en la puerta. Miguel la sostuvo un instante entre las dos suyas.

—Buena suerte, hijo —Alonso sonreía, sincero. De verdad le deseaba lo mejor.

Miguel asintió y se tocó la punta de la visera de la gorra al tiempo que hizo una breve inclinación con la cabeza para despedirse.

Menos de diez minutos después había cruzado el pueblo y caminaba por la cuneta, el campo plagado de olivos a ambos lados de la carretera. Alonso había tenido una buena idea al dejarle la chaqueta. Soplaba una brisa fresca y ahora la llevaba puesta.

No había pasado ningún coche y tampoco se había cruzado con nadie desde que dejó atrás las últimas casas del pueblo. Tan sólo escuchaba el zumbido agradable de los grillos en el campo, entre la oscuridad de los olivos.

Aspiró una profunda bocanada de aire fresco. Le gustaba el campo, la soledad, el aire puro. Aún no había decidido adónde marcharía cuando consiguiese los papeles, pero desde luego, fuera donde fuera, trataría de establecerse en un lugar tranquilo, donde escuchase las hojas de los árboles batirse por el viento en invierno y el chirrido de los grillos las noches de verano.

Se le helaba el espinazo cuando pensaba que podría estar tras los barrotes del calabozo de un cuartel. Al menos, aunque no pudiera predecir por cuánto tiempo, era un hombre libre, algo que le pareció inalcanzable cuando fueron a detenerlo.

Sin dejar de caminar a buen ritmo, se preguntó qué habría sido de aquel desgraciado que lo había reconocido en el pueblo. Por más que le había dado vueltas no conseguía ubicar ese rostro en ninguno de sus recuerdos. Había conocido a tanta gente que seguramente lo habría olvidado. Pero estaba claro que a él sí lo conocía, y le inquietaba descubrir que podría haber gente a la que ni siquiera recordaba que lo sabía todo sobre él: que era rojo, que había sido un alborotador y había intervenido en más de una refriega en Sevilla desde que llegó a mediados de 1928 para trabajar en las obras de la Exposición del 29 hasta poco antes de estallar la guerra, en julio del 36. Había mucho de verdad en aquellas afirmaciones: tenía veintidós años cuando llegó a la ciudad para trabajar en las obras y muy poco tiempo después se había hecho amigo de los que, como él mismo acabaría haciendo, preparaban la revolución en la clandestinidad. Tuvo la suerte de encontrarse en Madrid el dieciocho de julio del 36. De no ser así, lo más probable era que lo hubieran fusilado, igual que a casi todos los camaradas de Sevilla después de que las tropas de Queipo de Llano acabaran con la dura resistencia de Triana. Luego estuvo tres años en el frente, en el Jarama y en Aragón y, después del desastre en el Ebro, en lugar de cruzar los Pirineos como hicieron muchos de sus compañeros milicianos, se había quedado malherido tras las líneas de Franco. Siempre que recordaba aquellos tiempos sus pensamientos desembocaban en Lucía y entonces torcía el gesto y pasaba página, para verse a sí mismo recalando en la costa de Huelva con un nombre inventado. No pasó por Sevilla, y tampoco lo había hecho todos estos años, no fueran a reconocerlo.

Un ruido familiar sobre el asfalto lo trajo de nuevo al presente. En el silencio de la noche es fácil reconocer los sonidos. Aquellos eran, sin lugar a dudas, de botas, al menos dos pares, que avanzaban hacia él.

Pensó en ocultarse, pero ya era demasiado tarde. Acababa de coronar una cuesta, y entonces los vio: una pareja de guardias civiles que caminaban enfundados en sus capas, cada uno a un lado de la carretera, tan cerca ya de él que era imposible que no lo hubieran visto. Se le pasaron por la cabeza las palabras de Alonso: tal vez habría hecho mejor esperando un poco más en su casa o aceptando el ofrecimiento de éste para llevarlo en el camión.

Le iban a dar el alto, seguro. Era más de media noche, y un desconocido caminando por la carretera, como un vagabundo o un holgazán perdido, escamaría al menos suspicaz. Echó un vistazo al campo antes de seguir andando: las hojas de los olivos refulgían en la oscuridad con un suave resplandor verdoso. La noche era clara, y ya estaba demasiado cerca como para que los guardias pensaran que su presencia no había sido más que una sombra, un espejismo o una ilusión que se había desvanecido entre los árboles al avanzar unos pasos.

Ya empuñaban las armas cuando se acercaban y uno de ellos se llevó las puntas de los dedos a la sien para saludar, un gesto maquinal y desganado antes de pedirle los papeles. Miguel dijo buenas noches, respiró hondo, igual que en su casa, junto a la playa, poco más de veinticuatro horas antes —qué lejos le parecía ahora— para calmar los latidos de su corazón. Metió la mano bajo la chaqueta remendada de Alonso, con los filos de los puños gastados por el paso del tiempo y por la pobreza, con esa costra de mugre que nunca abandona del todo a la ropa de los pobres, y disimuló que buscaba unos papeles que no tenía. Se agachó un poco, como si no pudiera meter la mano en un bolsillo interior del que la chaqueta carecía, pero ninguno de los agentes le quitaba ojo de encima: permanecían impasibles, con los dedos cerca de los gatillos. Miguel volvió a tomar aire, y ya no lo soltaría hasta que estuviera lo bastante lejos. El más joven de los guardias debía de tener por lo menos siete u ocho años más que él, aunque los dos poseían la misma cara delgada y angulosa que él mismo, como si a pesar del estraperlo del que algunos de sus compañeros se beneficiaban y de su situación algo más privilegiada que los demás, aún no hubieran ahuyentado del todo la hambruna.

Cuando soltó el aire ya había saltado entre los dos después de darles un empujón y había recorrido un buen trecho. El más joven se había caído, el otro no.

—¡Alto a la Guardia Civil! —oyó un segundo antes de escuchar el primer disparo.

Sin pensárselo dos veces se adentró entre los olivos, sintiendo cómo se le clavaban los terrones fríos y duros en las plantas de los pies. Oyó otro disparo, y luego otro, pero no se volvió. Era más joven que ellos, y estaba desesperado: si corría como alma que lleva el diablo era probable que no lo alcanzaran. Subió una loma escuchando las voces de los guardias a su espalda, aunque lejos. Corrió hasta que sintió que los pulmones le iban a reventar dentro del pecho, como si los rebeldes estuvieran otra vez dándole candela desde la otra orilla del Ebro. Corrió hasta que no le quedó aliento. Corrió hasta perder la noción del tiempo, hasta que al cabo de unos minutos, que se le antojaron un buen rato, ya sólo escuchó el sonido de sus propios pasos indecisos y exhaustos sobre los terrones y se dejó caer rodando por un terraplén. Cuando dejó de rodar sintió que tenía la boca seca, y que los pulmones pugnaban por escaparse de su pecho flaco, por romperle las costillas. Le costó un poco más de lo habitual respirar hondo para tranquilizarse, pero al final consiguió acompasar los latidos de su corazón, lo único que ahora escuchaba en mitad de la noche. Al menos por esta vez —pensó antes de cerrar los ojos— me he salvado.

Cinco

De Miguel Carmona, Pinner admiraba secretamente muchas cosas pero, tratando de mantener el equilibrio a bordo de la patera de contrabandistas que avanzaba remolcada por una embarcación mayor mientras esperaba la señal convenida en la orilla, lo primero que se le vino a la cabeza, no sin cierta envidia inconfesa, fue la entereza que siempre había observado en él en los momentos críticos. Pinner siempre miraba inquieto a un lado y a otro por si aparecían los guardias de asalto antes de cambiar de tranvía esas noches de los primeros años treinta, cuando estuvieron gestando la revolución en Sevilla. Carmona, Márquez y él acostumbraban a reunirse clandestinamente en la Venta de la Cruz del Campo con los otros agentes soviéticos y gente como Díaz o Barneto, que ahora, aunque estaba a punto de volver a pisar tierra española, se le antojaban tan ignotos en la distancia y en la memoria como la brumosa Londres que había dejado atrás apenas veinticuatro horas antes.

Pocos quedaban ya de aquellos años: quienes no habían sido culpados del fracaso de la revolución en Sevilla y habían sido ejecutados de un tiro en la nuca pocos días después de haber engrosado la nómina de los encarcelados en la Lubianka moscovita —Pinner se estremecía cuando pensaba que acaso él también podría haber acabado así de haber permanecido en España—, tuvieron la misma o peor suerte al ser apresados por las tropas de Queipo de Llano que se hicieron con el mando de la ciudad en una maniobra inesperada. Muy pocos de los que había conocido aquellos años habían quedado a salvo de la desgracia; tal vez sólo Carmona y él mismo. Ya apenas tenía contactos con la gente del partido: algún encuentro esporádico en Londres, poco más. No se fiaba de nadie que le hablase de los viejos tiempos, sobre todo después de que el mismísimo Beria requiriese su presencia en Moscú.

Había llegado a enterarse de que Saturnino Barneto, que logró huir de Sevilla, igual que él mismo, a bordo de un carguero los primeros días de la guerra, había fallecido de una úlcera de estómago a principios de 1940, y de que Pepe Díaz, su buen amigo, se había suicidado en Tblisi un par de años después. Márquez, a quien más le dolía recordar pero no podía y no se permitía dejar de hacerlo, fue fusilado en la explanada de Los Remedios poco después de ser detenido.

Los ojos se le ensombrecían cada vez que pensaba en Márquez. De haber sido un valiente, como sus jefes esperaban y él mismo creía ser, tal vez aún estaría con vida, junto a Rosa —la sombra se agrandaba al pensar en ella—, tras la barra de aquella taberna de Triana donde habían compartido tan buenos ratos.

De todos los que formaban parte del grupo, sólo quedaban vivos él, por cobarde, y Miguel Carmona, en quien no había querido pensar durante todos los años que había pasado en Inglaterra escondiéndose de su pasado: del revolucionario, por el que se enorgullecía; y del ignominioso, por culpa del cual sentía asco de sí mismo. Había pasado tanto tiempo desde la última vez que había visto a Carmona que a veces lo recordaba con la misma irrealidad con que se recuerda al personaje de una novela. Pensaba a veces, para consolarse o para conciliar el sueño, que Miguel Carmona no existía, que se había convertido en un fantasma después de que lo fusilaran los primeros días de la guerra o que habría caído reventado por un obús en el frente, corriendo a bayoneta calada, con el rostro desencajado mientras avanzaba poseído por la locura o la falta de miedo hacia las trincheras de los soldados rebeldes.

Pero, como había intuido o temido, Miguel Carmona estaba vivo, ahora ya no había duda, y Pinner sentía la intensidad de su presencia constantemente desde que Goodman le dijera en Londres que lo estaban buscando. Parecía como si Carmona lo estuviera vigilando desde que aceptó subir al hidroavión. Y a bordo de la barca que se estremecía por el oleaje, a poco menos de media milla de la costa española, se acordaba de sus consejos cuando eran amigos y los guardias de asalto cargaban contra ellos en alguna manifestación: «Respira hondo, tranquilízate, que no se te note el miedo, relájate». Nada parecía afectarle, nunca se ponía nervioso, o al menos nunca se lo había notado. Pero él era Gordon Pinner, y a pesar de su corpulencia y de su aspecto imponente le daban pánico los aviones, y los barcos, y aunque había algo dentro de él que lo arrastraba irremediablemente hacia España, tenía miedo, y por mucho que se esforzase en mantener la calma jamás sería Miguel Carmona, aunque años atrás alguna vez había deseado ser como él. Todos respetaban a su viejo amigo a pesar de que nunca alzaba la voz, siempre expresaba sus opiniones en susurros y sólo tenía que mirar a los ojos a su interlocutor para que éste bajara la vista invariablemente y asintiera resignado o cambiara de tema. La tranquilidad y la valentía de Miquel Carmona le venían otorgadas de nacimiento; formaban parte de su naturaleza y esas cosas la gente las percibe. En cambio, el aplomo de Pinner, y tal vez el de la mayoría de las personas que había conocido salvo Miguel Carmona, no era más que una naturaleza fingida, una impostura que se derrumbaría en los momentos críticos, algo que, por desgracia, sabía muy bien.

Cuando llegó a Gibraltar ya le habían preparado documentos falsos. Estaba todo listo para que pasase a España a primera hora de la tarde. Alguien lo iba a llevar a Algeciras, desde allí debía coger un autobús hasta Jerez y luego otro hasta Sevilla, adonde, si todo salía según lo previsto, llegaría a última hora de la tarde. Pero por la mañana un bombardero americano había tenido que realizar un aterrizaje forzoso muy cerca del puesto de control y la policía española —últimamente con la mosca detrás de la oreja, según le habían contado— había cerrado la frontera. Goodman pensó colarlo en un grupo de trabajadores españoles que cruzaban todos los días para trabajar en Gibraltar, pero Barrymore decidió al final que era demasiado arriesgado. No podían permitirse el lujo de que la policía española lo detuviese al intentar pasar al otro lado. Había que buscar otra forma de entrar y, una vez en territorio español, lejos de Gibraltar, oculta su verdadera identidad bajo unos documentos falsos, llegar a Sevilla sería mucho más sencillo.

Barrymore masculló la idea unos minutos antes de resolver, resignado, que no había tiempo que perder. Le habían informado que esa noche iba a tener lugar un intercambio de hombres y de tabaco en la costa gaditana, y Pinner podría ser trasladado hasta la orilla junto con el cargamento. Por su expresión de disgusto Pinner adivinó que no era la forma en que le gustaba hacer las cosas y eso lo hizo sonreír para sus adentros: pocas cosas le producían más placer que ver a un inglés remilgado con el ceño fruncido por tener que saltarse las normas, sobre todo cuando parecían tan metódicos y cuadriculados como Douglas Barrymore. No le quedaba otro remedio que recurrir a la ayuda de unos contrabandistas españoles a pesar de la RAF, la Royal Navy y los aires de grandeza que se gastaban los tipos del MI6 que sostenían la taza de té con el meñique enhiesto. Cuando no había más alternativas no quedaba otra cosa que recurrir a métodos menos ortodoxos, y si había que pedir ayuda a unos contrabandistas de tabaco se hacía y punto, por mucho que a caballeros estirados como Goodman o Barrymore se les atragantara la flema británica.

El viento del este había arreciado al ponerse el sol y la espuma de las olas saltaba por encima de la barca pero, para alivio de su estómago maltratado, Pinner no había probado una sola gota de alcohol desde que salió de Inglaterra. De no haber sido así, haría ya un buen rato que estaría vomitando por la borda. A punto estuvo de caer al mar cuando saltó a la barca. Sabía nadar, pero no pudo dejar de sentir cierta aprensión al contemplar las aguas oscuras y revueltas de la costa gaditana.

Goodman le había repetido las instrucciones antes de subir a la patera donde ya habían sido depositados los fardos de tabaco.

—Nuestra gente te recogerá en la orilla y te indicará la forma de llegar hasta Sevilla. —Al darse cuenta de que lo tuteaba por primera vez, Pinner frunció el ceño: parecía como si estuviera despidiéndose de él porque lo iba a meter en la boca del lobo, o tal vez se sentía culpable por haberlo convencido para que viniese—. Cuando llegues a la ciudad te presentas en esta dirección —le guardó un sobre en el bolsillo interior de la chaqueta—. Y, sobre todo, Pinner —clavó los ojos en él como si fuera una súplica—, debes encontrar a Miguel Carmona como sea; tenemos muy poco tiempo.

Pinner echó un vistazo al mar embravecido antes de contestar:

—No me digas.

La expresión severa de Goodman no dejaba lugar para las bromas.

—Es un asunto muy importante, Pinner. Espero que ya te hayas dado cuenta.

Goodman parecía realmente preocupado.

—No me mires como si tuvieras ganas de darme un abrazo, Goodman. Parece como si de verdad lamentaras enviarme allí dentro.

Pero el agente del MI6 ni siquiera disimuló una sonrisa.

—Me hago cargo, sí —rectificó Pinner.

—Encuéntralo, como sea. De lo demás nos ocuparemos nosotros.

Pinner abrió la boca, pero no llegó a decir nada. Sentía escalofríos cuando alguien se refería de un modo ambiguo a sí mismo o a otros que, como él, pertenecían a un grupo. Por haberlos conocido y haber colaborado con ellos, le daba asco la forma en que trabajaban y cómo se lavaban las manos los agentes secretos cuando las cosas se ponían feas. Pero no había venido a España para echar una mano a Goodman o a quienes él se refería como *nosotros*. Si hubiera sido ésa la única razón no habría perdido ni un minuto de su tiempo hablando con Goodman en Londres. Esperaba encontrar a Miguel Carmona y hablar con él, aunque estaba seguro de que su viejo amigo no podía haber cambiado tanto como para confiar un secreto a los alemanes.

Pinner se caló la gorra y asintió dándose la vuelta. No le dio la mano, ni siquiera le dijo adiós antes de saltar a la patera. Al fin y al cabo, Goodman no era su superior: ni Goodman ni nadie. Tampoco eran amigos, ni mucho menos. No lo serían nunca. En el Peñón ya le había advertido, en presencia de Barrymore, que sería conducido hasta Sevilla y que una vez allí habría de presentarse dos veces al día en una dirección, la misma donde se alojaría —la misma que le había hecho memorizar como un colegial y le había obligado a repetir por última vez antes de abandonar el barco—, y que de no hacerlo su presencia en la ciudad sería puesta inmediatamente en conocimiento de las autoridades españolas: seguro que no les importaría detenerlo si les proporcionaban detalles de su pasado sindicalista y les advertían que se encontraba en la ciudad para tramar una conspiración contra el Régimen. Pero no tendrían que llegar a ese extremo. Goodman lo tranquilizó sujetándole el brazo en un gesto falso de camaradería: estaba convencido de que Pinner no los dejaría en la estacada.

Una luz roja parpadeó en la orilla al cabo de unos minutos. El marinero soltó el cabo que mantenía la patera amarrada al barco y Pinner se agarró a la madera para no caer al agua. Al menos, se dijo, podrían haberse preocupado de darme un impermeable. Aquello no había hecho más que empezar y ya estaba empapado. Antes de sortear la mitad del trayecto, pensando que se mojaría menos, Pinner se levantó para cambiar de sitio mientras los gritos y los aspavientos del marinero que gobernaba la patera le llegaban apagados por el estruendo de las olas y del viento. Pero Pinner no le prestaba atención. Probablemente le estaría advirtiendo que no se moviera para no desestabilizar la barca. No pensaba estar demasiado tiempo de pie para que vuelque, así que tranquilo, hombre —murmuró para sí—, tranquilo que ya me siento.

Fue lo último que pensó antes de caer al agua.

Había estirado el brazo para afirmarse en el borde al sentarse. Estaba todo mojado y no quería resbalar y hacerse daño en la pierna al caer. Esa noche, por culpa del tiempo inestable, el tobillo le dolía tanto como en Londres.

Una ola lo pilló de través antes de que pudiera darse cuenta. La sensación fue como un empujón en el costado. En el mismo instante que caía al mar se percató de que las palabras —nada amables para con él, por cierto— que no había llegado a entender del marinero eran unos exabruptos en español que hacía años que no escuchaba.

Era la segunda semana de mayo, pero el agua del mar estaba tan fría como si todavía fuese invierno. Temió que el corazón se le parase por culpa del frío antes de sacar la cabeza del agua y sintió un dolor agudo en el pecho, como si le clavasen una aguja en los pulmones, al inspirar la primera bocanada de aire.

El marinero había parado el motor y le lanzaba un cabo mientras se explayaba en maldiciones e insultos. Se palpó el interior de la chaqueta para asegurarse de que los documentos no se habían ido al fondo del mar. Suerte que Goodman se los había dado envueltos en plástico. El hijoputa tal vez esperaba que ocurriese algo así. Antes de nadar hacia el cabo que le había tendido el marinero miró a donde debía de estar el barco, pero las luces estaban apagadas y apenas distinguió un bulto amorfo entre las olas. Esperaba al menos que Goodman no estuviera aguantándose la risa en la cubierta.

Por suerte no tardó en volver a la patera. El marinero lo ayudó a subir pero no le dijo ni una palabra, ni siquiera le preguntó si se encontraba bien. De un empujón lo obligó a sentarse sobre los fardos de tabaco que reposaban en la panza de la embarcación, volvió a arrancar el motor y escrutó la oscuridad con ojos profesionales antes de decidir qué dirección tomar. Durante unos instantes Pinner pensó que se habían perdido, pues en mitad de la noche no veía ni el barco ni la costa. La luz roja parpadeó de nuevo en la orilla y el marino enfiló la proa en esa dirección. Pinner volvió la cabeza. A duras penas distinguía el barco, pero seguro que Goodman estaría mirándolo por la borda con unos prismáticos, atento, no ya por si se ahogaba —por muy buenos modales y sonrisas que se esforzase en mostrarle no dejaba de ser un agente del MI6—, sino para asegurarse de que su hombre, un borracho que ya no valía para nada, la única esperanza que tenía de encontrar a Miguel Carmona y convencerlo de que se pusiera del lado de los aliados —mientras más lo pensaba más grotesca le parecía la misión—, no caía al mar de nuevo y daba al traste con la operación.

La linterna roja parpadeó otras dos veces antes de que la proa de la patera encallase en la arena. De la oscuridad, como fantasmas que esperasen ansiosos la llegada de Pinner, tres hombres surgieron tras unos matorrales. Antes incluso de que tuviera ocasión de poner pie en tierra, unas manos le atenazaron el brazo y tiraron de él hacia los arbustos. Parecía un muñeco gigantesco y empapado siguiendo como un autómata los pasos de un desconocido. Con un gesto le indicó que se tumbase en la arena y al hacerlo sintió un agudo dolor a la altura del tobillo: la vieja herida se quejaba por culpa del remojón. Los otros dos hombres se echaron a hombros, ayudándose por un palo amarrado en el fardo a tal efecto, la primera de las cuatro balas de tabaco. A Pinner le asombró ver la rapidez de la maniobra: parecían dos obreros trabajando a destajo. Sus movimientos estaban tan coordinados que en menos de dos minutos habían desembarcado los cuatro fardos y los habían cargado en un burro que miraba la escena indiferente tras los matojos. Entonces Pinner se dio cuenta de que un hombre al que no había visto hasta ese momento salía de otro escondite, subía a la patera y se sentaba una vez que hubo finalizado el desembarco de los bultos. Sin esperar a que los contrabandistas se hubieran marchado, el marinero hizo una maniobra rápida para alejarse de la orilla, y hasta que la barca no hubo emprendido el camino de regreso a la nave nodriza no tomó conciencia Pinner de que ese último individuo que había aparecido en escena sería alguien que, como él mismo tendría que hacer pocos días después, regresaba de una misión en el interior. En la oscuridad de la playa imaginó al agente subir al barco y estrechar la mano de Goodman. Se preguntó cuál habría sido su cometido, si tenía algo que ver con su propia misión, si se trataba de un inglés o de un español, si también le habrían hablado de Miguel Carmona.

Pero no era el momento para plantearse dudas que aún

no podía resolver. Lo mejor, o lo peor —porque escondido tras unos matorrales y con la ropa empapada, mientras seguía agazapado sobre la arena al tiempo que la mano de un desconocido lo protegía o lo sujetaba, no estaba seguro de querer seguir adelante—, era que ya estaba en España, y aunque todavía no había llegado a la parte más delicada del trabajo, una parte de él deseaba estar de vuelta en la patera y subir al barco junto a Goodman. A partir de ahora, aunque lo llevasen hasta Sevilla y le ayudaran en su empeño, estaba solo, y sintió una corriente gélida subirle por la espalda, una sensación de frío mucho más profunda que la que le causaba su ropa mojada que lo estaba empezando a hacer tiritar. Cerró los puños sobre la arena helada que se le escapó como agua entre los dedos.

Vámonos, ya es hora de marcharse, oyó decir a una voz al tiempo que aumentaba la presión en su brazo. Los otros dos hombres y el burro siguieron por un camino y él, sin desprenderse de la tenaza que le sujetaba, fue conducido por otro sendero, hacia la carretera. Aún sintió un breve rumor de las olas al romper en la orilla. Volvió la cabeza para atisbar el mar por última vez en la oscuridad de la noche, pero no había rastro de luces ni del barco. Ya debían de estar camino de Gibraltar. Miró al hombre de facciones enjutas que por fin le había soltado el brazo y trataba de liar un cigarrillo para encenderlo con un mechero de yesca, con una gruesa cuerda de color anaranjado a modo de mecha, uno de esos encendedores que hacía tanto que no veía. Luego de liarlo se lo ofreció a Pinner, pero éste se detuvo y volvió a echar un último vistazo a la orilla antes de cogerlo: después de siete años volvía a pisar tierra española y, contra todo pronóstico, no sentía ninguna emoción especial después de hacerlo. Si acaso, mientras seguía al hombre que lo guiaba para salir de la playa y procuraba tensar la mano para que no se le cayera el cigarro por culpa del temblor y del frío, lo embargaba una soledad profunda, un desasosiego familiar que lo inquietaba igual que cuando se despertaba entre convulsiones después de haber soñado que aún seguía en España, que todavía se consideraba un hombre valiente y que no había podido abandonar Sevilla en aquel carguero inglés tres semanas después de que empezara la guerra.

Seis

Entre los harapos del Miguel Carmona que subió al camión a las afueras de Huelva y los del Miguel Carmona que llegó a Sevilla día y medio después no había mucha diferencia, salvo que aquéllos eran jirones de ropas de su propiedad y éstos pertenecían a la chaqueta remendada y abombada hasta el límite en los bolsillos que le había regalado Alonso.

Por culpa del encuentro con la Guardia Civil se había roto los pantalones y se le había descosido la chaqueta. Después de permanecer durante varias horas tumbado en la zanja donde se despeñó huyendo de la pareja, su aspecto volvía a ser el de un fugitivo. Faltaba poco para que amaneciera cuando reanudó la marcha. Continuar el viaje por carretera era peligroso, pero andar entre terrones ralentizaba demasiado su ritmo. Había que arriesgarse a caminar por la cuneta otra vez, mas ahora tendría la precaución de volver al campo antes de cada curva o antes de subir la cuesta siguiente. En cualquier momento podría aparecer otra pareja de guardias civiles y Miguel sabía bien que la suerte era algo que no se debía tentar más de lo necesario.

Se quitó la vieja chaqueta de Alonso, ahora sucia y con una manga a punto de separarse del resto de la prenda, y la sostuvo por el lado donde se le había rajado el pantalón. No quería sorpresas y si alguien lo veía con esa pinta antes de que él se diera cuenta podría dar parte.

Se palpó el rostro para comprobar si tenía alguna magulladura. Aunque se había lavado las heridas y las mataduras que le adornaban la piel en casa de Alonso antes de salir, quería asegurarse de que no presentaba cortes en la cara. La apariencia sucia y las heridas en el rostro eran la mejor carta de presentación de un sospechoso. Sonrió aliviado al comprobar que, a pesar de sentir un dolor agudo en un pómulo, no tenía ningún rasguño nuevo.

Faltaban aproximadamente cincuenta kilómetros para llegar a Sevilla. Si caminaba todo el día sin descanso a lo mejor estaría allí por la noche, pero estaba claro que podría tardar mucho más: tenía que esconderse en algunos tramos, volver a meterse en el campo, atravesar varios pueblos. Caminando por la carretera a plena luz del día sería una presa demasiado fácil, pero no podía hacer otra cosa salvo seguir adelante. Tenía que llegar a la ciudad, esconderse en un lugar seguro, tratar de conseguir papeles nuevos y emprender la huida de nuevo, tal vez la última escapada.

Pero si quería cumplir su cometido iba a tener que buscarse un medio de transporte. Clareaba ya el día cuando se encontró una venta en la carretera. Fuera había un camión, pero Miguel no sabía conducir, y aunque supiera hacerlo sería demasiado arriesgado: un vehículo robado no sería difícil de localizar.

Faltaba muy poco para que los jornaleros empezasen a trabajar. Junto al camión había una bicicleta. En el interior de la venta apenas se distinguían dos personas que charlaban bajo la luz insuficiente de una bombilla. Estaba rodeado de campo, y seguro que a medida que pasasen los minutos aparecería más gente. Tal vez los trabajadores se reunieran en la venta antes de empezar la jornada. Si había tomado una decisión tenía que hacerlo ya, sin pensárselo dos veces. Odiaba tener que robar la bicicleta de un pobre campesino, pero no le quedaba otro remedio. Frunció el ceño, aspiró una profunda bocanada de aire frío y agachándose rodeó el camión. Igual que en todos los momentos que debería haber sentido miedo, una sensación de calma se apoderó de él. Antes de tocar el manillar de la bicicleta volvió a mirar el interior de la venta. Aparte de las dos personas que charlaban en la barra junto a sendas copas de anís, otro hombre, tal vez el dueño o un camarero, les daba la espalda mientras cogía algo de la estantería. Él los veía gracias a la luz exigua de la bombilla, pero fuera aún estaba lo bastante oscuro para que no pudieran siquiera reparar en él. Sin darse tiempo a arrepentirse agarró el manillar con fuerza y cerró los ojos esperando que la cadena no chirriase delatando su presencia, pero volvía a estar de suerte porque el plato giró con suavidad cuando empujó con fuerza los pedales hacia la cuneta. Siguió pedaleando carretera abajo, conteniendo la respiración, sin mirar atrás. Por fortuna no oyó voces a su espalda: con un poco de suerte ya estaría lejos cuando el dueño de la bicicleta se diera cuenta.

Pasó el resto de la mañana viajando por la carretera que unía Huelva con Sevilla: Villalba del Alcor, Manzanilla, Castilleja del Campo. No estaba acostumbrado a viajar en bicicleta y había perdido el resuello después de llegar a la mitad de la cuesta empinada que precedía a Sanlúcar la Mayor. A esa hora ya hacía mucho calor y paró a descansar. Desde que robó la bicicleta hasta entonces no se había encontrado con ninguna otra pareja de guardias civiles. Resguardado bajo la sombra de un eucalipto contempló por última vez el hermoso valle que había dejado atrás. Bajando la cuesta, el río Guadiamar; a la derecha, la sierra de Aznalcóllar, donde se rumoreaba que aún quedaban algunos guerrilleros irreductibles. Le habían llegado noticias de que en algún lugar de esas montañas varios centenares de milicianos estaban procurando más de un quebradero de cabeza a las tropas de Queipo de Llano. La gente decía que por toda la sierra de

Huelva, hasta la misma línea de la frontera con Portugal, los guerrilleros se contaban por miles. Miguel no pensaba que fueran tantos. Nunca se le pasó por la cabeza unirse a ellos: él era un lobo solitario al que sólo le gustaba depender de sí mismo. Hacía mucho que no se fiaba de nadie y después de la guerra siempre tuvo claro que seguiría solo y que si buscaba ayuda sería porque no le quedaba otro remedio. La gente que convivía, aunque fuese por una buena causa, al final acababa teniendo problemas. Aún le dolía recordar los días que pasó junto a sus camaradas del POUM, apostado en el edificio de la Telefónica de Barcelona en mayo del 37. Era tan triste como cierto: los hermanos del mismo bando republicano liados a tiros entre ellos. Los fascistas debían de haberse revolcado de la risa al enterarse. Luego, la ilegalización del POUM, y de repente se había convertido en poco menos que un proscrito. Al año siguiente, cuando lo del Ebro, todo se había ido a pique, o tal vez ya se había ido mucho antes y nadie quiso darse cuenta. A pesar del paso del tiempo aún le dolía recordar las palabras de su antiguo amigo Pepe Díaz, con quien había compartido tantos buenos ratos en Sevilla, animando a que los dirigentes del POUM fuesen exterminados sin consideración.

En su privilegiada atalaya, si aguzaba la mirada, casi podía ver el lugar donde había tenido el encuentro con la Guardia Civil la madrugada anterior, en el horizonte, a lo lejos. Apenas quedaban veinte kilómetros para llegar a Sevilla. Con un poco de suerte, si no le pedían la documentación, estaría a media tarde en el puente de Hierro.

Y, por extraño que le pareciera, la suerte volvió a ponerse de su lado: antes de llegar a Gines se cruzó con unos guardias que no repararon en su pantalón roto ni en la chaqueta descosida. Sin dejar de pedalear, inclinó la cabeza para saludarlos cuando estuvo a su altura y éstos respondieron llevándose la punta de los dedos a los tricornios. No volvió a detenerse hasta después de cruzar Castilleja de la Cuesta. Bajó de la bicicleta en una curva de la Cuesta del Caracol y, con el tabaco que le había regalado Alonso, lió un pitillo mientras contemplaba Sevilla. A menos de cinco kilómetros de distancia, la ciudad presentaba una estampa excepcional. Casi podía extender la mano y rozar el barrio de Triana con los dedos. Hacía varios años que las fotografías eran las únicas vistas de la ciudad que había contemplado, y ahora, quizá porque sabía que no iba a poder pasear por ella y tendría que mantenerse oculto mientras conseguía papeles y cambiaba su aspecto, quería grabar aquella imagen en su retina, como si fuera una postal impresa, por si jamás volvía a verla. Cuántos años, pensó, había pasado allí, desde que llegó a mediados de 1928, venido desde Almería para trabajar en las obras de la Exposición Iberoamericana. Allí los había conocido a todos, a Pepe Díaz, a Barneto, a Márquez y a su esposa, qué guapa era, y a Gordon Pinner, su buen amigo, de quien no había vuelto a saber nada desde que estalló la guerra. Seguro que lo habrían fusilado.

Permaneció allí sentado alrededor de una hora, apoyada la espalda en el tronco de un árbol, dormitando mientras caía la tarde. Sólo se le ocurría un sitio donde podía acudir a pedir ayuda, si es que ese lugar aún existía. No estaba seguro de cómo reaccionaría ella al verlo después de tanto tiempo. Tal vez ahora Rosa era diferente y no quería saber nada de los amigos de su marido. Ojalá que no. Esperaría a que fuera de noche, cuando todavía la taberna estuviese abierta pero ya no hubiese mucha gente dentro, para asomarse despacio, confundido entre los clientes, y así no tener que complicarla en sus asuntos más allá de lo estrictamente necesario.

ϒ

Chapina quedaba un poco más allá del puente de Hierro. Se bajó de la bicicleta y se acodó en la baranda. Muchas veces, sobre todo al principio de su vida clandestina, había soñado su retorno a la ciudad, y siempre se imaginó difuminado dentro de un ejército de obreros que regresaba para devolver el poder a los trabajadores en una mañana luminosa, pero nunca pensó aparecer en Sevilla al caer la tarde, mirando de soslayo a un lado y a otro por si alguien lo reconocía, después de dos días huyendo como una alimaña, sin tener la certeza de saber adónde ir o si una mujer de cuyo marido fusilado había sido un gran amigo se prestaría a cobijarlo por unos días.

Al final los sueños no eran más que eso, fantasías, y la realidad acostumbraba a ser mucho más sencilla, más fría, más gris. La revolución se había quedado en un amago, y la guerra sólo había servido para que mucha gente valiente terminase sus días desangrándose en una trinchera.

Lanzó el cigarro al río y miró a su derecha: el sol se ponía tras la cornisa del Aljarafe. Había llegado la hora de entrar en la ciudad. Atravesó el trecho que le quedaba del puente caminando, sujetando el manillar de la bicicleta con las manos. Un niño que recogía una caña de pescar se lo quedó mirando desde la orilla. Le devolvió al pequeño una sonrisa. Se recordó a sí mismo pescando en el mismo sitio muchos años atrás, no siendo un niño como ése, pero sí un hombre mucho más joven e inocente de lo que era ahora. Se acercó al chaval. No debía de tener más de siete u ocho años. Recogía la cuerda, muy serio. Miguel echó un vistazo a la cesta casi vacía.

—Mal día de pesca —dijo.

El chaval se encogió de hombros, resignado.

Miguel sonrió. Ya no necesitaba la bicicleta, y aunque lo sentía por el hombre, seguramente humilde, a quien se la había robado por la mañana, pronto la dejaría abandonada o tal vez la tirase al río. El muchacho recogía el hatillo con los peces y enrollaba el sedal antes de guardarlo. Aún era demasiado pequeño, pero no tardaría mucho en poder utilizarla.

—Oye —le dijo, levantando en peso la bicicleta—, te la regalo.

Ya había oscurecido del todo cuando llegó a la plaza del Altozano. Una suave brisa que soplaba desde el río le trajo el aroma del azahar que tanto le gustaba. En ningún sitio olían los naranjos igual. Se dirigió al puente y se acodó en la baranda metálica para contemplar la imagen que tanto había añorado: bajo el puente, a su izquierda, el Muelle de la Sal; al frente, la Torre del Oro y el puente de San Telmo, que él había visto inaugurar, precisamente desde el mismo sitio donde estaba ahora, en agosto de 1931. Siguiendo la línea del puente de San Telmo hacia la derecha, aún se encontraba la ermita y la explanada de los Remedios, donde habían fusilado a tantos camaradas suyos —probablemente a Márquez y a Pinner también— las primeras semanas de guerra. Y a la derecha la calle Betis, y Triana, donde una vez estuvo abierta, y ojalá que aún lo estuviera, una taberna en la que esperaba que lo ayudaran.

Como si no hubiera pasado el tiempo, estaba en el lugar desde donde le habían contado que sus camaradas repelieron mosquetón en mano a las tropas de Queipo de Llano que venían a tomar el barrio en julio del 36. Después de tres días de lucha, le dijeron, las calles presentaban un aspecto desolador, como si hubiera temblado la tierra: los tranvías quemados, los sacos terreros en el suelo reventados a balazos, caballos con las tripas abiertas pudriéndose en la calle, la librería del alemán saqueada, esa que tanto le gustaba a Pinner, que leía tanto, con los volúmenes amontonados en la acera, ardiendo en una pira salvaje, como un auto de fe.

Aquéllos fueron otros tiempos. Sólo habían pasado siete años, incluidos los tres de la guerra, y parecía como si esos días de incertidumbre y camaradería pertenecieran a otro siglo. Sevilla, la ciudad que estaba destinada a convertirse en la punta de lanza de la revolución bolchevique en España, se destapó como la primera ciudad importante donde triunfó el golpe militar. Quién lo habría imaginado. Nadie en su sano juicio lo habría vaticinado. Era imposible que un lugar donde los trabajadores malvivían en suburbios como el Cerro del Águila o en los corrales de vecinos de la Macarena, Feria o San Julián, donde las ideas soviéticas prendían espontáneamente, se convirtiera en el principal baluarte del fascismo en Andalucía.

Dejó atrás el Quiosco de las Flores, giró en una calle a la izquierda y llegó a su destino. Apenas había nadie. Un farol alumbraba el bar. Sólo había tres parroquianos dentro. Vuelta de espaldas a la barra, vaciando una jarra de vino, Miguel vio la melena negra recogida en un perfecto moño. Sonrió al comprobar que no había perdido una pizca del brillo de antaño. Pero aún no podía entrar: aunque pocos, había algunos clientes dentro y no quería causar más problemas de los estrictamente necesarios.

Miguel sacudió la cabeza, apesadumbrado, al recordar a Márquez acodado tras la barra del bar adornado con carteles de Lenin y del Cristo del Cachorro, hablando de política con Pinner, con él y con algún cliente que siempre metía baza en la conversación, como aquel viejo indiano que vivía en la plaza, siempre de punta en blanco con su traje color marfil. Márquez se pasaba las horas muertas hablando de política con él sin acordarse de que su joven esposa lo esperaba para cenar.

Los tiempos habían cambiado, y él también había cambiado con los tiempos. Ya se había resignado a vivir en paz bajo una falsa identidad en la costa de Huelva y a esperar nada, porque la gente se había acostumbrado a llevar una existencia razonablemente cómoda, a vivir en paz, a vivir y a dejar vivir. Pero ahora lo habían descubierto, y ya nada volvería a ser como antes. Ni siquiera la taberna era la misma, aunque adivinara a través del cristal el inconfundible pelo negro de Rosa. Le habían contado que se puso al frente del negocio después de que fusilaran a su marido. Tuvo suerte de poder conservar el bar. Rosa era joven, pero resuelta, y contaba con el valor y el aplomo que Miguel Carmona sólo había visto en algunas mujeres, algo de lo que carecían la mayoría de los hombres que había conocido, incluso los más valientes: una capacidad de seguir adelante en las dificultades, un sentido práctico, tal vez despojado del idealismo a veces absurdo que los hombres, incluso él mismo, padecían.

Pero, ahora que el último cliente se había marchado, Miguel se detuvo en la puerta un instante antes de entrar, como no queriendo atreverse a cruzar una línea de la que ya no sería posible regresar.

Siete

Aunque se jactaba de no haber dado nunca un golpe, una de las cosas que más le gustaban a Artemio de su trabajo era poder realizarlo solo, sin tener a nadie mirándolo por encima del hombro o acompañándolo de aquí para allá. Dado lo delicado de su oficio, no el de intermediario en tratos de compraventa de fincas en el que se había labrado una reputación relativamente respetable en Huelva y Sevilla, sino el otro, ese que tenía que ver tanto con los ingleses como con los alemanes —los dos bandos, sobre todo los ingleses, se habían aflojado el bolsillo para requerir sus servicios más de una vez—, era consciente de estar sometido, en mayor o menor medida, a una discreta pero incómoda vigilancia por ambos contendientes, pero sentir la sensación física de tener a alguien junto a él lo molestaba sobremanera. Y ahora, cuando ya había asumido el hecho inevitable de tener que acompañar a un desconocido durante días, no le servía de consuelo pensar, como otras veces, que no eran más que gajes de su oficio, que por muchas dificultades que encontrase recabando información para los ingleses su vida era mucho peor antes, sobre todo antes de la Guerra Civil. Aquellos años, Artemio Corona, último representante de una dinastía cuya sangre azul se había ido diluyendo hasta volverse roja como la de cualquier mortal —trescientos años son muchos años para conservar la pureza, admitía resignado cuando lo asaltaba la melancolía recordando sus tiempos mozos—, sobrevivía gracias a los sablazos con los que asaltaba a sus parientes que habían sido más inteligentes o más trabajadores que él.

La guerra, descubrió en el momento oportuno Artemio, era un negocio estupendo dondequiera que tuviese lugar. Salvando el incidente de los primeros días de julio de 1936, cuando estuvo a punto de pasar a mejor vida porque unos milicianos exaltados se empeñaron en lincharlo a la salida de una iglesia en Málaga, la guerra española le resultó un negocio rentable, un empleo cómodo para alguien como él que, a pesar de no haber doblado nunca el espinazo para agacharse, tenía la suerte de hablar inglés, francés y alemán con fluidez. Saber idiomas era una de las muchas ventajas que conllevaba el adorno de un apellido influyente. Había viajado mucho en su juventud y había aprendido idiomas sin esfuerzo, casi por inercia. Su habilidad para las lenguas extranjeras era una de las pocas cualidades que la gente de su familia le reconocía, tal vez la única que nadie podía negarle. Sus otras capacidades, como dilapidar una fortuna en una vida disoluta repleta de viajes por el Mediterráneo y juergas de varios días en los mejores burdeles de París, eran virtudes a las que sus parientes, esos a los que tuvo que recurrir para poder comer durante los primeros años treinta, sólo se referían para criticarlo o volver la cara cuando algún malintencionado preguntaba por Artemio, la oveja negra de la familia. Aunque había conseguido llevar una vida relativamente decente desde que decidió instalarse en Valencia durante la Guerra Civil hasta ahora, su cuenta corriente nunca había vuelto a alcanzar la solvencia de aquellos años, antes de esquilmar el notable capital familiar que heredó, cuando en los mejores hoteles de Europa recibía el mismo tratamiento que años después le dispensarían a Alfonso, el hijo del rey exiliado, y a la cubana Edelmira Sampedro por dejarse ver en los salones a ciertas horas. La diferencia entre ellos y Artemio estribaba en que a éste no le quedaba otro remedio que pagar la cuenta de su bolsillo.

Pero, después de dejar el patrimonio familiar bajo mínimos, la ocasión de su vida se le presentó a principios de 1937, cuando las tropas de Franco se habían instalado cómodamente en la mitad oeste de Andalucía, Extremadura, Galicia, Navarra y buena parte de Castilla. Por sus orígenes familiares debería haber pasado inmediatamente a la zona dominada por los militares sublevados, pero entre que el comienzo de la guerra le había pillado en Málaga y que no tardó mucho en darse cuenta de que el negocio estaba en la zona republicana, tomó la decisión de marcharse a Valencia. El gobierno de Largo Caballero se había trasladado al este ante la amenaza de la llegada de las tropas rebeldes a la capital, y Artemio, que había conocido a todo tipo de gente, sabía que donde estaba el gobierno se encontraban los funcionarios, los arribistas, o los que, igual que él pretendía, podrían sacar tajada de aquel río revuelto.

Corrían rumores sobre las dificultades que tenía el gobierno para comprar armas por culpa de la Política de no Intervención de las potencias extranjeras. Pero la República necesitaba armas, y las necesitaba con urgencia. A finales de 1929 Artemio había pasado una larga temporada en Praga y había labrado algunos contactos a los que estaba seguro de poder acudir ahora si les aseguraba un montón de dinero a ganar para todos. No tardó en ponerse al servicio de la Comisión de Compra de Armas y fue enviado de inmediato a París, a las oficinas del 55 de la Avenue George V, junto a los Campos Elíseos. Allí le proporcionaron un pasaporte falso, pues su apellido de buena familia no dejaba de levantar suspicacias entre algunos de los miembros de la Comisión, y además podía poner en peligro su vida si caía en manos de los más exaltados en algún momento crítico. Estuvo en Londres negociando la compra de cinco De Havilland Dragon

Rapide que, aunque no se trataba de unos aparatos demasiado ágiles, podían utilizarse como bombarderos tras algunos retoques, siempre que no hubiera un caza rebelde por las inmediaciones, pues entonces derribarlos sería un juego de niños incluso para el más bisoño de los pilotos fascistas.

Si antes había oído rumores, en Londres no tuvo dudas: era relativamente fácil ganar dinero comprando armas para la República. A pesar de la Política de no Intervención de los países europeos en la guerra española, por Londres circulaban toda suerte de fabricantes, intermediarios y ávidos compradores de uno y otro bando: fascistas, socialistas, comunistas. Incluso anarquistas españoles pululaban por la capital inglesa en busca de armas. Entre que el Comité de no Intervención había acordado no participar en la guerra española y que el gobierno inglés no quería arriesgarse a quedarse sin armas ante la posibilidad de un futuro conflicto con los alemanes, comprar una partida de fusiles viejos a un precio razonable no era una tarea sencilla.

Los aviones estaban a menudo equipados con motores antiguos que apenas aguantarían más de cien horas de vuelo, y el precio que se pagó por los cinco De Havilland fue poco menos que escandaloso. La comisión que hubo de abonar aparte del coste de los aparatos era una fortuna, mucho más de lo que él mismo logró embolsarse bajo cuerda tras no pocos regateos con el tratante de armas británico. Pese a todo, los De Havilland llegaron a Barcelona vía Francia pilotados por cinco aviadores galos que iban a volar para la República por la nada despreciable suma de veinticinco mil francos mensuales, casi diez veces lo que cobraba un sargento piloto en España.

Los comisionados de París habían quedado tan satisfechos con su trabajo que lo enviaron a Praga en el otoño de 1937. Checoslovaquia era, a la sazón, el mayor exportador de armas de Europa. Convenció a los funcionarios de la oficina de París de que en Praga disponía de excelentes contactos a los que conocía desde hacía muchos años, lo cual era cierto. Su primer viaje a Centroeuropa se saldó con la compra de un lote de dos mil fusiles máuser alemanes con mil cartuchos cada uno, ametralladoras ligeras y pesadas y munición para las mismas. No estaba mal para alguien que lo más cerca que había estado de las armas fue en las monterías de la finca de su abuelo cuando era joven. Los comisionados lo felicitaron efusivamente, se mostraron aún más satisfechos que la otra vez: no en vano el lote de fusiles y de ametralladoras, a pesar de no ser completamente nuevo, no era tan viejo como para que a un miliciano le estallase en el rostro cuando apuntase a un enemigo fascista desde la trinchera. Con aquella operación, aparte de su sueldo y una temporada en Praga con los gastos pagados, Artemio había conseguido sacar sin que nadie se enterase cuatro mil dólares de comisión, y las otras veces que compró armas en Praga sintió lo mismo que si apostara un número a la ruleta que supiera de antemano que iba salir. Siempre ganaba, y no sentía ningún remordimiento al hacerlo, pues no era el único y tampoco sería el último. Todos obtenían algún beneficio: la gente de París estaba contenta, los milicianos tenían sus armas, Ludvik —su viejo amigo checoslovaco que se había apuntado al negocio como intermediario montando de la noche a la mañana una empresa de importación— ganaba dinero y él, por supuesto, también.

La mayor oportunidad de su vida se le presentó en el verano de 1938, cuando las cosas empezaron a ponerse feas para el ejército republicano. En un intento desesperado la Comisión de París le encargó la compra de cincuenta aviones. Artemio casi se atraganta: cincuenta aviones, al precio desorbitado que se habían puesto las armas para España suponían mucho, muchísimo dinero.

Era la sexta vez que viajaba a Praga durante la guerra y

por el cariz que estaban tomando los acontecimientos en España, tal vez sería la última. Pese a la Política de no Intervención, otras veces Ludvik había sobornado a algún alto funcionario checo para que hiciera la vista gorda mientras las armas circulaban hacia España, así que ahora, que había mucho dinero a ganar, le aseguró a Artemio que podrían importar cincuenta bombarderos Martin desde Estados Unidos para luego revenderlos al Gobierno de Negrín. Al cotejar las cifras con Ludvik en la habitación del hotel Ambassador de Praga Artemio por poco se ahoga con el coñac: el precio de venta de cada avión era de noventa y ocho mil dólares. Ludvik, pequeño y exquisitamente trajeado, mostraba una amplia sonrisa.

Su amigo checo se acercó a él para que nadie los oyese.

—El precio de compra de los aparatos, al hacerlo al por mayor, no superará los setenta y nueve mil dólares. He sabido que hace tres meses en Londres se compraron tres De Havilland Dragon Rapide, muy inferiores y más viejos que éstos, al mismo precio.

Artemio asintió. Sabía que la Comisión estaría dispuesta a pagar ese precio. La situación de la República era muy precaria, pero aún podían permitirse pagar elevadas sumas para adquirir armamento. Había una cuenta en un banco de París donde los rusos habían devuelto la suma equivalente al oro que desembarcaron en Odessa en noviembre de 1936 después de deducir los gastos de armas que habían servido a la República.

—Lo pagarán —murmuró para sí, sin dejar de hacer números sobre cuánto dinero podría ganar—. Claro que sí.

Ludvik lo miraba sin decir nada, forzando una sonrisa, como si adivinara lo que Artemio estaba a punto de proponerle.

—Pero esta vez iremos a medias —dijo Artemio, confirmando sus sospechas—. Nada de comisiones; tú y yo al cincuenta por ciento.

Ludvik torció el gesto para disimular, aunque ya había decidido aceptar el acuerdo aun antes de que Artemio lo planteara.

Se estrecharon la mano al despedirse. Luego Artemio bajó al bar del hotel y pidió una copa. Una mujer con los labios pintados de rojo intenso fumaba en una mesa cercana. Estaba sola y era hermosa. Artemio sacó un cigarrillo de su pitillera de oro y lo encendió sin dejar de mirarla. Pero en realidad no la estaba viendo. En su cabeza bullían las cifras que acababa de manejar con Ludvik: si el precio de venta de cada aparato era de noventa y ocho mil dólares y Ludvik aseguraba poder comprarlos a setenta y nueve mil, suponía un beneficio de diecinueve mil dólares por avión, o sea, nueve mil quinientos para él y otro tanto para su amigo checoslovaco. Nueve mil quinientos por cincuenta arrojaba un total de cuatrocientos setenta y cinco mil dólares. Aquella cifra era más de lo que podía haber soñado nunca. A duras penas contuvo un acceso de tos cuando la mujer le pidió permiso para sentarse a su mesa.

Así pues, a finales del verano de 1938, poco antes de que las tropas de Franco afianzasen irremediablemente su posición en Aragón y dejasen la guerra sentenciada, Artemio regresó a París para proponer el asunto de los bombarderos norteamericanos. Harían falta cerca de cinco millones de dólares para traerlos hasta un puerto de Francia. No haría falta llevarlos hasta Checoslovaquia pues, una vez en Francia, los aparatos podían ser pilotados directamente hacia Barcelona, toda vez que se suponía que la empresa de Ludvik los habría vendido al gobierno español después de haberlos importado desde Estados Unidos. Otra opción consistía en transportarlos en camiones hasta los Pirineos, pero aunque el gobierno de Léon Blum había actuado muchas veces en connivencia con quienes traficaban armas para la República, desde la dimisión del político francés no existían garantías suficientes de que en esa fecha pudiesen estar abiertas las fronteras.

El gobierno republicano, consciente de su precaria situación, actuaba a la desesperada. La Comisión de Compra de Armas acordó con Artemio en París que sólo entregarían un diez por ciento del coste al realizar el pedido, esto es, cuatrocientos noventa mil dólares del total. El resto, al recibir la mercancía e inspeccionarla en Francia: se trataba de mucho dinero y ya estaban hartos de aviones que sólo servían para una excursión dominical.

Artemio, que a fin de cuentas no mandaba, aceptó a regañadientes pero disimuló su disgusto. Habló con Ludvik, que, aunque contrariado, no puso tantas objeciones como Artemio esperaba.

La primera semana de septiembre Artemio viajó a Praga con la orden de pago a cargo del gobierno español. Medio millón de dólares era demasiado dinero para estar tranquilo. Otras veces lo había llevado en efectivo él mismo, pero ahora, como se trataba de una suma demasiado cuantiosa, llevaba una carta de pago girada a favor de la empresa de Ludvik. No podía dejar de pensar qué podría hacer con todo ese dinero si fuese suyo, aunque se consolaba con la idea de que sus ganancias en la operación ascenderían a esa suma, más dinero del que podría gastar en diez vidas.

Ludvik lo invitó a cenar en el hotel Esplanade. Firmó el recibo del dinero y le aseguró que los bombarderos estarían en París en el plazo de dos meses. Con un poco de suerte, pensó Artemio, a primeros de noviembre los aviones viajarían camino de Barcelona y él estaría preparándose para darse la gran vida de nuevo, esta vez para siempre.

Mientras tanto, sólo tenía que esperar hasta entonces. Fue a Barcelona y esperó instrucciones de la Comisión de Compra de Armas mientras las tropas republicanas retrocedían al norte del Ebro. No sentía simpatías por ninguno de los dos bandos. Para Artemio, decidirse por alguno era tan absurdo como pertenecer a un equipo de fútbol pero, no obstante, la República era quien le pagaba, y además muy bien, así que la inminente debacle del ejército de Vicente Rojo no lo dejó precisamente contento.

Pero lo peor fue la noticia que apareció en *La Vanguardia* a primeros de octubre. El asunto era tan grave que tuvo que leer la noticia dos veces antes de reaccionar: el gobierno checoslovaco, seguro que para congraciarse con los nazis partidarios de Franco, había endurecido las medidas para controlar el tráfico de armas hacia la República española. Artemio se puso pálido al conocer la noticia. Un sudor frío le recorrió la frente. Apostaría todo lo que tenía a que Ludvik, bien relacionado entre los círculos de poder de Praga, sabía de antemano que algo así ocurriría antes de que llegaran los aviones.

Al día siguiente fue llamado a París. Su pasaporte diplomático le permitía atravesar la frontera con relativa facilidad. Las caras de los comisionados no dejaban lugar a dudas: rictus amargos, ceños fruncidos, ni una sonrisa. Querían saber qué había pasado con los aviones. Artemio trató de tranquilizarlos. Hemos de tener paciencia, dijo. Me habían asegurado que los aviones estarían aquí a primeros de noviembre. Todavía queda casi un mes. Pero el asunto estaba tomando mal cariz: todas la veces que trató de hablar con Ludvik no se puso al teléfono. Artemio empezaba a estar seguro de que los aviones jamás llegarían. También sabía que el gobierno republicano había perdido el medio millón de dólares que entregó a cuenta y él, lo que más le dolía, sus beneficios y la vida regalada que había soñado recuperar algún día.

A mediados de noviembre, cuando la derrota de los republicanos era poco menos que segura, ya nadie dudaba que los aviones nunca aparecerían en el puerto de Cherburgo. A través de un funcionario de la embajada de Nueva York se hicieron indagaciones y se averiguó que habían partido para Francia cinco bombarderos de los cincuenta encargados por el gobierno.

Hasta ese momento Artemio había podido lidiar con los comisionados arguyendo que todo habría sido una estratagema del gobierno checoslovaco para asfixiar a la República, que Ludvik no tenía nada que ver —aunque estaba convencido de lo contrario—, que probablemente estuviera detenido o habría sido asesinado por algún agente fascista. Los cincuenta aviones podían haber cambiado el curso de la guerra si hubieran estado en España los últimos días de la batalla del Ebro. Por tanto, insistió, ni Ludvik, y mucho menos él, tenían la culpa.

A finales de noviembre los cinco aviones llegaron al puerto de Cherburgo. El dinero entregado a cuenta a Ludvik cubría al menos la compra de esos bombarderos, pero Artemio sabía que no las tenía todas consigo. El asunto se había aireado tanto que había periodistas en el puerto aguardando la llegada de los aparatos. Tanto revuelo se levantó que el gobierno francés no tuvo más remedio que inmovilizarlos en un almacén con la prohibición expresa de enviarlos a España.

Por las caras de alguno de los miembros de la Comisión, Artemio no supo si se compadecían de él o estaban pensando en atravesarle el cráneo de un balazo en una mazmorra. A mediados de diciembre, una vez que decidieron iniciar un pleito contra la empresa de Ludvik, lo enviaron a Barcelona custodiado por dos oficiales de paisano que no lo dejaron solo ni para ir al retrete.

Estuvo un mes viviendo bajo vigilancia, y nunca tuvo claro si lo iban a dejar en libertad hasta que se aclarase el asunto —que tal como se estaban desarrollando las cosas en Europa iba para largo— o acabaría desangrándose en un callejón oscuro. Por eso respiró aliviado cuando las tropas de Franco entraron en la capital catalana en enero de 1939. Sus guardianes habían desaparecido. Ya no quedaba ninguno de aquellos con los que había tenido trato durante la guerra, sólo él, con su nombre verdadero otra vez, Artemio Corona, coreando el nombre del dictador que desfilaba al frente de sus tropas por la Diagonal.

Cuando terminó la guerra regresó al sur. Quedarse en Barcelona hubiera sido peligroso si alguien lo reconocía. En Sevilla, donde había nacido, era poco probable que alguien estuviese al tanto de sus tratos por cuenta de la República, y volvió a aprovechar sus contactos para trabajar como corredor de fincas lo que, aunque no le iba mal, no le daba para tanto como le gustaría.

Ya pasaba de los cincuenta, pero sentía la misma atracción irresistible por la buena comida, el buen vino, los trajes caros hechos a medida y las fulanas de lujo que cuando tenía veinte años y la fortuna familiar sufragaba sus gastos. Y es que hay cosas, se consolaba Artemio, que nunca cambian.

Igual que en la Málaga republicana de comienzos del 37, no tardó en darse cuenta de que la guerra en Europa podría resultarle un buen negocio. Y el tiempo le había dado la razón. El conflicto, aunque no le reportaba los pingües beneficios que la guerra española pudo haberle procurado, sí le permitía ganar lo suficiente para disfrutar de una vida relativamente desahogada y pagarse alguno de sus vicios, que no eran pocos, de vez en cuando; porque no todos los días se vendían y compraban fincas, sobre todo si mucha gente sólo podía llevarse a la boca las migajas que le proporcionaba la cartilla de racionamiento. Al menos, gracias a la guerra europea no tenía que arrastrarse a pedir limosna a un pariente o un amigo que tratase de hacerse el disimulado cuando se lo encontraba en el casino de la calle Sierpes y, lo mejor de todo, el dinero lo ganaba casi sin tener que trabajar; tan cómodo le resultaba que se pavoneaba ante sus conocidos de una buena vida sin dar golpe, sin madrugar ni tener que cumplir un horario. Eran las ventajas de hablar idiomas, de estar bien relacionado gracias a sus apellidos —Corona Sáenz de Artázcoz—, acudir a fiestas y relacionarse con gente influyente que alguna vez se iba un poco, lo suficiente, de la lengua. Gracias a ello llevaba año y medio vendiendo información tanto a los alemanes como a los ingleses, que de los dos bandos campaban por la ciudad.

Sabía que no eran asuntos demasiado comprometidos: el nombre de algún buque que iba a desembarcar una carga de semillas en el puerto, rumores que oía en alguna conversación con algún cliente. Asuntos de poca monta, información accesoria por la que ingleses y alemanes pagaban puntualmente. Hasta ahora no había habido nada de altura, y se alegraba por ello, porque su valentía no era ni por asomo igual que su ambición. Tan sólo se trataba de pequeños trabajos y había llegado a pensar, a veces incluso estaba convencido de ello, que tanto los hombres del MI6 como los de la Abwehr sabían que coqueteaba con ambos bandos y que, de algún modo, lo utilizaban.

Tal vez hubiera en la ciudad espías que se ocupasen de asuntos de mayor envergadura, de los asuntos importantes de verdad, pero su trabajo nunca llegaba tan lejos ni era tan arriesgado, y Artemio se congratulaba por ello. Él se limitaba a proporcionar información o a aportar datos que pudieran servir a alguno de los contendientes, pero nunca se ocupaba del trabajo sucio: era demasiado peligroso, y él no era amigo de los riesgos, ya no; desde lo de Praga prefería dormir a pierna suelta y a ser posible con el bolsillo lleno pero, si tuviera que elegir entre alguna de las dos cosas, prefería dormir a pierna suelta aunque su bolsillo no estuviese tan repleto, sobre todo ahora que el gobierno de Franco rastreaba la desaparecida empresa de exportación de Ludvik. Después de la

Guerra Civil habían reclamado a Francia, sin mucho éxito, los cinco aparatos que seguían almacenados en un hangar de Cherburgo. En mayo de 1940, cuando el pleito empezaba a vislumbrarse eterno, la Luftwaffe bombardeó la ciudad y los aviones no tardaron en convertirse en cenizas. Desde entonces algún sabueso del Ministerio estaba siguiendo la pista checoslovaca para poder reclamar al menos el medio millón de dólares que se pagó por los bombarderos, y ahora Artemio leía atentamente cualquier noticia en el periódico sobre el asunto mientras una corriente helada le subía por la espalda, cruzando los dedos para que no apareciera su nombre.

Sin embargo, su buena estrella parecía estar apagándose. Tenía malas vibraciones. Este asunto parecía más complicado que otras veces, sobre todo porque tendría que trabajar con alguien, y eso lo ponía nervioso. Vender información sobre nimiedades era una cosa, algo similar a un juego que lo entretenía y le proporcionaba buenos ingresos, pero acompañar a un tipo al que habían traído expresamente desde Inglaterra para localizar a un fugitivo estaba claro que era un asunto mucho más peliagudo. Además, Murdoch le había ofrecido el doble de dinero que de costumbre, algo inusual en él, y le había adelantado la mitad cuando lo llamó para ponerlo al corriente de la situación.

Lo malo del asunto era que Franz —a éste sólo lo conocía por su nombre de pila, probablemente falso— le dejó un mensaje en la pensión el mismo día que estuvo en casa de Murdoch para recibir instrucciones. A diferencia del inglés, que vivía y tenía negocios en la ciudad y se relacionaba con los españoles, de Franz apenas sabía nada, salvo que era alemán, que supuestamente trabajaba en la embajada del Reich en Madrid, donde también vivía, que visitaba Sevilla de vez en cuando y en ocasiones recurría a Artemio para alguna información de poca monta. Como de costumbre, lo había citado en el hotel Cristina al día siguiente.

Franz le caía bien. Se trataba de un tipo joven y amable, con la sonrisa siempre dispuesta en el rostro lampiño. Andaría sobre los treinta, pero su cara era como la de un niño. Siempre hablaba con Artemio en alemán. Tenía una panza incipiente, impropia de su edad, sin duda cultivada gracias al buen comer y al buen beber. Parecía disfrutar de los mismos placeres de la vida que Artemio, lo cual suponía otro punto a favor de la empatía que el sevillano sentía hacia él, sobre todo porque, cada vez que se encontraban, Franz lo invitaba a almorzar sin reparar en gastos. Y ante un buen plato de jamón y una botella de Barbadillo hasta los asuntos más complicados parecían fáciles.

Pero la última vez que se vieron, sólo dos días antes, hacia la mitad del almuerzo Artemio palideció: Franz se iba a quedar toda la semana en la ciudad, pero eso no fue lo que le extrañó. Al alemán le gustaban las mujeres andaluzas casi tanto como el buen vino de Sanlúcar y el jamón serrano. Lo que le dio que pensar vino más tarde. No se lo dijo abiertamente, por supuesto que no, pero Artemio era perro viejo y sabía leer entre líneas. Ya iban por los postres cuando Franz le preguntó, de pasada, como quien no quiere la cosa, si había oído hablar de un tal Miguel Carmona.

Ahora no podía quitarse de la cabeza al fugitivo.

Dobló el periódico sobre la tarima de la mesa de mármol y, para relajarse, se puso las gafas de sol que llevaba guardadas en el bolsillo interior de la chaqueta. Miró las muchachas que bajaban desde la calle Sierpes y apuró la copa de Castellana con sumo deleite. La guerra era un buen negocio, murmuró para sus adentros mientras estiraba las piernas bajo la mesa, sobre todo cuando la libraban otros. Antes de que los alemanes y los ingleses anduvieran por Sevilla dispuestos a pagar bien por cualquier información que pudiera serles útil, él no era más que un correcto tratante de tierras que ganaba lo justo para vivir y para costearse algunos vicios, muy pocos, como algún revolcón en casa de la Niña Heredia. Ahora, gracias a la guerra, trabajaba aún menos y ganaba más dinero. Nunca se levantaba antes de las diez y desayunaba todos los días en el Café París una tostada de pan de Alcalá de Guadaira, café y una copa de Castellana rebajada con agua, una *palomita*, mientras leía el *ABC*. La portada de hoy mostraba a un soldado alemán del Frente del Este parapetado tras las ruinas de una casa. Igual que en la Guerra Civil, ahora tampoco sentía predilección por ninguno de los dos bandos, aunque los alemanes pagaban mejor que los ingleses. Acostumbrado a lidiar tanto con británicos como con alemanes, lo único que quería era seguir viviendo bien, como hasta ahora, y se resignaba a tener a un idiota pegado al culo durante unos días como una inconveniencia más de su oficio clandestino; gajes del oficio que de ningún modo podría eludir. Como decían los ingleses, *what job is perfect?*

Murdoch le había confirmado que el otro inglés estaría en el bar a mediodía, el lunes o el martes. A Murdoch no le gustaba dar muchas explicaciones, ni tenía por qué: era quien pagaba y punto. El lunes no había aparecido y el martes, en lo que llevaban de mañana, tampoco. No se lo había descrito y eso lo disgustaba: le desagradaba que lo pillaran por sorpresa, prefería ver venir a alguien con quien estuviese citado, calibrar su personalidad por su forma de andar o de mirar y, debido a su carácter neurótico, le irritaba pensar que quien se acercase a él o tal vez lo estuviese observando desde la esquina ya habría llegado a alguna conclusión sobre su persona o sobre su incipiente nerviosismo, evaluándolo antes de acercarse. Miró despacio a un lado y a otro, pero no vio a nadie cuya actitud le resultase sospechosa. Giró la cabeza de nuevo y detuvo los ojos en un cartel con el yugo y las flechas y la cara de Franco, uno semejante a los muchos que aún permanecían pegados en las fachadas de los edificios desde la visita del Caudillo a la ciudad. Si la política internacional tan sólo le importaba en la medida que pudiera afectar a sus intereses económicos, los tejemanejes de la política española tampoco le quitaban el sueño. Le importaba un comino que aún permaneciese la Monarquía o la República o que Franco aguantase en el poder diez años más. No le interesaba ni le preocupaba en la medida en que el cambio de gobierno no afectara a su bolsillo.

Cogió el periódico, lo hojeó de nuevo y lo volvió a doblar sobre la mesa. Miró su reloj: pasaban diez minutos de las doce. El inglés al que esperaba no había aparecido. Con un poco de suerte se habría roto la crisma al cruzar la frontera.

Pedro Lacruz recostó la espalda en el mullido sillón de su despacho y aspiró una larga bocanada del puro después de repasar, por enésima vez, la fotografía del periódico donde un periodista lo había inmortalizado junto al Caudillo durante la visita de éste al Concurso Regional de Ganadería el último día de la Feria. La había recortado con extremo cuidado y la había mandado colocar en un precioso marco con molduras doradas, protegiéndola tras un cristal transparente. Con la misma suavidad con que acariciaría la piel tersa de una mujer, deslizó el dorso de la mano por el vidrio para limpiar una mota de polvo. Le acababan de traer la fotografía enmarcada y aún no había decidido el lugar de su despacho donde colgarla. Por supuesto, en la tienda no le habían cobrado nada: mucha gente estaba en deuda con él y Lacruz agradecía el hecho de que tuvieran detalles con su persona.

Debido a una feliz coincidencia —a Lacruz no le gustaba utilizar la palabra destino porque era muy devoto—, dos minutos después de que le trajesen la fotografía enmarcada su secretario le había dejado sobre la mesa aquella nota confidencial.

Se trataba de un golpe de suerte al que estaba dispuesto a sacar todo el jugo que pudiese. Aunque a primera vista aquella nota y el retrato con Franco no tenían nada que ver el uno con la otra, las dos cosas, o al menos lo que podían reportarle cada una de ellas, estaban íntimamente relacionadas.

Con una sonrisa de satisfacción, se pasó la mano por la mejilla, suave después de que lo hubieran afeitado a primera hora de la mañana en la barbería. Le gustaba ir bien arreglado y perfumado. El olor a colonia de rancio abolengo, las botas lustrosas y su uniforme eran su carta de presentación. Pensaba que siempre tenía que estar bien preparado, para lo que fuese: en el momento menos pensado podría presentarse la mejor oportunidad de su vida. Y ahora, de una forma inopinada, se le habían presentado dos. Ni aun tramándolo él mismo podría haber encontrado una opción más clara para sus fines, un camino más despejado hacia el triunfo. Era lo que necesitaba para el espaldarazo definitivo. Por fin iba a poder demostrar a los demás hasta dónde podía llegar.

Entre las pocas virtudes de Lacruz no tenía cabida la modestia, y aquella foto bien colgada a la vista de todos pretendía no ser más que una declaración de poderío, que era del todo innecesaria dada su posición y su reputación, pero nunca estaba de más dejar patente quién mandaba. Se había alistado en Falange con veintiún años recién cumplidos, había estrechado la mano de José Antonio Primo de Rivera en aquel mitin del político en el Frontón Betis en diciembre de 1935. Incluso ahora no le costaba ningún esfuerzo recordar los nombres de la mayoría de sus compañeros falangistas asesinados a los que se rindió homenaje aquel día. Luego todo sucedió muy rápido: el gobierno de Lerroux perdió el poco fuelle que le quedaba después del escándalo del estraperlo, el Frente Popular ganó las elecciones por un estrecho margen y cinco meses después —el fino bigote le bailaba de satisfacción sobre la comisura de los labios cuando lo recordaba— Queipo de Llano se hizo con el control de la ciudad en un golpe de audacia. Igual que en el momento que había recogido la fotografía que miraba con extremo deleite, aquellos días de julio tuvo la fortuna de estar en el momento justo en el sitio apropiado, y desde entonces su carrera no había hecho otra cosa que ascender. Antes de acabar la guerra ya era un destacado miembro de Falange en Sevilla, adonde lo habían destinado después de ser herido y condecorado en Guadalajara, y su futuro, lo sabía bien, más pronto que tarde estaría en Madrid. Dada su posición no había nadie que osara discutir sus opiniones: se había labrado una excelente reputación entre los miembros del partido en la ciudad, desde que se pusiera a las órdenes de Queipo aquellos gloriosos días de julio del 36 que significaron el principio de su carrera ascendente en la sociedad sevillana. Ya era conocido por todos los que tenían algo que decir, desde el alcalde, don Tomás de Ybarra —que hizo parar el coche de caballos para saludarlo cuando iba paseando por la Feria sentado junto a Su Alteza Real El Jalifa—, hacia abajo. Este año, igual que venía siendo habitual las otras ferias, la comidilla de la ciudad fueron sus paseos por el real del brazo de mujeres guapas. Aún estaba soltero, pero todavía era joven para casarse. Todavía no había cumplido los treinta, y era muy apuesto: sólo había que ver cómo lo miraban las mujeres cuando paseaba enfundado en su uniforme impecable. Era temido y respetado por todos: le reservaban las mejores mesas en los restaurantes, y procuraba no faltar ni un día de corrida a su barrera en La Maestranza, sobre todo cuando toreaba Pepe Luis Vázquez, su torero favorito, que había cuajado una faena espléndida la tercera corrida de la Feria, rematando con una estocada hasta el fondo que dobló al morlaco sobre la arena, pese a lo cual el presidente, Luis Parias, ni siquiera porque el público sacudiera intensamente los pañuelos, accedió a darle la oreja, y el torero hubo de conformarse con una gran ovación y la vuelta al ruedo. Aunque el disgusto se le pasó pronto, porque la visita de Franco a la ciudad los últimos días de Feria había calmado sus ánimos, y guardaría aquella fotografía junto al Caudillo como un tesoro, como un salvoconducto que le allanase su ya más que prometedor camino.

Apoyó el marco en la pared y retrocedió unos pasos para verla mejor. Entornó los ojos con satisfacción y no quiso disimular una sonrisa. Estaba solo, en su despacho, y nadie podía verlo, solos él y la fotografía del periódico. Franco le estrechaba la mano, y sonreía, sonreían los dos, mirándose a los ojos como si fueran viejos amigos. El Caudillo sabía su nombre: Lacruz, le dijo, Pedro Lacruz, seguro que le habían hablado de él, y eso podía significar muchas cosas, y todas ellas muy buenas.

Y sí, después de todo había sido una feliz coincidencia, y aunque a primera vista aquella nota que su secretario le había dejado sobre la mesa y la fotografía de Franco no tuvieran nada que ver, en realidad sí tenían relación, y mucha, porque su futuro inmediato estaba en Madrid, no tenía dudas al respecto, y cuanto antes mejor. Cogió el papel y su sonrisa se transformó lentamente, mientras disfrutaba de sus pensamientos, en una mueca macabra: Miguel Carmona regresaba de la tumba. Aquélla sí que era una gran noticia. Ese hijo de puta se le había escapado por los pelos en julio del 36 porque estaba en Madrid, y ahora podría encontrarse de nuevo en la ciudad.

Giró sobre sus talones para colocarse frente al ventanal y apuró la taza de achicoria admirando las dos columnas de la Alameda de Hércules. Pronto dejaría aquel despacho y se trasladaría a Madrid y, con el tiempo, quién sabe: aún era lo bastante joven como para tener más futuro que pasado.

Puestos a soñar, no descartaba la idea de hacerse con un ministerio algún día. Y capturar a Miguel Carmona sería un buen tanto a su favor. Si Miguel Carmona estaba en la ciudad lo encontraría, y ya se las arreglaría luego para aparecer en la primera página de un periódico.

Aquel sindicalista bravucón se iba a convertir, siete años después de que se le escapara, en su pasaporte a Madrid. Parecía que fue ayer. Los recordaba a todos: a Díaz, a Barneto, al propio Carmona y a ese inglés pelirrojo que hablaba español como si se hubiera criado en un corral de vecinos. Una pena, tan grandullón, tan fuerte como parecía y luego temblaba como una gallina. Y su otro amigo, siempre estaban los tres juntos, parecían maricones, aquel tabernero de Triana al que acabaron dándole el paseo, qué mujer tan guapa tenía, lástima que fuera tan arisca. A pesar de ser un hombre poderoso, era ella quien le sostenía la mirada desafiante, demostrándole que no le tenía miedo, y Lacruz se la quedaba mirando en el bar, apurando la copa de aguardiente, sin decir nada, fijándose en los ojos negros y los bucles negros que le caían sobre la frente cuando pasaba un paño húmedo por la barra de madera. No era una presa fácil: había salido adelante ella sola después de haber enviudado de un rojo inútil. No era de las que se amilanaban a la primera, lo sabía bien, pero a pesar de ello se resistía a darse por vencido antes de llevársela a la cama. Ya hacía mucho que no pasaba a hacerle una visita. Tal vez cuando lograse capturar a Carmona iría a verla, para darse un homenaje.

Ocho

La muerte y la huida, ésas habían sido las dos constantes en la vida de Miguel Carmona. La muerte, la de sus amigos, la de la gente que lo rodeaba o quería, lo acechaba desde hacía muchos años, desde que empezó su etapa de activista junto a Pinner y a Márquez. La huida, que aunque no había hecho más que comenzar lo fatigaba tanto, era el último recurso. Siempre escapando, como cuando después de lo de Lucía, con la guerra ya perdida, ocultándose en cobertizos helados o durmiendo bajo puentes herrumbrosos, cambiando su aspecto, su nombre, su vida y sus recuerdos.

Fue una decisión difícil. El gobierno francés ya había cerrado las fronteras después de dejar pasar a los refugiados de la República. Caravanas de mujeres y niños, de soldados maltrechos y derrotados, habían cruzado los Pirineos para escapar de un destino incierto. Pero entre que ya habían partido todos y que él pensaba que la vida que le esperaba al otro lado de la frontera no sería mucho más halagüeña que la que tendría si permanecía en España, decidió quedarse. No hablaba francés. Ni siquiera sabía leer y escribir en español. Muchos de sus compañeros que cruzaron la frontera guardaban la esperanza de regresar pronto.

Pero él estaba cansado.

Es muy guapa Lucía. No es que ahora haya reparado en su belleza por primera vez. Se había dado cuenta desde el principio, tres semanas antes, pero ahora vuelve a sentirse vivo, poco a poco, ya puede dar cortos paseos.

Vive sola. Le parece raro que sea tan joven y que viva sola, en un sitio tan apartado. Pero ha sido una suerte habérsela encontrado. Le debe la vida. Gracias a sus cuidados la herida está cicatrizando muy bien. Dentro de no mucho estará recuperado del todo. Aún no ha decidido qué hará.

Ese día Lucía ha ido al pueblo, una larga caminata, para comprar algunas medicinas. La boticaria es amiga suya y no hace preguntas, le ha explicado. Pero es media tarde y Miguel empieza a impacientarse. Teme que le haya pasado algo, le ronda la idea de que pueda volver con una pareja de guardias civiles o acompañada de unos cuantos somatenistas para detenerlo. Pero Miguel toma precauciones: es lo que le ha mantenido vivo todos estos años de guerra, y antes, en las reuniones clandestinas con los camaradas, las precauciones. Aguarda su llegada lejos de la hacienda, sentado en el tronco de un árbol, en lo alto de una cima, donde puede observar con ventaja, sin que nadie lo vea. Cae la tarde cuando la ve aparecer por el camino. Aún se queda Miguel unos minutos sentado en su atalaya, por si alguien la acompaña, por si es una trampa, pero viene sola, con un paquete bajo el brazo. Se acuerda de que todavía no le ha dado las gracias por todo lo que está haciendo por él, por no haberle hecho preguntas a las que no puede responder, por haberle salvado la vida. Es muy joven Lucía, casi una niña todavía, pero es tan hermosa que a veces se la queda mirando y se olvida de todo. Qué fácil sería la vida, piensa, qué fácil sería si no nos empeñásemos en complicarlo todo.

Ha salido a su encuentro y ella sonríe al verlo caminar. Como en un gesto de triunfo, levanta el paquete con las medicinas. Miguel se queda quieto y sonríe mientras ella recorta la distancia que los separa. Un momento después, cuando Lucía llega a su altura, después de preguntarle cómo se encuentra, Miguel ya no sabe sonreír al escuchar la noticia de sus labios. La guerra, Miguel —le dice—, la guerra ha terminado.

Acurrucado dentro de un lebrillo había disfrutado del contacto del jabón y del agua caliente por primera vez en dos días, pero no pudo encontrar el mismo alivio al sentir el roce de su piel con ropa limpia: ni siquiera el olor a alcanfor lograba amortiguar la inquietante sensación de llevar otra vez ropa prestada, ahora la de un viejo amigo.

Rosa había desdoblado sobre la cama de matrimonio los pantalones grises y la camisa blanca que llevaban siete años guardados en el armario. Es la ropa de un muerto, le advirtió, mirándolo a los ojos. Miguel le aseguró que no le importaba y se preguntó si a Rosa de verdad le imponía un respeto reverencial el hecho de que llevase la ropa de su difunto marido o si aún lo miraba con una sensación que mezclaba tristeza, sorpresa y miedo por estar delante de alguien que vuelve de la tumba, de un cadáver que regresa de repente al mundo de los vivos. Eso había pensado de él, le contó, al verlo aparecer en la penumbra, casi se muere del susto cuando estaba a punto de cerrar el bar y se plantó en el umbral, un espectro con los pómulos marcados, la mirada peligrosa y la vieja chaqueta hecha jirones. Estuvo a punto de gritar porque pensó que venía a robar. Pero no, no era un ladrón, aunque tal vez fuese algo peor; quizá se tratase de un fantasma, porque hacía años que pensaba que también podría estar bajo tierra, igual que todos.

Miguel cerró la puerta del bar tras él cuando estuvo dentro. No dejaba de observar sus ojos, que miraban a un lado y a otro nerviosos, como si buscasen algo.

—Será mejor que subamos —sugirió, aunque en la firmeza de su voz las palabras sonaron como una orden—, así nadie podrá oírnos desde la calle.

La última vez que se habían visto fue a primeros de julio del 36. Todavía no había estallado la guerra y Márquez aún vivía. Pero no hablaron de eso, sino que se limitaron a observarse mientras callaban, en el piso de Rosa, justo encima de la taberna. Había algo en la mirada de la mujer que Miguel no reconocía. Allí, en la penumbra del pequeño salón, sus ojos no parecían los mismos ojos negros tan bellos por los que había envidiado tanto a Márquez aquellos años. Sin duda seguían siendo hermosos, pero ahora no se le antojaban tan dulces como los había recordado. Parecía no tener demasiado interés en los problemas de Miguel, y durante un momento el fugitivo sintió la desagradable inquietud de haberse equivocado, de haberse metido en una trampa y de que en cualquier momento los grises llamarían a la puerta de la taberna para detenerlo. Sin pensárselo dos veces dio una zancada hacia el candil para apagarlo de un soplido. Luego se asomó a la calle. Oscura, ni un alma.

—Necesito esconderme algunos días —dijo por fin.

Rosa suspiró con resignación, como si estuviera muy cansada, como si el recuerdo de aquellos años que tal vez había intentado olvidar la agotaran hasta el límite de no querer volver a pensar en el pasado ni un solo día más.

—Puede que sea peligroso —añadió Miguel— pero no tengo ningún otro sitio a donde ir.

La mujer sacudió la cabeza despacio.

—Estabais todos locos —hablaba con la mirada perdida, como si estuviera viendo discurrir las imágenes del pasado en la pared—. Vuestras ideas y vuestra lucha sólo me han traído sufrimiento. Te creía muerto, Carmona, te lo juro por Dios que te creía muerto, igual que a mi marido y a ese inglés pelirrojo, y ahora, tantos años después, con todo lo que me ha costado salir adelante, conservar esta taberna para poder comer sin tener que depender de nadie, apareces aquí, como si hubieras salido del Infierno, para pedirme que te esconda en mi casa.

Miguel dejó pasar por alto el comentario. Recordaba que Rosa nunca estuvo de acuerdo con sus reuniones ni con sus actividades clandestinas. No le quedaba más remedio que aceptarlo porque Márquez era su marido y ellos sus amigos, pero aquella cara de pocos amigos con la que la mujer lo miraba ahora no era ninguna novedad para él.

—Ya te he dicho que no tengo adónde ir —resopló por fin Miguel. Será poco tiempo, tres o cuatro días, no más.

Rosa volvió a sacudir la cabeza.

—No tengo adónde ir, Rosa. Si pudiera esconderme en otro sitio te aseguro que no habría venido a tu casa.

—¿Cómo es que estás vivo, Miguel? ¿Cómo puede ser eso? Explícamelo, porque no lo puedo entender. ¿Cómo es que no te cogieron y te fusilaron igual que a los demás? Dímelo, por favor. Hazlo antes de que me ponga a dar gritos y los vecinos llamen a la policía.

Pero no fueron gritos, sino lágrimas gruesas que rodaron por sus mejillas. Se abrazó a él y, sin dejar de sollozar, le golpeó el pecho con los puños hasta que se quedó sin fuerza. Miguel la rodeaba con sus brazos. Ahora lloraba, sin posibilidad de consuelo, desahogándose por fin después de tanto tiempo tragándose las preguntas que nadie podría responder.

Por qué, Miguel —repetía una y otra vez, pero lo hacía para sí misma, de pura rabia, sin esperar respuesta de Carmona—, por qué tuvo que pasar aquello, contéstame, por qué, por qué lo mataron, por qué te fugaste, por qué estás vivo, por qué has regresado.

Ahora la escuchaba planchar en la habitación mientras se enjabonaba. Por suerte el bar contaba con un aljibe y no habían tenido que ir a buscar agua de la fuente. En la mesita de noche había un viejo retrato de Márquez. Permaneció mirándolo unos segundos, pensativo. Márquez, habían sido tiempos duros, y al final todo se fue a la mierda, quién lo iba a decir, que en Sevilla triunfarían los militares nada más levantarse en armas, en Sevilla, en Sevilla la Roja, la ciudad que sus camaradas de Moscú habían pronosticado que sería la punta de lanza de la revolución bolchevique en España. De todos los que compartieron ideales en aquellos años tan lejanos ya de la República sólo él parecía quedar vivo, aunque no apostaría por cuánto tiempo más. La Guardia Civil le pisaba los talones, y era más que probable que columbraran que se dirigía a Sevilla. No podía quedarse mucho tiempo en la casa de Rosa. Si había venido era porque de verdad estaba desesperado, pero no tardarían en buscarlo allí, y no quería, no tenía derecho a causarle problemas.

Otro golpe de suerte era el hecho de que Rosa no se hubiera vuelto a casar o viviese con un hombre. Había asumido ese riesgo cuando fue a su casa pero los acontecimientos estaban jugando a su favor. Con un hombre allí todo habría sido diferente: habría tenido que ocultarse en otro sitio con la incertidumbre de no saber si podía fiarse de él después de que lo hubiera visto y tal vez reconocido.

Rosa entró en la habitación con la ropa planchada y la dejó sobre la cama, evitando mirarlo. El agua se estaba enfriando. Se levantó después de que ella hubiese cerrado la puerta y se secó con la toalla que colgaba de una silla. Estaba muy delgado: ésa era una de las pocas cosas que no había cambiado en él; los huesos que parecían querer salírsele de la piel, los brazos musculosos, el vientre liso. Se vistió con las ropas de Márquez —hubo de apretar el cinturón hasta el último agujero—, cogió el peine y se arregló el pelo mojado frente al espejo empañado. Mientras se peinaba comprobó que aún tenía un corte en la mandíbula y el pómulo derecho tumefacto como resultado de la caída por el terraplén cuando escapó de la pareja de guardias civiles a las afueras de La Palma del Condado. Pero de todo lo que veía reflejado, aunque seguía siendo el mismo, era su mirada lo que más le llamaba la atención. Escrutó aquellos ojos del desconocido que lo observaba desde el otro lado del espejo. Había visto aquella expresión de animal herido muchas veces: cuando perdió a Lucía, antes aun, cuando se agachaba en un arroyo para lavarse la cara en el frente o veía su rostro reflejado en un espejo mientras se afeitaba con los dedos helados en una trinchera de Aragón, y luego, cuando todo acabó, cuando se escondió y cambió su nombre y enterró los recuerdos, ya nunca volvió a verla, hasta ahora. Sus ojos eran otra vez los de un animal acorralado. A la gente le daba miedo, y eso no le gustaba, como tampoco le gustaba esconderse como una alimaña, ni ser un fugitivo durante el resto de su vida. Quería descansar. Ya había luchado bastante.

Es un proscrito. Tres años de penurias, arrastrándose en trincheras llenas de fango, aguantando el calor en verano, soportando penalidades para esto. Ya se ha recuperado. De la bala que le atravesó el costado sólo quedan dos cicatrices, por donde entró y por donde salió, como recuerdo. Le gustaría quedarse con Lucía, pero allí tampoco estarían a salvo. Ella no es la dueña de la casa. Trabajaba allí cuando los dueños se marcharon en el 37, aunque tal vez hayan muerto. Quizá no ha sido así y pueden volver en cualquier momento para instalarse, sobre todo ahora que la guerra ha terminado. Y, si no ellos, puede aparecer cualquier pariente reclamando su derecho sobre la hacienda. De momento no ha venido nadie del pueblo a preguntar, pero no hay que descartar la posibilidad de que lo hagan. Miguel sabe que aquél no es un sitio seguro, que tendrá que marcharse. No sabe si echarse al monte e intentar cruzar la frontera o buscarse una identidad nueva. Con tanta gente muerta en la guerra y tantos archivos destruidos sabe que no le será difícil hacerse pasar por algún desaparecido. ¿Y Lucía? ¿Querrá marcharse con él? Duermen juntos desde la tarde que volvió del pueblo con las medicinas y le anunció el final de la guerra. Le gusta estar con ella. Es agradable el contacto con una mujer después de haber pasado tanto. Es bonito que Lucía cuide de él. La otra mañana hizo reír a Miguel. Cuando abrió los ojos la vio enfundada en su guerrera de miliciano que había lavado y remendado. Incluso se había puesto el gorro. La borla le caía a un lado, enredándose en el pelo. Estás muy guapa, le dijo. Ella se echó a reír y se puso el dedo índice sobre el labio superior, como simulando un bigote. Desde entonces, algunas mañanas se pone su guerrera antes de salir a buscar agua del pozo. Dice que abriga, pero Miguel sospecha que le gusta sentir el contacto de la ropa que él ha llevado durante tanto tiempo.

La animadversión que Artemio sentía por Pinner antes de conocerlo se correspondía con la antipatía que a Pinner le produjo Artemio cuando lo vio sentado al otro lado del cristal mientras lo esperaba. No se acercó a él hasta después de cerciorarse de que estaba solo y de que nadie lo vigilaba. Había trabajado muchos años para el Komintern y no había perdido las costumbres de un agente secreto. Caminaba con precaución, dirigiéndose al encuentro dando un rodeo y procurando ser discreto al mismo tiempo. A mitad de camino, en el cristal de un escaparate, vio que Craven lo seguía. Una de dos: o era muy poco sutil o caminaba tras sus pasos abiertamente.

Pero eso, de momento, no le preocupaba mucho. Le gustaba pensar que lo hacía para protegerlo. Ya le daría esquinazo más tarde. En el poco tiempo que llevaba en Sevilla se había percatado de que Murdoch, aunque hubiera insinuado lo contrario, no lo iba a dejar actuar a su aire. Y Craven pisándole los talones era un recordatorio muy útil, por si acaso se le ocurría transgredir las normas.

El criado había ido a recogerlo a la estación de autobuses la tarde anterior para llevarlo hasta la casa de Murdoch, una vivienda situada en una estrecha callejuela del barrio de Santa Cruz. Era un edificio antiguo de dos plantas cuyas habitaciones se distribuían alrededor de un claustro exquisitamente perfumado con jazmines y rematado por una columna de mármol en cada esquina. El coche que conducía Craven reventó el silencio de la tarde en el barrio. Pinner viajaba en el asiento del pasajero. El asistente de Murdoch lo estaba esperando cuando bajó del autobús. También era británico, aunque, al contrario que Pinner, el color de su piel era oscuro; una tupida cabellera negra le nacía desde la mitad de la frente y una sola espesa ceja oscura le recorría el rostro sobre los ojos siempre enrojecidos, como si padeciera una eterna conjuntivitis. Era aún más alto que Pinner, y éste sintió que se le quebraban los huesos al estrecharle la mano en la estación, como si hubiera querido dejar patente desde el principio su fuerza descomunal, avisándolo de lo que podría pasarle si lo obligaba a utilizarla.

—Buenas tardes —le dijo—. Tengo que llevarlo a ver al señor Murdoch.

El tono de su voz, firme, sin inflexiones, y el hecho de abrirle la puerta del coche para que se sentase junto a él no ofrecía ninguna posibilidad de negativa. Pinner estaba seguro de que aquel hombre lo llevaría hasta Murdoch a rastras si hiciera falta.

No mencionó su nombre ni él le preguntó el suyo, aunque Murdoch se lo diría después. A estas alturas todos los nombres de las personas que había conocido, incluso el del pescador que lo recogió en la orilla, se le antojaban tan falsos como los que él y sus compañeros utilizaban en las reuniones clandestinas de la época de la República. De algún modo todo le parecía tan pueril como entonces, tan sin sentido ahora que había pasado el tiempo y no había servido para nada. Y la vida parecía avanzar en círculos en lugar de en línea recta: otra vez estaba en Sevilla, otra vez utilizaba un nombre falso, otra vez iba a revivir los fantasmas del pasado.

De acuerdo con las instrucciones de Goodman, Pinner no llevaba equipaje. Al pensar en ello se preguntó si el chófer de Murdoch le había abierto la puerta del pasajero para tenerlo cerca y poder controlarlo o si había discernido él solo que el pantalón de patén marrón oscuro, la camisa blanca de percal sin cuello y la gorra negra que le tenían preparadas en Gibraltar no dejaban lugar a dudas en cuanto a su aspecto de obrero, y los obreros no acostumbraban a viajar en el asiento de atrás de un coche con chófer.

La ciudad, después de todo, pensó Pinner cuando embocaron el barrio de Santa Cruz, no había cambiado mucho. El trayecto hasta la casa de Murdoch no duró más de cinco minutos. La catedral seguía en su sitio, y la Giralda, y el Alcázar.

El conductor no abrió la boca ni una sola vez durante el trayecto. Pinner escrutó sus facciones con disimulo. Tenía la nariz chata, como de boxeador retirado; las manos, recias y velludas, agarraban el volante más que sujetarlo, como si lo fueran a partir. Debía de tener algunos años más que él, pero los bíceps amenazaban con estallarle bajo las mangas del uniforme. A pesar de la grasa que se le acumulaba ostensiblemente bajo la cintura, Pinner pensó que no le gustaría tener que enfrentarse a él.

ϒ

Murdoch era un hombre alto y delgado que lo esperaba en medio del perfumado patio con las manos metidas en los bolsillos de unos pantalones inmaculadamente blancos. El color de su traje le recordó a Pinner a los colonos ingleses que se habían establecido en la India o en África. Sólo le faltaban los pantalones cortos, los calcetines bien estirados hasta las rodillas quemadas porque la piel rosada de inglés no se adaptaba a los rayos de sol al sur del Támesis. Para muchos ingleses, la India, África, España, o cualquier otro sitio que estuviese al sur de la Isla, significaban lo mismo.

Le dedicó una amplia sonrisa cuando le tendió la mano mientras lo escrutaba con unos vivarachos ojillos azules sobre los que capoteaban unas espesas cejas blancas.

—Bienvenido —le dijo.

Pinner le devolvió el saludo. El criado se había colocado a su espalda, con las manos cruzadas sobre el regazo. Pinner se volvió para mirarlo, y el otro continuaba allí, sujeta la gorra que se había quitado con la punta de los dedos.

—Puedes retirarte —le ordenó Murdoch.

Craven ya había iniciado el movimiento, como un autómata, antes incluso de que su jefe hubiera terminado la frase.

Apostado en la esquina de la calle Sierpes vio cómo Artemio consultaba el reloj, desesperado, y miraba a un lado y a otro repetidas veces. Con el hombro apoyado en la pared, fumando tranquilamente uno de los cigarrillos con que lo había provisto Murdoch, esperó hasta el último momento antes de que quien lo esperaba impaciente se levantase, y sólo se hizo visible cuando Artemio le pidió la cuenta al camarero haciendo un gesto como firmándose la palma de la mano, a lo que aquél respondió asintiendo, antes de dirigirse a la barra bandeja en mano.

Antes de recorrer la escasa distancia que los separaba, Pinner no escatimó una mueca de desagrado. La persona que lo esperaba era la versión española de Taylor, el agente estirado que acompañaba a Goodman en Londres: pantalón beige pulcramente planchado, chaqueta del mismo color con el pico del pañuelo sobresaliendo del bolsillo, zapatos acharolados de cordones, fino bigote y sombrero. Si añadía el bastón elegante, con bruñida empuñadura de plata —seguramente inservible pues su dueño no parecía ni mucho menos tullido—, le faltaba muy poco para parecerse a una estampa del rey Alfonso XIII antes de que las elecciones del 31 lo obligasen a exiliarse en Italia.

Pinner se plantó en la mesa como una sombra, antes incluso de que el noble venido a menos tuviese tiempo de reaccionar. Artemio frunció el ceño e inclinó la cabeza ligeramente hacia atrás, como si mostrando su regia barbilla pudiera disimular su sorpresa o su enfado.

—Hola —se presentó Pinner, tendiéndole la mano—. Yo soy a quien está esperando.

Artemio miró a un lado y a otro, para asegurarse de que no había nadie observándolos, antes de ofrecer su mano sin mucho entusiasmo.

—Esperaba a un caballero inglés.

Pinner se encogió de hombros y sonrió, desdeñoso.

—Soy inglés, pero me temo que no un caballero.

—Me refiero a su forma de hablar. Usted parece haberse criado en Sevilla.

—Mi madre era sevillana. Pasé muchos años aquí.

—Entonces seguro que estará usted encantado de haber vuelto.

Pinner se sentó antes de contestar. No tenía muchas ganas de dar explicaciones.

—No he venido a hacer turismo.

—Vayamos al grano entonces —sugirió Artemio luego de quedarse un momento pensativo.

—Me parece bien.

Ahora fue Pinner quien levantó la barbilla para poder ver mejor. Para ocultar, en la medida de lo posible, su espesa cabellera color zanahoria, llevaba la gorra calada hasta las cejas, tanto que la sombra de la visera le cubría los ojos.

—¿Qué novedades hay de Miguel Carmona? —le preguntó a Artemio.

Éste se atusó el bigote con la punta del dedo, cogió el periódico, lo abrió y lo volvió a cerrar antes de contestar.

—Supongo que ya le habrán informado sobre Carmona.

—Por supuesto, pero me gustaría conocer su opinión.

—No tenemos la certeza de que esté en Sevilla, pero todos los indicios apuntan a que al menos ha estado o se dirigía hacia aquí. Esta noche hará una semana que se escapó de una pareja de guardias civiles a la salida de La Palma del Condado. Lo normal es que haya venido a Sevilla y haya intentado marcharse, si es que no lo ha hecho ya, después de conseguir papeles. Me sorprende que sus jefes hayan tardado tanto en traerlo a usted aquí. Si localizar a este individuo es tan importante como parece, sería una pena que ya no se encontrase en la ciudad.

La historia era idéntica a la que le contaron en Gibraltar y a la que le había explicado Murdoch el día antes en su casa.

Durante un fugaz instante Pinner sintió una punzada de alivio. Una parte de sí mismo lo arrastraba a encontrarse con Miguel Carmona para ajustar cuentas con el pasado, mientras que la otra trataba de dilatar o evitar el encuentro, casi de un modo pueril, desde que desembarcó en la costa gaditana. Hacía apenas veinticuatro horas, pero le parecía que había pasado una eternidad desde que lo recogió un camión en la carretera para llevarlo hasta Algeciras.

Pasaba por ser un campesino que iba a buscar trabajo en Sevilla. La única forma de poder secar la ropa que se había empapado al caer al agua fue sobre su cuerpo, con las primeras luces del día. No pudieron encontrarle nada seco de su talla y el tiempo apremiaba: tenía que coger un autobús hasta Jerez y luego otro hasta Sevilla para estar en la ciudad a última hora de la tarde, de modo que cuando llegó el momento de emprender el viaje tiritaba igual que un pajarito recién nacido. En el autobús sudaba pero tenía demasiado frío como para despojarse de la chaqueta. Pillar un enfriamiento y llegar a Sevilla con fiebre no era la mejor manera de emprender la aventura, pero ya no podía echarse atrás.

Portaba unos documentos con un nombre falso y una fotografía verdadera que le habían hecho por la tarde en las oficinas del MI6 de Gibraltar. Él mismo se sorprendía de la seriedad con que se estaba tomando un trabajo que ni en sus sueños más atrevidos habría imaginado que llevaría a cabo. Aunque le costaba admitirlo, disfrutaba al desenvolverse de nuevo en la clandestinidad, como cuando trabajaba para la NKVD.

—¿Tenemos alguna pista? —preguntó Pinner distraídamente.

Artemio se lo quedó mirando. De nuevo se atusó el bigote canoso y soltó el aire despacio.

—Hasta ahora no tenemos ninguna prueba de que esté en Sevilla.

Pinner asintió, pensativo. Quería saber hasta dónde habían llegado en la búsqueda, pero tenía que ir poco a poco, para no desvelar sus intenciones.

—¿Entonces?

—Tenía entendido que su presencia aquí era para arrojar alguna luz sobre el asunto de Miguel Carmona —Pinner se había dado cuenta de que Artemio evitaba mencionar el nombre de Murdoch, pero le parecía normal, pues, por algún acuerdo tácito, él tampoco se había referido al inglés. Asintió levemente antes de contestar, como si estuviera pensando la respuesta.

—Para eso he venido —respondió—. Pero yo tampoco estoy seguro de que Miguel Carmona se encuentre en la ciudad.

Artemio dejó salir el aire por la nariz con pesadez, muy despacio, para mostrar su disgusto.

—Pues estamos bien. Entonces —añadió tras una pausa—, ¿qué hacemos?

—He de ir a un par de sitios donde quizá pueda descubrir algo sobre Miguel Carmona.

—Iré con usted.

Artemio parecía muy decidido, pero Pinner sacudió la cabeza con energía.

—No es una buena idea.

Artemio frunció el ceño y Pinner no supo si lo disgustaba más no participar en la búsqueda o sentirse rechazado por un inglés advenedizo.

—Es mejor que vaya solo —añadió.

—Pero las instrucciones de Murdoch...

Pinner sonrió con desdén, como si tuviese que explicar a un niño algo que era evidente.

—Si aparezco con usted por ciertos lugares nadie soltará una palabra —dedicó una mirada reveladora al aspecto de Artemio mientras se levantaba—. Créame, Murdoch lo entenderá.

Puesto que Artemio ya había mencionado el nombre del jefe, él también se sintió autorizado a hacerlo. Sin embargo, Artemio se frotó el tabique de la nariz con la yema de los dedos, como si se aliviase de la presión de unas gafas que no llevaba.

—Tendremos que vernos otra vez —dijo.

—Ya lo sé —respondió Pinner, resignado—. Trataré de indagar hoy algunas cosas y mañana seguiremos las instrucciones de Murdoch. Nos veremos aquí a la misma hora, o donde Murdoch convenga.

Se tocó la punta de la visera a modo de saludo y ésa fue toda su despedida.

Nueve

Todo habría sido más fácil, pensaría Rosa luego, si el segundo fantasma no se hubiera presentado igual que el primero, seis días después pero también de noche, también por sorpresa, cuando estaba a punto de cerrar.

Lo peor de aquella nueva situación era algo que no se había planteado cuando decidió esconder a Miguel Carmona en su casa: se estaba acostumbrando a tener bajo su techo a un hombre y, aunque se esforzaba en aparentar serenidad y tenía plena confianza en él, durante los últimos días no había sido la misma. Esperaba que los clientes de la taberna no se hubiesen dado cuenta. A alguno lo miraba preguntándose si se le notaría en la cara que escondía a un fugitivo. Procuraba comportarse igual que siempre delante de los vecinos. Abría el bar por la mañana para aprovechar las copas de anís y de aguardiente de los trabajadores antes de empezar la jornada, y sólo salía para hacer la compra en el mercado, a media mañana, cuando aflojaba el trabajo y podía dejar solo al aprendiz que trabajaba para ella en la taberna.

La primera de las noches la pasó en vela. Tenía que asimilar una decisión que había tomado aunque al verlo llegar se le hubieran agolpado demasiados recuerdos que prefería mantener a raya. Iba a prestarle ayuda, aunque hubiera protestado al principio y aunque fuera peligroso para ella. Total, iban a ser pocos días. Seguro que ya estaba a punto de irse. Miguel Carmona, después de todo, apenas había alterado su rutina. Solía dormir hasta media mañana y a veces la despertaban los paseos de su huésped de madrugada, en silencio, y sentía el crujido familiar de la mecedora, en la quietud de la noche, cuando se sentaba a escrutar la oscuridad a través de la ventana. Sólo unos días —le dijo—, serán sólo unos días. Estaré escondido en el piso, no saldré a la calle para nada hasta que abandone la ciudad.

No sabría decir desde cuándo, pero ya no pensaba en Miguel Carmona como un fantasma del pasado que había regresado de la tumba, sino en un hombre de carne y hueso cuya compañía se estaba haciendo más agradable de lo que desearía, aunque se marcharía pronto, antes de que tuviera tiempo de acostumbrarse a su presencia. Porque se estaba habituando a él, a levantarse temprano sin hacer ruido para no despertarlo, a prepararle la comida, a verlo sentado en la cocina.

Al menos se lo debía a la memoria de su marido: aunque a ella le trajera sin cuidado la política, y menos a estas alturas de su vida, lo ocultaría hasta que se marchase. Parecía que ya no le quedaba mucho, y lo lamentaba.

Pero no contaba con que el segundo fantasma se presentaría seis días después que el primero. Igual que el otro, apareció subrepticiamente, cuando estaba a punto de echar las persianas luego de que se hubiera marchado el último parroquiano. Cuando creía que ya no había nadie y estaba secando unos cubiertos, oyó cómo unos nudillos golpeaban la mesa. Dio un respingo y se volvió, con el cuchillo a medio secar, sintiendo apenas cómo la hoja afilada le rasgaba la yema del pulgar. Se quedó sin respiración al ver a ese hombretón de ojos azules, sonriendo después de haber golpeado la madera húmeda del mostrador, ese espectro que cuando se quita la gorra deja al descubierto un rostro plagado de pecas y una espesa cabellera de color fuego.

Gordon Pinner ayudó a Rosa a anudarse un pañuelo para taponar el corte que se había hecho.

—No es nada —la mujer le quitó importancia—. Es que me has dado un susto de muerte. ¿Cómo se te ocurre presentarte así, de repente, sin avisar, después de tantos años?

Los labios de Pinner dibujaban una media sonrisa mientras sus ojos no dejaban de mirar fijamente a los de Rosa. Luego recortó la distancia entre ambos y estrechó su cuerpo entre sus brazos. Fue un abrazo gélido después de quedársela mirando durante unos segundos. Cuando estaba en Inglaterra había pensado tantas veces cómo sería el momento en que se reencontrase con Rosa, si es que alguna vez llegaba a producirse, y de tanto pensar en él aquella imagen se le había desdibujado en la mente igual que un viejo sueño que al cabo de los años se le antojaba más inventado que recordado. La había imaginado saltando de alegría y comiéndoselo a besos cuando apareciera, pero nada de eso había sucedido, como si aquello hubiera sido posible alguna vez. Había dado un respingo, igual que si hubiese visto una aparición. Por culpa del sobresalto se había hecho un feo corte en un dedo; luego se había quedado muda, tras la barra de madera que aún olía a vino, olía igual que cuando vivía Márquez y acostumbraban a reunirse para hablar de política en los años de la República.

Le dolió ver su ceño fruncido cuando aflojaron el abrazo forzado que él había iniciado. Tampoco le sorprendió: había pasado mucho tiempo desde la última vez que se vieron, y las cosas podían haber cambiado mucho desde entonces.

La última vez que estuvieron juntos fue en ese mismo lugar, también de noche, y también había habido un abrazo. Igual que entonces —parecía que el presente se calcaba del pasado— había acudido a la taberna con un pretexto falso, buscando a Márquez, aunque sabía muy bien que se encontraba en una reunión en la venta de la Cruz del Campo, para poder verla cuando estaba sola. La única diferencia era que entonces se presentó borracho, y ahora, aunque había pensado en dar cuenta de la petaca de coñac que llevaba en el bolsillo antes de ir a verla —tuvo que hacer un esfuerzo sobrehumano para no llevársela a los labios— se había presentado fresco porque no quería que le ocurriese lo mismo que entonces.

Aunque quería desterrar de su cabeza los malos recuerdos, no podía dejar de pensar en esa noche mientras la ayudaba a hacerse un nudo con un lienzo limpio.

Igual que ahora, entonces también está en silencio, es de noche y no hay nadie en el bar. Él, con los ojos turbios de vino le pregunta por Márquez y ella se encoge de hombros. Sabe que pelean a menudo por culpa de las ideas revolucionarias de su marido, por culpa de amigos como él o Carmona. Las malas compañías, los llama ella. Pero el motivo para Pinner es lo de menos, lo importante es que pelean. Y aunque Márquez es un buen amigo y un camarada leal, hace meses que el último pensamiento que tiene al acostarse en el cuarto de la pensión es para ella. Ve sus ojos negros, enormes, su melena oscura agitándose al viento y sus labios entreabiertos esperándolo. No es más que una fantasía, pero hay veces que no puede soportar verla y no tocarla. Las últimas semanas, será por el calor de julio, no puede quitársela de la cabeza.

Ella no sospecha nada, y él, cuando está sereno, tampoco se ve capaz de confesarle que cada vez que cierra los ojos ve los suyos. Pero esta noche ha bebido más que otras veces o acaso ha bebido lo mismo pero el alcohol le ha afectado más que otras ocasiones. No ha acudido a la reunión que, le habían advertido, sería importante. Han matado a Calvo Sotelo en Madrid y se palpa en el ambiente que algo va a suceder. Están todos convocados, los del sindicato, Doménico, el artista de la imprenta, Carmona, y por supuesto también Márquez y él. Sabe que no faltará ninguno. Podrá escribir un buen artículo, igual que tantas veces, cambiando los nombres y el lugar para no dar pistas. Sus jefes, los de Londres, lo han felicitado más de una vez por su trabajo en Sevilla, y los otros a quienes obedece, los de Moscú, no lo han llamado en un año y medio a rendir cuentas a la Lubianka, lo cual ya es importante, porque cada vez que han requerido su presencia Pinner no ha sabido si regresará con nuevas órdenes o acabará con una bala en el cráneo en una mazmorra de la sede de la NKVD.

Esa noche todos acudirán obedientes para recibir las consignas del partido; todos menos él, que, con los ojos anegados de alcohol y de lujuria, después de quedarse mirando unos segundos a Rosa mientras echa las persianas del bar y le dice con cara de pocos amigos que ya es hora de cerrar, la agarra por el brazo, con fuerza. Al principio, ella parece no entender lo que está pasando, pero Pinner aproxima su cuerpo al suyo y la empuja contra la pared. Acuciado por el deseo acerca sus labios a los de ella, esperando que los reciba con suavidad. Ven Pinner, ven, bésame, tócame, hazme lo que quieras; igual que la escucha cada noche cuando cierra los ojos en el cuarto de la pensión; ven, bésame, tócame, hazme lo que quieras. Pero ella ha vuelto la cara y le grita, le dice que pare, no se lo pide, se lo exige. Apenas puede moverse por culpa del peso de Pinner. Sin dejar de apretar su cuerpo contra el de Rosa, le dice que la quiere, que la desea, que hará cualquier cosa por ella, que se vaya con él, a donde ella le diga, sólo tiene que pedírselo, y siente cómo la excitación le crece entre las piernas, y empuja su cuerpo con más fuerza contra la pared. Rosa, Rosa, jadea, aunque ella sólo grita que no, que la suelte, que la deje. Pero Pinner no la oye, ya ha estrujado entre sus manos los pechos pequeños que tanto ha deseado por encima de la blusa, y ahora busca por debajo de su falda, torpe, desesperado. Entonces siente que el cuerpo de la mujer se afloja de repente, los brazos laxos caen sobre las caderas, ya no ofrece resistencia, ahora ya no grita, sólo escucha un lejano sollozo, cada vez más nítido, mientras él va tomando conciencia de la realidad. Tal vez se haya relajado hace tiempo pero él no se ha dado cuenta, no sabe cuánto tiempo ha pasado, y es él quien vuelve al presente, y se siente extraño empujando su cuerpo contra el de Rosa, que ya no grita, ni ofrece resistencia, ahora ha recuperado la movilidad de sus brazos, los aprieta contra su pecho para protegerse mientras las lágrimas le resbalan por las mejillas.

Es la primera vez que la ve llorar. Durante un par de segundos eternos no parece la mujer que no se deja intimidar por nadie, ésa por la que Márquez se desvive y por la que muchos, igual que él, tal vez incluso Carmona —aunque los pensamientos de aquél son difíciles de averiguar—, habrían hecho cualquier cosa para conseguir un beso o tan sólo una mirada dulce. Pero la sensación dura muy poco, apenas el tiempo que tarda en darse cuenta, igual que va a darse cuenta muchas veces a partir de ese momento, que tiene la partida perdida. Rosa, con el pelo revuelto y hermosa a pesar de lo sucedido, lo mira con repugnancia y con odio después de alisarse la falda y la blusa que se le ha descosido a la altura del hombro. Pinner está a punto de decir algo, una disculpa, cualquier cosa que atenúe la vergüenza que siente, pero los ojos de ella lo miran con furia, parece como si echara fuego por ellos. Sabe que si no sale de la taberna ahora mismo ella, ahora que ha recuperado la compostura, sería capaz de coger un cuchillo y rajarlo de arriba abajo, y en cierto modo lo desea para no tener que aguantar la ignominia de verla de nuevo, de tener que enfrentarse a Márquez. Ya está pensando una excusa, el alcohol, ya sabes, pero ninguna es lo bastante buena para que lo crean. Si ella no le raja las tripas ahora, tal vez su marido le descerraje un tiro entre las cejas antes de que tenga tiempo de presentarle una disculpa estúpida. Pero las cosas cambian a partir de entonces. Durante unos días no acude a la taberna, ni a las reuniones, parece como si intuyera que Márquez lo sabe, aunque por otra parte piensa que ella no se lo ha referido: no parece la clase de mujer que acude lloriqueando a su marido para contarle que su amigo, el inglés borracho, ha intentado propasarse con ella. Pero no quiere verlos; a él porque es su amigo, a ella porque se avergüenza cada vez que recuerda lo que ha estado a punto de hacer. Lo ha recordado demasiadas veces estos días, tanto que apenas ha podido conciliar un sueño decente. Ha tomado una decisión: se va a marchar de la ciudad, tal vez del país. Va a pedir a la *London General Press* que le busque otro destino. Ya intentará arreglarlo lo mejor que pueda con la gente del Komintern. Ya no es un agente válido en Sevilla. Se siente tan inútil como si lo hubiesen descubierto. Pero ha elegido el peor momento para marcharse, porque esa mañana ha visto salir al general Queipo de Llano del hotel Simón, frente a la pensión donde vive, con paso decidido. Quién lo iba a imaginar, cómo va a poder contar después que él podía haber evitado el desastre en la ciudad si hubiese estado sereno y alerta y no aún mareado a la una de la tarde, fumando un cigarrillo en el balcón. Le sonaba la cara de aquel hombre delgado, vestido de uniforme, que se dirigía a la sede de Capitanía General a jugarse la victoria a una carta. No cayó en la cuenta hasta mucho más tarde. Hasta después incluso de haber escuchado el estruendo de los cañonazos en la plaza Nueva no se percató de que había empezado la guerra.

Aquello puede ser el principio de la revolución con la que tanto han soñado Pinner y sus camaradas. Después de tantos años de lucha clandestina por fin podrán salir a la calle abiertamente, enarbolando la bandera roja, la hoz y el martillo, sin tapujos. Y no ha hecho más que empezar. Cuando oscurece deja de escuchar los cañonazos. Sale a la calle, pero en lugar de dirigirse hacia la plaza Nueva piensa que es más seguro acercarse a Triana para recabar información. Por primera vez en cuatro días pasa un rato sin lamentarse por lo que sucedió con Rosa.

En el paseo de Cristóbal Colón tuerce a la derecha para dirigirse al puente, pero, al llegar a la esquina de Reyes Católicos, un tumulto de gente se agolpa en mitad de la calle. Enarbolan banderas y pancartas. Aprieta el paso antes de que alguien le pida los papeles. Aunque muchos milicianos lo conocen no quiere correr el riesgo de que lo confundan con un simpatizante de los rebeldes.

En Triana hay mucha gente en la calle. Varias columnas de humo se elevan al cielo oscuro del barrio. El farol de la taberna está apagado, pero en la plaza hay un corrillo de conocidos. Márquez lo ve y le hace una seña para que se acerque. Pinner esboza una sonrisa de compromiso mientras busca a Rosa con la mirada, pero no está junto a él, probablemente se ha quedado en casa después de advertir a su marido que tenga cuidado, que no quiere que le ocurra nada malo. Quien sí está junto a Márquez es Doménico, que le sonríe levantando el puño. Márquez y Pinner se funden en un abrazo, y Doménico se les une.

—Esto no ha hecho más que empezar —le dice un Márquez entusiasmado. No sabe nada de lo que pasó el otro día con su mujer, o quizá no es el mejor momento para decírselo a Pinner.

—Los militares han tomado el Gobierno Civil —le explica el marido de Rosa—. Pero pronto acabará todo, ya verás. Vamos a exigir armas a los guardias de asalto para defender la ciudad de los rebeldes.

—Y si no nos las dan las cogeremos por la fuerza —apunta Doménico.

Pinner sonríe. Parece que es cierto: por fin ha estallado la revolución.

—Hemos pegado fuego a unas cuantas casas en la calle Reyes Católicos, y también en Triana— le cuenta Márquez.

—Trae tu cámara, Pinner —le dice Doménico, agarrándolo con fuerza por los hombros.— Y tu pluma. Escribe sobre nosotros.

Pinner asiente. Es muy fácil contagiarse de la euforia.

—Iré por mis cosas ahora mismo. Pero ¿dónde están los demás, dónde está Carmona? —se lo piensa un momento pero ya ha hecho la pregunta antes de tomar una decisión—. ¿Y Rosa?

Márquez no parece dar importancia a la pregunta. Definitivamente, no, no sabe nada. Es una gran mujer, de eso no hay duda.

—Rosa se ha quedado en casa —responde Márquez con resignación.— Carmona está en Madrid. Se fue anteayer a una reunión del sindicato. Debe de haberse puesto en camino, en cuanto se haya enterado de lo que está pasando.

Pinner sonríe. Está de acuerdo con Márquez. Aquello no sería lo mismo sin Carmona.

Vuelven a fundirse en un abrazo; aunque sólo va a tardar un rato se abrazan como si nunca más fueran a volver a verse.

Pinner aún no lo sabe cuando cruza el puente camino de la pensión, pero será la última vez que verá a su amigo y, lo peor: no imagina que antes de que el general Queipo de Llano de por concluida la toma de Sevilla él se habrá convertido en un traidor.

Eran sus ojos lo que siempre recordaba de ella, de una forma más nítida aún que el color de su pelo o el sabor fugaz de sus labios. Era su mirada lo que más inquietud le producía y, después de haberla ayudado a vendarse la herida, cuando ella enfrentó los ojos con los suyos, parecía como si el tiempo se hubiese detenido mucho tiempo atrás: Rosa clavaba sus iris oscuros en los suyos y él, también igual que entonces, aunque ahora había venido para cumplir una misión, sentía como si tuviera un tapón de corcho en la garganta que no le dejaba salir las palabras.

—Pensaba que habías muerto. Creía que también te fusilaron —sin ningún motivo aparente, la voz de Rosa tembló en este punto, y Pinner pensó durante un instante que estaba a punto de llorar, mas no vio asomar ninguna lágrima en su rostro.

Pinner negó con la cabeza mientras humillaba los ojos. Parecía como si tuviera que buscar las respuestas cuando en realidad, después de pensarlas durante tantos años, se las había aprendido de carrerilla. Tarde o temprano sabía que volvería, no sabía cómo ni cuándo, pero para él siempre había estado claro, aunque hubiese jurado no regresar a España, que algún día tendría que enfrentarse a los fantasmas del pasado que él mismo había contribuido a crear si quería seguir adelante con su desastrosa vida.

—Pues no, no me fusilaron. Tuve suerte, logré escapar en un carguero británico que estaba atracado en el puerto.

Rosa asentía mientras él hablaba, pero por la expresión de sus ojos no parecía estar de acuerdo con lo que Pinner le contaba.

—¿A qué has venido? —preguntó de repente.

Pinner soltó el aire despacio, por la nariz, mientras apretaba los labios tratando de disimular una sonrisa. Había tantas cosas que podría decirle que le costaba elegir una.

—He vuelto porque tengo un trabajo que hacer —respondió después de demorarse unos segundos.

Y también porque necesitaba verte, pensó. Porque me despierto por las noches viendo tu cara. Porque no he dejado de pensar en ti ni un solo día cuando estaba en Londres.

—Tenemos que hablar —añadió Pinner después de contenerse para no decir todo lo que le pasaba por la cabeza.

—¿Tiene que ser ahora?

—No tengo mucho tiempo; no sé cuántos días estaré en Sevilla, tal vez sólo uno o dos. Me gustaría hablar contigo ahora... si es posible.

Rosa miró de soslayo la escalera que conducía al piso antes de contestar.

—Está bien —suspiró resignada, ajustándose la venda rudimentaria en el dedo mientras trataba de disimular un gesto de dolor— pero demos un paseo.

Caminaron en silencio hacia la plaza del Altozano. A Pinner le gustaba mucho aquel lugar: el puente a un lado, Triana al otro. Había pasado muchos ratos asomado a la baranda viendo trabajar a los areneros. Desde allí había visto a las mujeres de Triana que cruzaban el río a bordo de las pequeñas falúas entoldadas para ir a trabajar a la Fábrica de Tabacos —Rosa fue una de ellas, antes de casarse con Márquez—, hasta que construyeron el puente de San Telmo.

Era muy tarde, un silencio absoluto, casi sobrecogedor, dominaba la plaza. Durante un momento cerró los ojos y sintió los disparos de las tropas de Queipo de Llano contra los sacos terreros y las barricadas que los milicianos habían colocado en el puente. Por un instante, igual que otras veces, pensó que su sitio tendría que haber estado allí, empuñando un fusil junto a sus camaradas. Pero no imaginó, quién podría, lo que iba a sucederle cuando regresó aquella noche a la pensión después de encontrarse con Márquez y con Doménico.

Con una expresión entre trágica y sonriente recorrió la plaza con la mirada. En el lugar donde se encontraba la librería del alemán ahora había una tienda de tejidos.

—Lo fusilaron, ¿lo sabías? —la voz de Rosa disminuyó hasta un punto que casi fue inaudible—. Vinieron a buscarlo de madrugada. Tendría que haberse ido, igual que hicisteis todos —Pinner atisbó en sus palabras grandes dosis de reproche no disimulado.

No le gustaba mentir, y menos a Rosa, que a buen seguro era quien menos se merecía que no le dijeran la verdad, pero no podía hacer otra cosa y, aunque engañar era algo que toda vez que estaba acostumbrado a hacerlo no le suponía ningún esfuerzo, hubo de concentrarse en la oscuridad del río para no mirarla mientras respondía.

—Me enteré cuando estaba en Inglaterra. Lo siento mucho, de verdad. Fue un golpe duro saberlo.

Rosa se encogió de hombros, con amargura.

—Tarde o temprano tenía que pasar; estaba segura de que sucedería. Lo peor de todo fue que él tuvo menos suerte. Se lo llevaron de mala manera y ya no volví a verlo.

Pinner se la quedó mirando. Se habían acodado los dos en la baranda del puente después de caminar en silencio. Rosa tenía los ojos perdidos, clavados en algún punto indefinido del río, como si recordara a Márquez en silencio o estuviera rememorando aquellos días tan difíciles.

Aún seguía siendo bella, incluso más que antes: los pómulos marcados, el pelo negro, recogido en un moño, el chal oscuro sobre los hombros. Sintió deseos de pasarle un brazo por encima y de apretar su cuerpo frágil contra su pecho. Se trataba de la misma sensación de antaño, cuando acudía a menudo a la taberna de Márquez sólo por si ella bajaba y le sonreía. Nunca se lo dijo a nadie, incluso le costó mucho tiempo reconocerlo abiertamente ante sí mismo: estuvo enamorado como un adolescente de Rosa durante aquellos años turbulentos, y ahora, mientras la contemplaba mirando el río con aire ausente, volvía a sentir de nuevo aquel vacío en el estómago de entonces. A Pinner, al cabo, no le importaban más de lo necesario los problemas que los agentes del MI6 pudieran tener con Miguel Carmona, y la verdadera razón por la que había aceptado venir a Sevilla, si no la única, era para estar cerca de ella otra vez, para pedirle perdón por aquella noche que entró borracho en la taberna y se le nubló la conciencia, para contarle lo que pasó con Márquez, para confesarle que era un cobarde, un traidor. Pero carecía de valor para decirle la verdad, la terrible verdad que lo había despertado muchas noches desde que abandonó Sevilla.

—Dijiste que querías hablar conmigo.

Se había perdido en sus propios recuerdos. Se le había ocurrido que, de estar Carmona en Sevilla, era posible que hubiera acudido a pedir ayuda a Rosa. Al verlo aparecer en el bar la mujer se había sobresaltado, aunque al cabo de un momento Pinner se había percatado de que su presencia no le resultaba del todo extraña o sorpresiva. Rosa había insistido en que abandonaran la taberna y fueran a dar un paseo, y aquello le había resultado poco menos que sospechoso.

—He venido a verte porque estoy buscando a Miguel Carmona —podía haber dado algún que otro rodeo para encarar la situación, pero como tarde o temprano tenía que decírselo lo mejor era ir directamente al grano.

Rosa se arropó bajo el chal, sin apartar la vista del río.

—Miguel Carmona —replicó ella al cabo de unos segundos con una sonrisa no exenta de amargura—. Al final resulta que todos estáis vivos.

Sacudió la cabeza, como si la conversación comenzara a cansarla. Pinner puso una mano sobre su hombro y ella cerró los ojos.

—Escúchame —dijo él—. Tengo que encontrar a Miguel, lo antes posible. Si ha estado en tu casa o sabes algo de él es muy importante que me lo digas.

—No sé nada de Miguel —respondió ella mirándolo a los ojos—. Me acabo de enterar de que está vivo. Ha sido una noche llena de sorpresas: primero apareces tú, a quien creía muerto, y ahora parece que él también está vivo. Pues qué bien. ¿Y para qué lo buscas? Tiene que ser muy importante si has venido expresamente desde Inglaterra para encontrarlo.

—No puedo explicarte el motivo, ni siquiera yo lo sé muy bien. Es un encargo del gobierno británico, y tengo que encontrarlo antes de que lo hagan otros. Es muy importante que lo haga yo primero.

—¿Del gobierno? Eso sí que no me lo puedo creer: Gordon Pinner trabajando para el gobierno. Mucho deben de haber cambiado las cosas o muy desesperado tienes que estar si trabajas para los políticos de tu país.

Pinner suspiró. Llevaba toda la razón: resultaba complicado de creer.

—Es muy largo de explicar y, créeme, de verdad que me gustaría tener tiempo para hacerlo. Sólo puedo decirte que me localizaron en Londres porque sabían que había conocido a Miguel y de algún modo me obligaron a venir a buscarlo. Es muy importante que lo encuentre.

Rosa se encogió de hombros, como si no le importaran mucho sus problemas. Al fin y al cabo no tenía por qué preocuparse por él o prestarle ayuda, no en vano —y tenía todo el derecho a pensarlo o a sentirlo— para ella Miguel Carmona, él mismo y los otros activistas tenían parte o mucha culpa de que a Márquez lo hubieran fusilado.

—Mira, Rosa —le dijo, enfrentando sus ojos—, puedes creerme o no, estás en tu perfecto derecho, pero te aseguro que no me entusiasma lo que estoy haciendo, buscando a Miguel, después de tantos años, por cuenta del gobierno. Pero te lo vuelvo a decir: es muy importante que lo encuentre, hoy antes que mañana si es posible —trataba de abrirle camino con la mirada, quería ayudarle a que le confesara lo que sabía sin que hubiera de sentir que estaba traicionando a alguien—, y si por alguna razón aparece por el bar o te enteras de dónde se encuentra, hazle saber que estoy aquí, que he venido desde Inglaterra para buscarlo y que puedo ayudarlo a salir del país.

Rosa sostuvo la mirada de Pinner hasta la última palabra.

—Si aparece por el bar o me entero de algo se lo haré saber, no te preocupes.

Habían caminado de vuelta hasta la calle donde vivía Rosa. Desde la esquina aún se veía el farolillo encendido del bar. Pinner se preguntó si, escondido en la planta superior, Miguel Carmona escuchaba su voz hablando en susurros, rompiendo el silencio de la noche de Triana. Pinner no quería forzarla, pero estaba seguro de que sabía algo de Miguel Carmona, tal vez incluso había estado oculto en su casa y, quién sabe, con un poco de suerte, todavía estaría allí agazapado, esperando impaciente su regreso.

Ya se había separado unos metros de él, había emprendido el camino de regreso, aunque dudó un instante, se ajustó el chal sobre los hombros, volvió a acercarse a la esquina, de la que Pinner no se había movido, y le preguntó susurrando:

—¿Qué le pasa a Miguel? ¿En qué lío se ha metido que hasta el gobierno de tu país tiene tanto interés en encontrarlo?

Pinner la miró a los ojos y luego echó un vistazo cargado de intención a la ventana de la vivienda, justo encima del bar.

—Seguro que él podría explicártelo mejor que nadie —respondió, encogiéndose de hombros.

Rosa humilló la mirada, pero no dijo nada.

—Mañana o pasado vendré otra vez a verte —añadió Pinner—. No te olvides de lo que hemos hablado. Que se ponga en contacto conmigo: tal vez yo sea el único que puede salvarlo.

La vio Pinner adentrarse en la calle en silencio. Igual que cuando vivía en Sevilla y trabajaba para el Komintern notó cómo se le arrugaba la frente de envidia y de dolor al contemplarla cuando ella no lo miraba. De todo lo que había sentido entonces, tal vez fuera esto lo único que no había cambiado: el vacío en la boca del estómago, la profunda sensación de soledad, la misma soledad de Londres en las noches que sonaban las alarmas, la misma soledad de los años de la República en Sevilla, en la pensión, recordando en la oscuridad la sonrisa y los ojos de Rosa que debía de estar haciendo feliz a Márquez en la cama mientras él no podía conciliar el sueño. Márquez, sacudió la cabeza al recordarlo. Pobre Márquez. Lo habían torturado, como a él, pero no tuvo tanta suerte, o acaso, las facciones de su rostro se crispaban al recordarlo, tuvo más valor o más aguante que él y cumplió como un hombre, sin delatar a ningún compañero a cambio de la libertad, o tal vez de la vida, en lugar de llorar como Pinner, hecho un guiñapo, antes de acabar cantando de viva voz —no aguantó más de cuatro días— los nombres de sus camaradas.

Soledad. Ésa era otra de las palabras que definían su vida. Soledad en mitad de la plaza, soledad en las noches calurosas de antaño en la pensión, igual que cuando tumbado en la cama de Londres escuchaba indiferente el silbido de las bombas que arrojaban sobre la ciudad los pilotos de la Luftwaffe. Soledad ahora, mientras contemplaba la figura de Rosa empequeñeciéndose a medida que se adentraba en la calle. Aquella mujer nunca le había pertenecido y, tragó saliva con gran esfuerzo, le dolía pensar que jamás en su vida le pertenecería.

Seguía siendo el mismo de siempre. Había tenido que volver a Sevilla para darse cuenta de que nada había cambiado: la misma angustia en las entrañas, la misma indecisión con Rosa. No era más que un hombre acabado y torpe, una piltrafa que ya no servía para nada, si es que alguna vez había servido para otra cosa más que para hablar y embaucar a la gente con palabras huecas. A mitad del puente se acodó en la baranda y estuvo mirando las aguas oscuras como una tentación. Chasqueó la lengua y sacudió la cabeza: hasta para eso carecía de valor.

No era un hombre valiente. Siempre lo había sospechado, pero lo supo con certeza el día que empezó la guerra.

Esa noche llega a su casa para coger la cámara. Quiere hacer algunas fotos para dejar constancia de la revolución. Atraviesa el puente dejando atrás a la multitud enardecida que se prepara para hacer frente a los rebeldes que ya han tomado la sede del Gobierno Civil y han ocupado el edificio de la Telefónica. Ésos eran los cañonazos que había escuchado desde la pensión por la tarde.

Los ánimos se han caldeado, y sabe que cualquiera que no se muestre abiertamente a favor o en contra de uno de los dos bandos será poco menos que sospechoso. Sube a su habitación, recoge algunos libros de la estantería en una bolsa de lona y se cuelga la cámara al hombro. El pulso le late con más fuerza que de costumbre, siente una energía nueva correr por sus venas. La revolución va a comenzar, y él será testigo.

No se lo va a llevar todo: espera volver pronto, cuando se calmen un poco los ánimos. Para entonces tal vez ya habrán vencido a los rebeldes. Seguro que pronto enviarán refuerzos desde Madrid, aunque Pinner confía en que no sean necesarios. Por la tarde, las milicias ya han pedido armas en el cuartel de los guardias de asalto de la Alameda de Hércules, y Pinner sabe que, si no las obtienen por las buenas, las tomarán a la fuerza, y él mismo participará en el saqueo si tiene que hacerlo.

Antes de abandonar la habitación vuelve a echar un vistazo. Se palpa la cámara que le cuelga del pecho. Lleva encima todo lo que necesita. Ya volverá si precisa algo.

Baja las escaleras y cuando ve las botas y los pantalones negros maldice en silencio por no haber sido más precavido. Tres hombres uniformados lo esperan en el vestíbulo. Pinner mira a la casera para preguntar qué pasa, pero ésta no le mira a los ojos, como si le avergonzara haberlo delatado o no quisiera ver cómo lo detienen.

—Tenemos que hacerle unas preguntas —le dice el más joven de los tres, el que parece estar al mando.

—¿Qué quieren saber? —contesta para ganar tiempo mientras piensa la forma de escapar.

—Será mejor que nos acompañe.

Eso sí que no, piensa Pinner. No hay ningún camarada cerca, nadie que pueda atestiguar adónde lo llevan o qué le van a hacer. Si accede a ir con ellos mansamente puede muy bien acabar fusilado en un descampado. Lleva mucho tiempo viviendo en Sevilla y lo conoce mucha gente. Tal vez nadie sabe de su actividad secreta como agente del Komintern, pero sí lo han visto en manifestaciones, y seguro que ha habido algún infiltrado en cualquiera de las reuniones clandestinas que ha mantenido en los últimos tiempos con los camaradas. Como están las cosas, si se lo llevan no podrá sucederle nada bueno.

Lleva una pistola guardada en la bolsa, pero él sólo es uno, y ellos son tres falangistas armados. Seguro que alguno tendría tiempo de desenfundar y descerrajarle un tiro antes de que pueda acabar con todos.

—Voy a dejar mis cosas arriba —dice, mostrándole la bolsa al que está al mando.

—Puede traérselas.

Pero Pinner ya ha retrocedido un peldaño cuando el otro responde. Se detiene y se lo queda mirando. Ya no hay marcha atrás. Detrás de él, el pasillo y la puerta de su habitación; delante, tres hombres armados que no lo van a dejar salir a la calle. Ya ha empezado a correr después de aspirar con trabajo una bocanada de aire. Ha llegado al pasillo sin que los otros hayan tenido tiempo de dispararle. Tal vez hayan sacado las pistolas, pero no les ha dado tiempo a utilizarlas.

—¡Quieto, cabrón! —le gritan.

Pero Pinner ya ha abierto la puerta del cuarto y su mano busca el arma desesperadamente dentro de la bolsa. Ya ha rozado la culata, está a punto de sacarla cuando vuelve a oír las voces más cerca, dentro de la habitación.

—Un solo movimiento y te hago un agujero en la cabeza.

No ha sido lo bastante rápido. Le falta el aire, tiene la boca seca de desesperación y de miedo.

—Deja la bolsa en el suelo —le ordena uno de ellos.

Pinner la deja resbalar de sus dedos. Apenas ha terminado de caer cuando recibe un puñetazo en el pómulo que lo tumba en la cama. Todo se vuelve negro. Durante un instante pierde la noción del tiempo, pero oye cómo caen sus libros, y el sonido metálico de la pistola al chocar con las baldosas. Luego la puerta del armario se abre, y su ropa se derrama en el suelo, y los papeles, y las fotografías, y los recuerdos.

Se incorpora en la cama y se palpa la mejilla por donde le chorrea un hilillo de sangre. Le duele la cabeza. Mientras dos de los hombres hurgan en sus pertenencias, el tercero no deja de apuntarle. Pinner se deja caer en la cama. En realidad no está tan cansado o tan mareado como para tumbarse, pero la habitación es tan pequeña que un lado del colchón toca el balcón que había dejado abierto antes de salir. Es su última oportunidad; no se lo piensa dos veces. Se toca la cara como si quisiera mitigar el dolor del puñetazo y piensa que tal vez estará muerto antes de saltar, pero gira sobre sí mismo, escucha una maldición pero ya está en el balcón, y después un grito, y un disparo, pero ya ha puesto las manos en la breve baranda y vuela en la oscuridad de la calle. Al llegar al suelo, escucha un crujido en su pierna, un sonido parecido al de una rama seca al quebrarse. Trata de levantarse pero un dolor agudo en el tobillo no lo deja moverse.

Para él la revolución ha terminado. Sólo espera que el hombre que le apunta desde el balcón no se lo piense dos veces cuando su jefe le dé la orden de acabar con él.

Se lo llevan después de patearle las costillas y destrozarle la cara. Pero sobrevivirá, y por culpa de eso se despertará muchas noches en el futuro. También, por haber sobrevivido, se convertirá en un sospechoso y será llamado a Moscú para dar explicaciones.

Al principio piensa que va a aguantar. Tiene la esperanza de que la rebelión militar fracase en Sevilla, en cuanto los milicianos consigan armas y lleguen los refuerzos de Madrid. Lo mantienen incomunicado en una celda. Apenas puede dormir por el dolor en las costillas que no lo deja respirar y por la pierna que no puede apoyar después de que se la hayan entablillado de mala manera. Se ha roto el tobillo por dos sitios. Cuando intentó levantarse en la calle después de saltar por el balcón cayó al suelo retorcido de dolor. El pie le colgaba de una forma grotesca a un lado, como si no lo sujetase ningún hueso. No hacía falta ser ningún médico para saber que, si sobrevivía, cojearía durante el resto de su vida.

La primera mañana, antes de que lo vea un médico, lo llevan a un despacho para interrogarlo.

Lo sientan delante de una mesa, y al cabo de unos minutos el mismo hombre joven y uniformado que estaba al mando cuando lo detuvieron se acomoda al otro lado. Lacruz, así lo llaman sus compañeros, derrama sobre la mesa con desdén los documentos que han encontrado en su bolsa.

—Gordon Pinner —dice girando la cabeza, mirándolo casi de soslayo—. Reportero inglés... y rojo.

Pinner no contesta. Le duele el tobillo, tiene fiebre, y le cuesta respirar por culpa de las costillas rotas.

—Tenemos que hablar de algunas cosas. —Lacruz continúa el interrogatorio como si no le importara que Pinner no le conteste.

—Ustedes no tienen derecho a retenerme.

El otro suelta una carcajada.

—Trabajo para la *London General Press*. Ya lo ha visto en mis documentos.

Lacruz da un puñetazo que hace retumbar la mesa.

—¡Trabaja para los bolcheviques!

Pinner sacude la cabeza. Lleva mucho tiempo en Sevilla, moviéndose por los arrabales de la ciudad. Está seguro de que mucha gente lo ha visto y de que lo han detenido porque alguien lo ha denunciado. Pero también está seguro de que nadie puede saber, ni siquiera sus amigos más íntimos lo saben, acerca de su condición de agente del Komintern.

—Sólo soy un periodista. Llame a Londres y podrán confirmárselo.

—No me venga con pamplinas. Si lo que dice fuera verdad no habría tratado de escapar como una rata cuando fuimos a buscarlo a la pensión.

Pinner suspira.

—Me asusté, eso es todo.

Lacruz remueve entre los papeles de Pinner. Su carné del Partido Comunista Inglés, un cuaderno de notas y una fotografía de su madre.

Al sostener entre los dedos el carné del Partido, la expresión de Lacruz se tuerce en una mueca macabra.

—Podríamos fusilarlo por esto.

—No creo —responde Pinner sacudiendo la cabeza, pero sin estar muy convencido de ello. Los ánimos están exaltados. Claro que pueden fusilarlo por eso, y por mucho menos. Hasta podrían hacerlo por el simple capricho de escuchar cómo cae su cuerpo al suelo.

—Pero vayamos por partes —la voz de Lacruz ahora suena menos ruda, como si estuvieran charlando tranquilamente en un bar—. Lo que ahora nos interesa es saber los nombres de sus amigos.

Pinner frunce el ceño.

—¿De mis amigos?

—Sí, de sus camaradas —la última palabra la pronuncia despacio, como si le diese asco mancharse los labios con ella.
—Necesito que me vea un médico.
—Primero hábleme de sus amigos.
—¿Qué amigos? ¿Mis amigos de Londres?
—No se haga el listo conmigo.

De repente le viene a Pinner un acceso de tos y se retuerce de dolor en la silla. Las costillas le molestan al respirar, pero cuando tose el dolor llega a ser insoportable.

—No tengo amigos en Sevilla —dijo, tras un tremendo esfuerzo—. Sólo estoy aquí para trabajar.
—El nombre de sus amigos, Pinner.
—¡Ya le he dicho que no tengo ningún amigo! —grita. Siente tanto dolor que no puede contenerse.

Lacruz deja entrever un colmillo, el gesto más parecido a una sonrisa que le ha visto Pinner. Se levanta y, antes de abandonar la habitación, le pone una mano sobre el hombro, como si fuese un viejo amigo.

—Volveremos a hablar mañana. Procure hacer memoria.

Pinner, a su pesar, nunca pudo olvidar aquello. Sólo tardó cuatro días en dar los nombres de todos. Luego lo liberaron a instancias de la *London General Press*. Mintió diciendo que había logrado escapar, pero el mismo Lacruz lo llevó en su coche hasta el puerto para subir a un carguero británico que estaba a punto de zarpar. A partir de entonces ya nada fue igual.

Cuando salió por la mañana de casa de Murdoch sabía que iba a ser un día difícil, que tendría que enfrentarse a la verdad ignominiosa de su pasado. Sabía, y después de medianoche ya no era capaz de engañarse a sí mismo, que por muchas vueltas que diese por la ciudad y aunque hubiera despistado a Craven después de encontrarse con Artemio para subir a un tranvía que lo llevó hasta el Cerro del Águila —el suburbio donde vivía Carmona antes de la guerra y donde en el fondo Pinner estaba convencido que jamás lo encontraría—, que su viejo amigo era demasiado listo como para meterse en la boca del lobo y no se acercaría a un barrio donde la gente lo podría reconocer. Desde por la mañana —antes aún: desde que aceptó la misión en Londres—, Pinner estaba convencido de que acabaría buscándolo en casa de Rosa. En realidad, ni siquiera se había planteado seriamente que pudiese estar escondido allí. Al cabo, lo único que él quería era verla otra vez. Pero después de haberse encontrado con ella, le parecía más que posible que Miguel hubiera estado en su casa, que aún estuviese.

Ya no aguantó más. Tiritaba, pero no estaba seguro de si era por culpa de la fiebre o por el miedo que sentía al enfrentarse al pasado. Después de mirar las aguas oscuras del río con la misma inquietud que miraba a veces en Londres el cañón de la pistola —las dos eran oscuras, pensó estúpidamente mientras se metía la mano en el bolsillo: quizá fuera el color del fracaso—, hizo lo mismo que en Inglaterra. Antes de que pudiera evitarlo sus dedos aferraban la petaca repleta de coñac que guardaba en el bolsillo. La había llenado a escondidas en casa de Murdoch por la mañana. Sabía que le iba a hacer falta, que tendría que acudir a ella al final del día, cuando hubiese visto a Rosa y los fantasmas del pasado volvieran a arrastrar sus cadenas en la noche.

Diez

De todas las fulanas de Sevilla, la Niña Heredia era su favorita. Pocos años atrás, Artemio, a su pesar, sólo la visitaba muy de vez en cuando, porque su tarifa era de las más caras, si no la que más, entre las que ejercían la prostitución de lujo en la ciudad. La Niña Heredia se había ganado bien los cuartos: sólo había que ver su vivienda en el barrio de Heliópolis, un lujoso chalé de los que se construyeron para la Exposición del 29. Algunos parientes de Artemio, aquellos que no habían dilapidado su fortuna y habían trabajado incluso para incrementarla, todavía vivían en ese barrio. Él, hacía mucho tiempo que no: llevaba dos años alojado en una pensión de la Alameda y, a no ser que su situación diera un giro de ciento ochenta grados, cosa bastante improbable dada su escasa afición al trabajo y la rutina, no parecía que otra vez fuera a vivir en un barrio como aquél.

Había cumplido los cincuenta y tres en enero, y la única compañía femenina que frecuentaba —y podía permitírselo porque con los años se había convertido en un viejo cliente y nunca le cobraba la prohibitiva tarifa habitual, y a veces ni le cobraba— era la Niña Heredia, que ya no era tan niña, se acercaba peligrosamente a los cuarenta, pero eso no era ningún inconveniente para Artemio. Al contrario, le gustaban las mujeres que, como ella, pasaban de los treinta y cinco y sabían complacer a un hombre con caricias que las veinteañeras bisoñas, ni aun siendo fulanas experimentadas, soñaban practicar.

Vivir bien era lo que más le gustaba, y echarle un polvo a la Niña Heredia era uno de los principales ingredientes de una existencia placentera. Algunas veces fantaseaba con que tenía un golpe de suerte —como el negocio que se fue al garete en Praga en el otoño del 38 y que hubiera cambiado su vida para siempre—, que llegaba una noche con los bolsillos rebosantes de billetes y la retiraba de la calle para hacerla suya, sólo suya; él la mantendría y ella lo cuidaría, y nunca más tendría que humillar los ojos porque no le había cobrado después de darse un revolcón.

Había estado con muchas mujeres a lo largo de su vida de crápula, de todos los países y con los más variados tonos de piel, pero ninguna se podía comparar con aquélla. Por alguna razón que no podía comprender, las cotas de placer que alcanzaba con la Niña Heredia eran las más altas que había disfrutado jamás. La conocía desde los tiempos de Primo de Rivera, cuando no era más que una jovencita que se sacaba los cuartos entre bailes y volantes por las tabernas y revolcones furtivos en camas de gente adinerada.

—A ti te compraba yo una casa y te tenía encerrada para mí solo —le dijo una noche en mitad de una juerga flamenca, agarrándola por la cintura—. Ella se echó a reír, puso sus labios cerca de los suyos, y cuando parecía que estaba a punto de besarlo retorció el cuerpo sin soltar las castañuelas, zapateó sobre el viejo tablao y siguió bailando. Artemio no dejó de mirarla durante toda la noche, y sentía como si le clavasen un puñal en el pecho cada vez que otro alargaba la mano, entre palmas y bailes, y la ponía sobre sus caderas o donde le viniese en gana. Aquella noche se habría enfrentado a cualquiera que se hubiese interpuesto en su camino, pero fue él quien se la llevó a la cama, y ésa fue la primera de muchas veces. Desde entonces habían alternado con regularidad, casi habían envejecido juntos. Aunque pasaban largas temporadas sin verse, la Niña Heredia siempre lo recibía con alegría, y más ahora que podía permitirse seleccionar a sus clientes y pasar noches enteras con él. Aparte de para satisfacer sus instintos más primarios, Artemio la visitaba cuando tenía problemas o cuando estaba deprimido, y hoy era un día ideal porque no había logrado serenarse desde que se entrevistó con Pinner. Llevaba todo el día dándole vueltas al asunto y cada vez le parecía más difícil de resolver. Aunque pudiera achacar la culpa al inglés que había conocido por la mañana, Murdoch no toleraría dos veces que no hubiera actuado según sus instrucciones, y éstas habían sido muy claras: acompañar a Pinner en todo momento y ayudarlo a localizar a Miguel Carmona. Pero Pinner no le había dado tiempo a reaccionar, había desaparecido en un instante y más pronto que tarde tendría que rendir cuentas ante Murdoch.

Por tanto, era la noche ideal para relajarse en casa de la Niña Heredia.

Le gustaba estar con ella en esos momentos porque nunca le hacía preguntas: se limitaba a besarlo y a regalarle caricias después de apurar una botella de vino y hablar del pasado. Cuando estaban los dos en la cama se olvidaba de todo: de los tratos de terrenos, del pleito del gobierno de Franco con la empresa checoslovaca de Ludvik en el que su nombre verdadero saldría a relucir tarde o temprano. Se olvidaba de Murdoch y de Franz, que aguardaba noticias en el hotel Cristina, se olvidaba de su propio fracaso, de su vida desperdiciada, concentrado sólo en la Niña Heredia, en sus nalgas contra las que sacudía rítmicamente su pelvis porque, había muchas cosas que le gustaban de ella, pero, la que más, penetrarla por detrás. Se volvía loco cuando, de rodillas sobre la cama, sujetaba sus caderas firmes y empujaba mientras ella agitaba suavemente la cintura.

Después de acabar los dos empapados de sudor, con su

cuerpo tumbado boca abajo sobre el de ella, también boca abajo sobre las sábanas de seda, se dieron la vuelta. La Niña Heredia, Dolores —a él le gustaba llamarla por su nombre verdadero cuando estaban en la cama—, cubrió su cuerpo y el suyo con la sábana y recostó la cabeza en su pecho mientras él encendía un pitillo.

Artemio tenía la certeza —y se jactaba íntimamente de ello— de que, de todos sus clientes, él era el único con el que pasaba un rato de romanticismo, y le parecía que verdadero, después de echar un polvo. Que después le cobrara o no era otra cuestión: al fin y al cabo Dolores era una profesional que vivía de su trabajo, y Artemio Corona, último vástago de la estirpe de los Corona Sáenz de Artázcoz, a pesar de la forma descarada de vivir a la que lo había llevado su juventud despreocupada y dilapidadora, había sido educado en el principio de que cada uno ha de ser remunerado por el trabajo que hace, igual que él cobraría sin pestañear ahora por el suyo tanto a los alemanes como a los ingleses que se habían mostrado tan interesados en descubrir el paradero de Miguel Carmona.

—¿En qué piensas? —le preguntó Dolores.

Se había quedado absorto mirando el techo, expulsando el humo muy despacio luego de haberlo retenido más tiempo del necesario dentro de sus pulmones. Estaba preocupado, pero no iba a contarle nada. No confiaba a nadie su trabajo, ni siquiera a ella que, a fin de cuentas, era la única persona con la que alguna vez mostraba lo que sentía. Nada le había dicho acerca de sus andanzas los últimos dos años. Ella suponía que llegaba a fin de mes haciendo negocios comprando y vendiendo terrenos y con el contrabando de tabaco y comida que escaseaba con frecuencia: las cartillas de racionamiento apenas daban para malvivir.

—En nada especial —respondió, sin embargo—. Estoy muy a gusto. Eso es todo.

La Niña Heredia apretó aún más la cabeza contra su pecho y le pasó una pierna por encima de las suyas. Ese gesto significaba que ella quería que se quedase a pasar la noche. Era martes y pasaban diez minutos de las once. Artemio pensó que era poco probable que viniera otro cliente y se sintió aliviado. No le gustaba dejar la cama caliente para otro. Llevaba años visitándola y se había encaprichado de ella sin darse cuenta, como quien no quiere la cosa. Se le había metido entre ceja y ceja.

Dolores metió la cabeza bajo las sábanas y le acarició la tetilla con la punta de la lengua, como para confirmar sus pensamientos. Siempre empezaba igual, sabía que eso a él le ponía el corazón de tigre. Aspiró la última bocanada del cigarrillo, levantó la cabeza para ver el trabajo de la mujer mientras la melena suelta le bajaba por su estómago y cerró los ojos, dispuesto a empezar un nuevo asalto.

Cuando terminaron la última embestida, Dolores volvió a relajarse sobre su pecho. Pero sabía que si se quedaba apenas dormiría, que al cabo de un rato volverían a las andadas, y por la mañana quería estar despejado porque podría ser un día clave en el asunto de Miguel Carmona. No había vuelto a ver a Pinner desde mediodía, y aunque le gustaba trabajar solo no le convencía mucho la idea de dejarlo buscar por su cuenta y riesgo pistas sobre el sindicalista fugado. Murdoch pagaba puntualmente y era quien mandaba. Había que encontrar a ese Miguel Carmona, y dejar solo al inglés no había sido una idea muy acertada. No estaba seguro de cómo reaccionaría Murdoch, pero no había que ser muy listo para pensar que no le haría mucha gracia lo que había pasado. El inglés que vivía en el Barrio de Santa Cruz era una persona que jamás dejaba entrever sus pensamientos, era demasiado flemático, y la gente tan fría lo ponía muy nervioso.

Pasaba más de media hora de la una cuando se despidieron.

Dolores, molesta por el desaire, ni siquiera se levantó para acompañarlo a la puerta. Dio media vuelta sobre el colchón de plumas como despedida.

Artemio, después de prometerle que volvería al día siguiente —sabía que a ella los enfados no le duraban mucho—, bajó las escaleras y se ajustó el sombrero frente al espejo del vestíbulo, se atusó el bigote, estiró las solapas de la chaqueta para que no se le notaran las arrugas en la tela, encendió un cigarrillo y agarró el bastón por la empuñadura de plata que algunas veces desenroscaba para utilizarla como vaso improvisado.

Hacía una noche estupenda: ni una nube en el cielo y una brisa fresca que agradecía aquellos primeros días de mayo, cuando el calor empezaba a apretar con fuerza en Sevilla, anunciando el verano inminente.

Iría dando un paseo hasta su casa, caminando junto a la orilla del río. Tenía muchas cosas en las que pensar, y para conciliar un sueño más o menos decente prefería llegar a la cama con las ideas claras.

—Qué tal, Artemio, ¿disfrutando de los placeres de la Niña Heredia?

Antes de escuchar la voz, antes incluso de certificar su mente el tono inconfundible de su dueño, Artemio había reparado en el enorme Citroën negro, cual presentimiento siniestro con chófer al volante incluido, aparcado frente a la casa de Dolores.

—Cómo estás, Lacruz —respondió a la sombra que se le acercaba desde la acera, sin mucho entusiasmo.

Pedro Lacruz sacudió el fósforo con el que acababa de encender el pitillo mientras recorría la corta distancia que lo separaba de Artemio.

—Qué ¿con la Niña Heredia?
—Dolores...
—Ten cuidado, Artemio, que ésa te puede volver loco

—dijo señalando con la barbilla la ventana de la habitación donde Dolores debía de estar ya durmiendo o quizá los estuviese observando. Claro que lo había vuelto loco, y a quién no, pero no iba a reconocerlo ante Lacruz, ni mucho menos.

—Te lo digo por experiencia —añadió—. Ya lo sabes...

Artemio sintió una punzada aguda, como un clavo, en la boca del estómago.

—Cuánto tiempo sin vernos —respondió, por decir algo.

—Será porque ya no me necesitas. Me han dicho que últimamente te puedes valer por ti mismo. Anda, vamos a dar un paseo. Tenemos que hablar de algunas cosas.

Lo que menos le apetecía en ese momento era dar un paseo con Pedro Lacruz. Era demasiado joven, demasiado peligroso y demasiado ambicioso. Un cóctel explosivo tal y como estaban las cosas.

Caminaron despacio en la noche, sin alejarse demasiado del coche donde el chófer, siempre alerta, no les quitaba ojo de encima.

—Parece que no te van mal las cosas —observó Lacruz después de echar un vistazo al impecable traje de Artemio.

—No me puedo quejar, ya ves —replicó deteniendo sus ojos un instante en la camisa azul y en las botas lustrosas del otro—. Ni tú tampoco.

Lacruz sonrió torvamente, dejando entrever un colmillo sobre el labio inferior.

—Aunque —añadió Artemio— supongo que no me habrás esperado toda la noche para preguntarme la dirección de mi sastre.

Lacruz levantó la barbilla y dejó escapar el humo por la nariz, muy tranquilo, mientras Artemio lo miraba. Habían llegado hasta la esquina y se habían detenido. Ahora tomaba del brazo a Artemio mientras desandaban el pequeño trecho recorrido.

—Esta mañana te han visto desayunando en el Café París junto a un tipo pelirrojo.

Artemio frunció el ceño, como si no lo recordase, y luego forzó una breve carcajada de compromiso.

—Ah, bueno, pero no estaba desayunando conmigo, yo ya había desayunado. Se trata del empleado del propietario de una pequeña finca que quiere venderla. Venía para confirmar una cita con su jefe.

Lacruz dejó entrever una sonrisa siniestra para dejar claro quién estaba al mando.

—Ya... ¿Y le has encontrado algún cliente para la finca?

Artemio se encogió de hombros.

—Pues aún es pronto. Todavía he de hacer algunas gestiones.

Se habían detenido a pocos metros del coche. El chófer de Lacruz seguía observándolos, impasible, con el brazo sacado por la ventanilla.

—Y, ¿dónde está la finca que tiene ese hombre? —Lacruz lo miraba fijo, sin dejar de esbozar esa sonrisa cadavérica—. ¿Aún no has ido a visitarla?

Artemio tiró la colilla al suelo y la aplastó con la punta del zapato. Lacruz podía tener muchos defectos, pero no era ningún estúpido. Y una de las cosas que le habían quedado claras desde que lo conoció era que no acostumbraba a gastar salvas en vano ni a perder el tiempo. Si lo había seguido hasta la casa de Dolores y había esperado a que saliese para hablar con él, no era muy descabellado pensar que Lacruz también tenía interés en averiguar algo sobre Miguel Carmona.

—No, aún no he podido verla —respondió. Si seguía el juego de ambigüedad con el que Lacruz había empezado la conversación podría darse un margen de tregua para buscar una salida airosa.

—Pero tendrás que ir a verla. Eso forma parte de tu trabajo. ¿O no?

Artemio asintió con la cabeza, mirando a un lado, mordiéndose el labio. El interés de Lacruz complicaba aún más, si era posible, la búsqueda. La dificultad radicaba en saber hasta dónde estaba dispuesto a llegar en caso de que no quisiera cooperar con él.

—Supongo que sí —claudicó—: tendré que ver la finca antes o después.

Lacruz le pasó el brazo por encima del hombro, apretándose contra él un poco más de lo necesario.

—Yo también la quiero ver, ¿de acuerdo?

Artemio apretó los dientes. El chófer no le quitaba ojo de encima, pero no, aunque no estuviera presente, aunque Lacruz se hubiera presentado solo y desarmado hubiera sucedido lo mismo: él nunca había sido un hombre de acción, a pesar de haber traficado con ellas durante la Guerra Civil odiaba las armas, igual que los malos modales y el ejercicio físico.

—No estoy seguro de que yo vaya a ver la finca —replicó, sin embargo.

Lacruz apoyó el peso de su voluminoso cuerpo sobre el brazo que descansaba en el hombro de Artemio.

—Te conviene verla, Artemio. Tú sabes que te conviene verla, y cuando sepas dónde está lo primero que vas a hacer es venir corriendo a decírmelo.

Artemio asintió quedamente y se tragó la bola espesa que le atascaba la garganta. Lacruz podía borrar de un plumazo su precaria existencia. Bastaba una orden de aquel arribista veintitantos años más joven que él para que lo investigaran y lo detuvieran, y la sola idea de visitar la cárcel lo aterraba. A su edad y con su apariencia de aristócrata, venido a menos, pero aristócrata al fin y al cabo.

—Por cierto —añadió Lacruz bajando la voz, para confirmar sus temores—. Tengo guardado en un cajón de mi mesa un informe confidencial. Es sobre un pleito del gobierno por el dinero que derrocharon los rojos. Tan incrédulos eran que pensaban que iban a ganar la guerra con la chatarra estropeada con que los engañaban los extranjeros.

Artemio palideció.

—Es un informe muy completo —añadió Lacruz—. Fechas, libros de cuentas, aviones, fusiles, balas... Ah, y nombres también, por supuesto. Un asunto bastante turbio, ¿sabes? Hay algo que me llama la atención. No sé cómo los rojos pudieron ser tan ingenuos. Le pagaron cerca de quinientos mil dólares por adelantado a un tratante de armas checoslovaco en septiembre del 38 para que comprase unos aviones en Estados Unidos y los desgraciados no llegaron a ver ni los aviones ni el dinero. Ahora Franco reclama el dinero a la empresa checa que firmó la operación. Todavía no está muy claro quién se quedó con el medio millón de dólares que los rojos entregaron a cuenta, si fue el intermediario americano, el importador checo o el español que se encargó de la compra para los rojos. ¿Te suena de algo, Artemio?

Artemio escuchaba con las mandíbulas apretadas, sin rechistar. Tarde o temprano tenía que pasar, y lo que le extrañaba, ahora que escuchaba la amenaza velada en boca de Lacruz, era que hubiesen tardado tanto tiempo en relacionarlo con el asunto. Alguien se habría ido de la lengua, siempre pasaba lo mismo: un comentario de más, un soborno, una amenaza o una tortura, y al final todo se terminaba sabiendo. Siempre sospechó que Lacruz estaba al tanto de sus coqueteos con el contrabando de tabaco, no en vano había vivido durante un tiempo exclusivamente del estraperlo, hasta que empezó a tejer redes con los alemanes y los ingleses, y ahora, aunque ya apenas se dedicaba a comerciar con bienes escasos, sino a proporcionar información, lamentaría mucho dar con sus huesos en la cárcel, como poco, por algo ocurrido hace tantos años.

—Mira, Artemio —Lacruz había abierto la puerta del coche y le hablaba al mismo tiempo que el chófer arrancaba—, hablemos claro, hombre, que ya somos mayorcitos. A mí me la sudan tus líos con el tabaco, lo que compraras por encargo de los rojos o las historias en que andes metido ahora con los alemanes o los ingleses. Los problemas de esa gente me interesan tan poco como a ti, pero no trates de engañarme. Sé muy bien quién es el tipo con el que estabas sentado esta mañana, y también sé quiénes son sus amigos. El inglés pelirrojo no me interesa, es un don nadie, pero estoy seguro de que si se ha atrevido a poner los pies en Sevilla ha sido por algo muy importante, así que no me jodas, porque no pienso quitarte ojo de encima, ni a ti ni a ese pelirrojo maricón, conque cuando sepas algo del otro hijoputa al que andáis buscando te vienes corriendo a verme, ¿de acuerdo?

Artemio no contestó, no sonrió, ni siquiera asintió levemente con la cabeza. Tenía la partida perdida desde el principio, desde el mismo momento en que escuchó la voz inconfundible de Lacruz llamándolo al salir de la casa de Dolores. Si pudiera dar marcha atrás, se dijo. Si pudiera dar marcha atrás. Pero ya era demasiado tarde.

—Y deja ya de joder con esa puta vieja, hombre, que te va a sorber el seso.

En cualquier otro momento, la frase con que se despidió Lacruz le hubiera crispado los nervios. Sin embargo, ahora estaba tan preocupado que ni siquiera se molestó en darse por ofendido. El asunto cada vez se le complicaba más, y tan sólo esperaba salir lo mejor parado que fuera posible. Porque si Lacruz se lo proponía arruinaría su vida en un pestañeo, y eso por nada del mundo lo permitiría, aunque para ello tuviera que traicionar al mismísimo diablo.

Allí solo, en mitad de la calle, sintió que un frío le subía por la espina dorsal cuando miró por última vez la ventana del dormitorio donde un rato antes había estado retozando con la Niña Heredia. Dolores, movió los labios para susurrar su nombre. Dolores. Le entraron ganas de subir otra vez y pedirle que lo dejase dormir abrazado a ella. Debería haberme quedado a pasar la noche en su casa y tal vez mañana todo hubiera sido diferente, se dijo mientras caminaba desganado de regreso a la pensión. Si ese inglés pelirrojo hubiera encontrado a Miguel Carmona antes de que Lacruz le hubiera visitado muy bien podría haber eludido el compromiso de avisarlo o evitarse la incomodidad de ser seguido a todas horas por un esbirro de aquél, o tal vez por él mismo, pero no, tenía la suerte de espaldas, y ya sabía a quién iba a traicionar. No le quedaba otro remedio. Sólo esperaba que él mismo no resultara perjudicado.

—Está buscándote, no me preguntes por qué.

Miguel Carmona miraba a Rosa con el ceño fruncido, sentado en una silla, el rostro apenas iluminado por la tenue luz nocturna que se colaba por la contraventana.

Se revolvió el pelo y se frotó los párpados con la yema de los dedos.

—Me ha dicho que acaba de llegar de Inglaterra, que unos agentes británicos se pusieron en contacto con él para que los ayudara a localizarte.

Miguel sacudió la cabeza. Cada vez entendía menos lo que le estaba pasando. En los ocho días que llevaba viviendo como un fugitivo nunca lo había tenido menos claro que esa noche. Lo habían denunciado por rojo y se había fugado, había visto pasar a la comitiva de Franco por La Palma del Condado, había robado una bicicleta y había llegado hasta Sevilla. Hasta ahí, todo encajaba más o menos. Pero algo no cuadraba en la historia, y el primer indicio lo tuvo al escuchar la voz de Pinner cuando salió con Rosa del bar. Pinner debía de estar muerto, como Márquez: a los dos les había pillado por sorpresa el alzamiento de Queipo de Llano en Sevilla mientras él se encontraba en Madrid. Pero ver a Gordon Pinner vivo, en la puerta del bar de Rosa, donde él estaba oculto, no podía ser una coincidencia, y ahora que ella le había dicho que venía a buscarlo por cuenta del gobierno inglés, que, para colmo, le ofrecía su ayuda, era algo que ni en sus sueños más atrevidos habría imaginado. ¿Qué tenía que ver Pinner, y mucho menos el gobierno británico, con lo que estaba ocurriendo?

—¿Sabes? —la voz de Rosa lo devolvió a la realidad—. Pensaba que Pinner había muerto, igual que mi marido, igual que los otros.

Miguel asintió. Frunció el ceño como si quisiera recordar algo o tratase de dilucidar en su mente algún pensamiento que le costaba admitir.

—Yo también creía que había muerto —suspiró, tragó saliva y luego añadió—: me alegro de haberme equivocado.

—¿Hablarás con él? —Rosa se había sentado en una silla, frente a él, los dedos de las manos entrelazados sobre el regazo.

Los labios de Miguel esbozaron una sonrisa mientras volvían a la realidad, como si despertara de un mal sueño. Con los dedos se atusó el bigote que le había crecido mucho estos días, y luego se pasó la palma de la mano por la mejilla, despacio, como si necesitase un afeitado.

—Ya es hora de que busques a Doménico. Me harán falta papeles nuevos antes de marcharme.

Inopinadamente, los ojos de Rosa se ensombrecieron. Durante los días que Miguel Carmona había pasado en su casa había pensado en la marcha de Miguel como un acto improbable, un hecho lejano que tal vez no llegara a producirse. Se había acostumbrado a verlo asomado a la ventana, con la luz apagada, cuando subía a su casa después de cerrar el bar, pero, por mucho que le pesara, había llegado el momento de aceptar la realidad: Miguel Carmona era un fugitivo y a la larga ocultarlo en su casa no le traería más que problemas.

Su huésped la miraba esperando que aprobase su decisión.

Rosa suspiró despacio antes de decir que sí. Doménico, otro de los de entonces. Se preguntó a cuántos fantasmas del pasado habría de ver antes de que todo terminase. Doménico era un artista, otro viejo conocido que durante los años de la República diseñaba los carteles que colocaban en las fachadas llamando a los camaradas a la revolución. Tenía una mano increíble para dibujar y para falsificar documentos, y también sabía hacer buenas fotografías el tipo, así que habría que pedirle que se pasara por la taberna o por el piso, le explicó Miguel, ya de noche, para que lo viera la menos gente posible, le hiciera una fotografía y le amañase un pasaporte.

Aquel nombre, igual que todos, también le traía malos recuerdos. Desde que Miguel Carmona se había presentado en su casa todo estaba sucediendo tan rápido que temía no poder detener la sensación que la hacía temblar por dentro cuando la única opción posible era resignarse y seguir luchando sola, igual que siempre había hecho, trabajando para sacar adelante su negocio y no tener que depender de nadie. Lo había hecho cuando empezó la Guerra Civil y tuvo que hacerse cargo, sin ayuda, de un marido muerto y de un negocio en un barrio desolado.

La guerra acabó en Sevilla muy pronto, apenas duró unos días, y desde entonces había procurado olvidarla, pasar página y seguir adelante. Suerte tuvo de poder conservar la taberna, sobre todo siendo una mujer, una mujer trabajadora que se había criado en un mundo de locos. A ella no le importaban los ideales que Márquez y aquel hatajo de fanáticos se empeñaban en defender hasta la muerte. A veces parecían chiquillos cuando se ponían a discutir en el bar. Eso fue lo que les trajo la desgracia, pensaba, a ellos y a tanta gente buena y trabajadora, esas ideas que les metieron los rusos en la cabeza. Pero cómo iban a comparar Rusia con España, Dios mío, a quién se le ocurre, y mucho menos Sevilla. Pero si es que en la taberna, cuando la regentaba su marido, recordaba haber visto colgados uno al lado del otro, como si tuvieran algo que ver, los carteles del Socorro Rojo junto a los del Cristo del Cachorro. Era Doménico quien los pintaba, y tal vez por eso se salvó de la cárcel cuando lo denunciaron porque había animado a los trabajadores a colectivizar la imprenta donde trabajaba durante los años de la República. Pudo salvar el pellejo porque, aparte de rojo, era muy devoto, y varios hermanos de la Hermandad de la Estrella atestiguaron en su favor. Contaron que, aunque comunista, era una buena persona y un buen cristiano, y que fue de los pocos que acompañaron la procesión de la Estrella durante todo el recorrido en el 32, cuando no hubo procesiones en la ciudad y un desalmado le pegó dos tiros a la Virgen al entrar en la catedral por la puerta de San Miguel.

Ahí, Rosa había concluido, estaba el centro de la cuestión, en la especial idiosincrasia de los sevillanos: por mucha pobreza, por mucha hambre que tuvieran, en esa tierra jamás triunfaría una revolución.

Once

Artemio Corona apuró el vaso después de encender el séptimo cigarrillo en menos de una hora. Esa mañana no había desayunado la tostada de pan de Alcalá, como todos los días, sino un café solo y una copa de Castellana. Apenas había dormido y, aunque su primera intención fue recorrer los veinte minutos escasos que distaban entre la casa de Murdoch y la pensión de la Alameda de Hércules donde vivía, realizó un gran esfuerzo para contenerse: a Murdoch no le gustaban las sorpresas ni que lo visitaran, y no estaba seguro de ser bien recibido ni aun con el pretexto de ir a ver a Pinner.

El inglés había quedado en pasarse esa mañana por el Café París para contarle lo que hubiese averiguado sobre el fugitivo, así que no le quedaba otra opción que esperar por lo menos hasta mediodía antes de aventurarse a molestar a Murdoch.

El asunto de Miguel Carmona le quemaba en las manos como un hierro candente. No lo conocía de nada, pero de tanto pensar en él hasta su nombre lo irritaba. Tenía que quitárselo de encima cuanto antes. Los ingleses lo querían vivo; los alemanes no habían hecho ningún comentario al respecto pero, si era tan importante, seguro que también. Pedro Lacruz no había mostrado ninguna preferencia, aunque Artemio suponía que un fugitivo tendría más valor si era capturado con vida.

Para Artemio estaba claro: dada su precaria situación y, toda vez que antes o después podría salir a relucir su nombre en el proceso contra Ludvik, lo mejor para sus intereses era entregar a Miguel Carmona a las manos de Lacruz sin que Murdoch se percatase de la traición.

Unas pocas veces, a lo largo de la mañana, había conseguido mantener sus nervios a raya, y en su mente había jugado con la posibilidad de salir airoso del asunto. No era imposible, aunque muy difícil dados los indicios, que Miguel Carmona no estuviese en Sevilla, que ya se hubiera marchado de la ciudad o que tal vez ni siquiera hubiese puesto los pies en ella, o quizá, en el mejor de los casos, que estuviera bien muerto en alguna cuneta. Pinner acabaría regresando a Londres, Franz volvería a la embajada en Madrid, Murdoch tal vez se cansaría del asunto y Lacruz no tendría más remedio que resignarse a la derrota y acaso lo dejaría en paz.

Sacó el pañuelo de la chaqueta sin desdoblarlo y se dio unos golpecitos en la frente para secarse el sudor mientras sacaba de la pitillera el octavo cigarrillo de la mañana.

Y Pinner sin aparecer.

Esperaría hasta mediodía y, si no llegaba, iría a buscarlo a casa de Murdoch.

A las doce en punto no pudo contenerse. Dejó unas monedas sobre la mesa de mármol y embocó la calle Sierpes para dirigirse al Barrio de Santa Cruz. A la altura de la sombrerería Padilla Crespo hubo de inclinar la cabeza para saludar a un viejo conocido. Era difícil no encontrar rostros familiares en el centro. Llevaba años paseando ociosamente por La Campana, la calle Sierpes o Tetuán. Había pasado mucho tiempo, pero le parecía ayer cuando caminaba junto a su padre siendo apenas un mozalbete y la gente se paraba a saludarlo. Ahora, por fortuna, no tenía que esconderse de nadie, pero no hacía mucho procuraba evitar el centro a las horas más transitadas para no encontrarse con algún familiar o algún conocido a quien hubiese pedido dinero prestado.

La casa de Murdoch estaba muy cerca de la plaza de Doña Elvira. Un enorme cancel de hierro repujado pintado de negro y coronado por un semicírculo donde podía leerse «1897» impedía la entrada a cualquiera que intentara colarse.

Artemio pulsó el timbre y esperó a que alguien viniera a abrir. Desde el zaguán percibió el olor a jazmín y el rumor del agua de la fuente que llegaba desde el patio interior. No pudo evitar morderse el labio ante una punzada de nostalgia: él también había vivido en una casa como aquélla de niño, y de eso hacía mucho tiempo, demasiado. Ahora vivía en un cuarto de pensión y la única posibilidad de tener un hogar era yéndose a vivir con Dolores. Pero no: Artemio Corona Sáenz de Artázcoz podía ser un malnacido, pero no un mantenido. Una cosa era dar sablazos a los amigos y otra muy distinta vivir a costa de una mujer.

Aunque se había sacado unos buenos cuartos recabando información para los ingleses, no dejaba de mosquearle el hecho de que un extranjero viviera confortablemente en una casa como aquélla mientras él malvivía en un cuchitril. Oficialmente, Murdoch atendía los intereses de una compañía británica que poseía varias fincas en las provincias de Sevilla y Cádiz. Gracias a ello podía desenvolverse con cierta libertad y estar al tanto de muchos asuntos que pudieran interesar a su gobierno. Pero no era Murdoch una persona especialmente dada a la vida social sevillana. Su carácter era más bien frío y saltaba a la vista que a menudo se sentía incómodo ante la forma de ser abierta, y a veces excesivamente amable para él, que tenían los sevillanos.

Artemio lo había conocido tres años antes, cuando hizo

de intermediario en la compra de cuarenta hectáreas de naranjos en el Aljarafe. Estuvo el inglés tanteándolo unos meses después de aquello y Artemio no tardó en darse cuenta de que, debido a su trabajo y a sus amistades —que a su vez contaban con otras amistades de nacionalidad alemana o italiana—, podría ofrecer alguna información que pudiera interesar a Murdoch. Para Artemio estuvo claro desde el primer momento, y no había que ser perspicaz en exceso para ello, que las atribuciones de ese inglés de aspecto apacible y espesa cabellera blanca estaban mucho más allá de la simple administración de fincas. No se equivocó y, además, fue un buen negocio: Murdoch pagaba bien, aunque no tan bien como Franz, a quien conoció más o menos por la misma época. Aquello, que no pasaba de ser mucho más que una actividad rentable y entretenida que le había proporcionado de nuevo cierta relevancia social y dinero para volver a hacerse los trajes a medida, se había convertido en un juego demasiado peligroso del que le iba a costar desembarazarse.

Visitar la casa de Murdoch contravenía las normas, pero las cosas se estaban poniendo feas y no podía esperar otro día hasta que Pinner apareciera para saber cuál sería el siguiente paso.

Una joven uniformada y con la cabeza rematada por una cofia se encargó de abrir.

—Buenos días —dijo—. Vengo a hablar con el señor Murdoch.

—¿De parte de quién le digo?

—De Artemio Corona Sáenz de Artázcoz —la criada enarcó una ceja entre irónica y sorprendida. Normalmente, un apellido rimbombante era una buena carta de presentación.

Había visitado la casa algunas veces, pero no conocía a todo el personal. Otras veces le había abierto la puerta el chófer de Murdoch, ese gorila de gesto hosco con la nariz aplastada que nunca hablaba. Daba miedo nada más verlo: seguro que el inglés lo tenía a su servicio para eso, para dar miedo.

La muchacha regresó al cabo de cinco minutos y le abrió la puerta. Lo condujo hasta el patio interior y le indicó que se sentara. Lo hizo en un banco de mampostería recubierto por azulejos pintados a mano con la imagen de la Torre del Oro vista desde el puente de Triana. Después de todo, pensó, Murdoch es un hombre de buen gusto.

Pinner sentía estallar dentro de su cabeza todas las bombas de la Luftwaffe. Había sido una borrachera monumental, la primera vez que probaba el alcohol en tres días, y por la mañana parecía como si el cráneo fuera demasiado pequeño para albergar su cerebro. Una sensación familiar de sequedad en el paladar lo invadió cuando se incorporó en la cama. Había perdido la noción del tiempo. Apenas recordaba cómo llegó dando tumbos a la casa de Murdoch después de apurar la petaca y lanzarla con furia a las aguas oscuras del Guadalquivir. De no estar borracho o haber tenido un lugar decente donde pasar la noche no habría regresado a esa casa.

Sus horas como agente del gobierno británico habían llegado a su fin. Después de lo de ayer, pensaba tumbado en la cama, sin fuerzas para levantarse, me devolverán a Gibraltar y se las arreglarán para poder acusarme de algo. Como poco, le esperaba una larga temporada a la sombra, si es que no le dificultaban la salida de España a la vez que lo denunciaban a la Guardia Civil, aunque esta idea la descartó pronto: al MI6 no le convenía que anduviese suelto por ahí después de haber venido a una misión secreta. Tal vez Craven le retorcería el cuello hasta partírselo: ésa era la solución más higiénica. Qué importaba un cadáver más o menos.

Cuando oyó unos nudillos golpear la puerta de su habitación se le ocurrió que tal vez por la noche acabase flotando en las mismas aguas del río a las que había pensado lanzarse él mismo antes de que el coñac se le diluyese en la sangre.

Una criada abrió la puerta sin esperar a que le diese permiso.

—El señor Murdoch desea verle inmediatamente.

Pinner contestó con un gruñido que le supo a Soberano. Se vistió y fue a lavarse la cara al cuarto de baño. Al peinarse, el espejo le devolvió la imagen de un rostro pálido, con unas bolsas enormes debajo de los ojos y unas arrugas cada vez más profundas surcándole la frente. Estaba tan blanco que las venas se le transparentaban bajo la piel de la cara. Al menos parecía que la fiebre lo había abandonado, aunque, tal vez por el exceso de alcohol y la falta de comida, aún sentía un poco de frío.

Tenía que dejar de beber. Eso era lo primero que se decía cada vez que se levantaba después de una borrachera, pero nunca tuvo la voluntad o la motivación necesaria para mantenerse sobrio.

Murdoch tardó más de quince minutos en llegar, acompañado de Pinner. A Artemio le habría gustado hablar con Murdoch a solas, sin la presencia incómoda del otro. Pero andaba muy escaso de tiempo, y ya que había venido hasta aquí estaba dispuesto a avanzar en el asunto todo lo que fuera posible.

Murdoch lo miró con el ceño fruncido. No le gustaba que Artemio lo visitara, y no le importaba dejarlo patente. Su gesto no dejaba dudas respecto a su disgusto.

—Qué tal, Artemio, ¿qué te trae por aquí?

Artemio se encogió de hombros y disimuló la mejor de sus sonrisas.

—Estaba esperando en el café esta mañana, por si aparecía Pinner, y como era más de mediodía y me había parecido raro no verlo, se me ha ocurrido venir, por si había alguna novedad —terminó la frase mirando a Pinner—. ¿Has averiguado algo? —No pudo evitar preguntárselo. Artemio acostumbraba a tener paciencia, a darle tiempo a las conversaciones para saltar en el momento preciso, pero ahora estaba demasiado ansioso, aunque esperaba que Pinner y Murdoch no se dieran cuenta.

Pinner se encogió de hombros mientras recorría con la mirada las flores del patio. Al cabo, enfrentó sus ojos a los de Artemio y torció los labios indicando que no había avanzado mucho.

—Poca cosa. Ayer me pasé por un par de sitios donde Miguel, de encontrarse en Sevilla, podría haber estado.

Artemio inspiró una bocanada profunda del cigarrillo y la aguantó en los pulmones mientras miraba muy fijo a los ojos de Pinner. Estaba mintiendo, no le cabía duda.

—¿Y bien? —preguntó Artemio tras soltar el humo con la misma lentitud que lo había tragado.

—Aún es pronto —contestó Pinner levantando las palmas de las manos, como si no hubiera más remedio que esperar—. Es posible que en dos o tres días pueda recabar más información.

Artemio se frotó el puente de la nariz con las yemas de los dedos.

—No, no es pronto. Ya es tarde, tal vez demasiado tarde —dijo Murdoch mirando a Pinner—. Si está en Sevilla tenemos que encontrarlo sin más demora.

Pinner asintió levemente con la cabeza. Después de todo, llevaban razón, y él había venido a Sevilla para eso, para encontrar a Miguel Carmona. Y ya lo había encontrado, seguro: estaba en casa de Rosa, o había estado, pero aún era pronto para confesarle a Murdoch y a Artemio lo que sospechaba. Se había dado cuenta de que, después de tanto tiempo, aquellas cosas por las que hubiera dado la vida diez años atrás, y Miguel formaba parte de ellas, ya no le importaban tanto. Ahora lo que más le preocupaba era no comprometer a Rosa más de lo que ya lo estuviera, y por supuesto no estaba dispuesto a hacer nada que pusiera en peligro la vida de la mujer con la que había estado hablando la noche anterior. Si tenía que encontrarse con Miguel lo haría en otro sitio.

Pinner miró a Murdoch y a Artemio alternativamente. Sentado en el patio, con aquellos dos hombres esperando sus palabras, su figura parecía haber adquirido de repente una mayor estatura. Siempre fue un don nadie, pero desde que Goodman y Taylor lo abordaron en Londres se había convertido, aunque nunca lo habría imaginado, en la pieza indispensable de una maquinaria prodigiosa. Algo que no podía, y tampoco quería, imaginar.

—Es posible que esté en Sevilla —dijo, por fin—, aunque no estoy seguro de que vaya a permanecer por mucho más tiempo en la ciudad.

Los ojos de Artemio brillaron de satisfacción, tras el humo del cigarrillo.

—¿Cuándo podrás hablar con él? —preguntó Murdoch al cabo de unos segundos, como si hubiera estado sopesando la pregunta. Permanecía de pie y, de no ser por el ceño fruncido entre las tupidas cejas blancas, podría decirse que permanecía impasible, ajeno a la situación, como si nada de lo que sucediera pudiera afectar a sus nervios de acero.

Pinner se rascó la barbilla.

—Es posible que esta noche, o tal vez mañana.

Murdoch entornó los ojos al escuchar la precisión de los datos.

—Estaremos contigo cuando llegue el momento. No podemos arriesgarnos a que se nos escape.

Gordon Pinner sacudió la cabeza.

—No me parece una buena idea. Si Miguel Carmona me ve con alguien o si sólo sospecha que estoy acompañado no hablará conmigo. Lo más probable es que desaparezca para siempre.

Murdoch levantó la cabeza y entornó los ojos, pero no dijo nada.

—Ahora bien —prosiguió Pinner—, si no les parece bien la idea pueden venir todos conmigo —lanzó una mirada fugaz al chófer de Murdoch que permanecía bajo un arco, al otro lado del patio, a una prudente distancia. Lo bastante lejos como para no oír lo que hablaban pero no tanto como para no intimidar a quien hiciera falta con su presencia imponente.

—Pero apostaría lo que fuera —añadió Pinner— a que si Miguel se da cuenta de que quieren detenerlo ni siquiera me dará la oportunidad de explicarle la situación. Y ya se habrán percatado de que mi amigo es un tipo muy escurridizo.

Le pareció a Pinner ver sonreír a Murdoch, pero fue un gesto tan liviano y tan fugaz que no estuvo seguro. El viejo zorro inglés metió las manos en los bolsillos, dio unos pasos, como si estuviera pensando lo que iba a decir, y le preguntó a Pinner:

—¿Podrías hablar con él esta noche?

—Es posible.

Murdoch clavó sus ojos en él, y por la intensidad de su mirada supo que no era ésa la respuesta que esperaba.

—Haré todo lo que pueda —se corrigió.

—Estupendo entonces. Artemio —el aristócrata venido a menos dio un respingo. Sus pensamientos parecían haber volado mientras Pinner concretaba con Murdoch el momento en que hablaría con Miguel Carmona—, tú acompañarás a Pinner esta noche. Vendrás a recogerlo e irás con él a buscar a Carmona.

Las miradas de Artemio y de Pinner se cruzaron un instante. A ninguno de los dos le gustaba la idea de tener que estar junto al otro, a pesar de que Artemio ya había decidido por su cuenta no separarse de Pinner, aunque hubiera de seguirlo a escondidas, hasta dar con el paradero del fugitivo.

Artemio se levantó para despedirse, y Pinner también lo hizo, con menos cortesía que desgana. Era más de mediodía. Dentro de unas pocas horas podría volver a ver a Rosa, y al fin y al cabo ése era el mayor aliciente de la jornada, aunque estuviera empañada por la compañía inoportuna de aquel aristócrata que ahora se calzaba el jipijapa al salir a la calle.

Tenía que librarse de él.

Ya pensaría en algo.

El despacho de Murdoch era una habitación no demasiado grande repleta de libros. Detrás de la mesa de roble, la luz que llegaba desde la plaza de Doña Elvira iluminaba con tal intensidad la estancia a esa hora de la mañana que Pinner tuvo que entornar los ojos para poder distinguir el rostro del inglés a contraluz, sentado al otro lado de la mesa.

Después de lo de anoche, aquello era lo más parecido al interrogatorio previo a su sentencia de muerte.

Pinner no dijo nada: esperaba que fuese Murdoch quien abriese fuego. Se sentó en una de las dos sillas que estaban colocadas junto a la mesa porque aún estaba mareado.

—¿Qué pasó ayer, Pinner?

Murdoch iba directamente al grano. Eso a Pinner le gustaba. Si estaba sentenciado prefería que se lo dijeran cara a cara, sin eufemismos estúpidos.

—Me emborraché antes de volver, eso es todo.

Murdoch asintió. Debido a la luz intensa, Pinner apenas podía distinguir sus facciones. Era como si alguien le estuviese alumbrando la cara con un foco en una mazmorra de la Lubianka mientras un carcelero de la NKVD lo interrogaba.

—¿Dónde estuviste?

Pinner soltó un largo suspiro antes de contestar.

—Estuve buscando a Miguel Carmona.

—¿Por qué no quisiste que Artemio te acompañase?

—Ya se lo he dicho antes. No podía venir conmigo a los sitios adonde tenía que ir. Tiene toda la pinta de un señorito: el traje blanco, el bastón, ese sombrero ridículo; apesta a colonia cara. Cualquiera que me viera con él desconfiaría nada más aparecer.

Murdoch sacudió la cabeza, muy despacio. Era un hombre que parecía no tener nunca prisa.

—Artemio es un hombre muy importante para nosotros. Tal vez su apariencia no sea la más adecuada para buscar a Miguel Carmona, pero no podemos ignorar que es una persona imprescindible en la operación.

Murdoch abrió una pitillera, le ofreció a Pinner un cigarrillo y se lo encendió después de que lo cogiese con dedos temblorosos: los efectos del alcohol no desaparecían tan rápido como le gustaría. Luego Murdoch encendió el suyo. Tal vez acabase por la noche con el cuello roto en el fondo del Guadalquivir, pero al menos su jefe tenía un estilo muy particular de explicarle que estaba sentenciado.

Murdoch se levantó, aspiró profundamente el pitillo, rodeó la mesa y se sentó en una silla junto a Pinner. Era la primera vez que veía su rostro con claridad desde que había empezado a hablar. Al cabo, no era muy diferente a cualquiera de los agentes estirados del MI6 que había conocido, pero tal vez porque era mayor que los otros, con el cabello espeso y blanco como la cal y las tupidas cejas sobre los ojos azules, que a pesar de su edad parecían los de un muchacho, no le resultaba tan antipático. Sin duda era un tipo inteligente. No se había alterado ni le había recriminado por lo del día anterior. No había hecho ninguna referencia a que su chófer lo había seguido durante toda la mañana hasta que pudo darle esquinazo. Durante la conversación con Artemio no le había preguntado más de lo conveniente, como si, a pesar de estar al mando, le disgustase mostrarse indiscreto.

Murdoch abrió una de las puertas acristaladas del armario y cogió una botella de vidrio labrado con el tapón de cristal. Puso dos vasos gruesos sobre la mesa y los llenó hasta la mitad. El olor del alcohol le daba náuseas a esa hora de la mañana, pero Pinner sabía que volvería a beber, y que la única manera de vencer la repugnancia causada por la resaca era tomando un trago de nuevo. Y ahora, además, lo necesitaba.

Parecía que iba a seguir vivo. Se dio cuenta cuando vio a Murdoch sentado junto a él, con las piernas cruzadas, fumando tranquilamente. El instinto le indicó a Pinner que, al menos esa noche, no acabaría dando de comer a los esturiones del río.

—Gordon —le dijo, mirando los libros de la estantería—, tenemos un grave problema.

Pinner se dio cuenta enseguida de que estaba a punto de tener una conversación interesante con el agente británico.

Murdoch hizo una pausa mientras se pasaba la mano por la frente, despacio, como si se limpiara un sudor inexistente. Miraba de nuevo la estantería cuando volvió a hablar.

—Tenemos que ganar esta guerra como sea. Ya hemos vencido a los alemanes en África, pero, como dijo Churchill, eso no ha sido más que el final del principio. Aún queda casi todo por hacer, y el siguiente paso será desembarcar en Europa.

Pinner había superado la primera arcada al acercarse el vaso a la nariz y, después de que el alcohol le reconfortase el estómago, se sentía mucho más cómodo. Miraba a Murdoch con el ceño fruncido, tratando de adivinar adónde quería llegar.

—Por increíble que parezca, Gordon —hasta entonces nunca lo había llamado por su nombre de pila, y ya iban dos veces—, Miguel Carmona juega un papel extremadamente valioso en el futuro de la guerra. Tenemos que encontrarlo a toda costa, y sin ti no podremos hacerlo.

Hasta ahora era lo mismo que le había contado Goodman en Londres.

—No creo que nadie pueda ser tan importante —contestó, después de arrancar un lento sorbo al vaso.

Murdoch puso la palma de la mano sobre su rodilla. Para ser un agente del MI6 se mostraba excesivamente amable. O bien lo estaba tratando de llevar a su terreno con lisonjas o es que de verdad el papel que podía jugar Miguel Carmona en la guerra era de verdad imprescindible, aunque él no alcanzase a comprenderlo.

—A veces uno puede llegar a ser más importante de lo que imagina —afirmó Murdoch apretando su rodilla al tiempo que clavaba sus ojos en los de Pinner.

Pinner se encogió de hombros. Murdoch quitó la mano de su rodilla y se incorporó en el asiento, como si lo que iba a decir fuese tan trascendente que tuviese que adoptar una postura más formal.

—Mira, Pinner —debía de serlo porque volvía a llamarlo por su apellido, con lo que la conversación volvía a adquirir un tono más serio—, tengo ahí —señaló hacia atrás con la cabeza—, guardado en un cajón, un expediente completo sobre ti. Lo sé todo sobre tu vida, absolutamente todo —el segundo *todo* lo recalcó más que el primero—. Desde muy joven has sentido una inclinación especial por los rusos, y has estado involucrado en cuantos alborotos tuvieron lugar en Sevilla durante la República. Sé que tu trabajo como corresponsal de la *London General Press* no fue más que una tapadera para servir al Komintern.

Si él lo sabía, seguro que sus colegas de Londres también.

Y por supuesto que estaban al corriente de muchas más cosas. En efecto, como le había advertido Taylor en Londres, tenían más que suficiente para colgarlo.

—Te voy a confesar una cosa —le pareció que Murdoch hacía pausas intencionadas para que le diese tiempo a calibrar el alcance de la amenaza velada que le estaba descubriendo poco a poco—: te comprendo Pinner, aunque te parezca extraño te comprendo perfectamente, y te sorprendería saber que más de uno de los nuestros comulga con tus ideas y es un ferviente admirador de la causa bolchevique.

Pinner no pudo menos que sonreír. Una vez, en Moscú, escuchó rumores acerca de varios agentes del MI6 que trabajaban para la NKVD, pero nunca llegó a creérselo. Tal vez el bulo había circulado también en las filas del Servicio Secreto Británico, aunque Murdoch hablaba con tal convencimiento que durante un instante se le pasó por la cabeza que quizá fuese verdad.

—En realidad no me importa —continuó Murdoch—. Ahora los rusos son nuestros aliados. Pero sobre todo hay algo que me tranquiliza: ya no trabajas para ellos. Que se sepa, has sido llamado a Moscú por lo menos tres veces desde que regresaste a Inglaterra, y has hecho oídos sordos a los mensajes de tus viejos camaradas. Pero lo de Miguel Carmona es distinto, ¿verdad, Pinner? Miguel Carmona es tu amigo, por eso estás aquí. Y aunque no le tengas mucho apego al gobierno de tu país vas a ayudarnos a encontrarlo, porque así puedes salvarle la vida, y porque, a pesar de todo, eres un idealista. Por eso trabajaste para el Komintern durante tantos años: porque eres un hombre de firmes convicciones. Y ahora estoy tan seguro como lo estás tú de que no vas a dejar que los fascistas ganen la guerra si puedes hacer algo por evitarlo. ¿A que no, Pinner?

Gordon Pinner miraba las baldosas mientras Murdoch le hablaba. Se había puesto de pie y tenía el cuerpo inclinado sobre el suyo, como si estuviese sometiéndolo a un interrogatorio.

No iba muy desencaminado Murdoch. De algún modo, todo lo que le había dicho era cierto. Por fortuna, pensó Pinner, no le había hablado de Rosa. Ningún agente del MI6 podía profundizar tanto en su pasado como para averiguar sus sentimientos más íntimos, y eso le gustaba. A Rosa quería mantenerla al margen de todos ellos.

—Sé dónde está Miguel Carmona —la frase le salió antes incluso de pensar si era conveniente desvelar sus cartas tan pronto.

Murdoch sonrió, pero no dijo nada. Se quedó quieto frente a él, esperando algo más.

—¿Has hablado con él? —preguntó, por fin.

—Aún no.

—Tenemos que hacerlo cuanto antes.

Pinner asintió despacio. Lo harían, sí, pero a su manera.

—Tenemos que esperar a que salga de su escondite.

—¿Y cómo sabremos cuándo saldrá? —resopló Murdoch.

Pinner sabía que Miguel no tardaría en marcharse una vez que Rosa le contase que lo andaban buscando.

—Estoy seguro de que saldrá pronto. Pero, si queremos tener éxito, tendremos que esperar a que lo haga, y una vez en la calle hablaré con él.

Murdoch se rascaba el mentón al tiempo que se le dibujaba un extraño mohín en el rostro. Parecía estar sopesando la posibilidad de seguir adelante con la misión tal y como se lo estaba exponiendo Pinner, y éste aprovechó la oportunidad para poner su condición:

—Sólo quiero una cosa. No pedí nada para mí cuando fui reclutado en Londres ni lo voy a hacer ahora. Pero ahora necesito su palabra de que no se intentará contactar con Miguel Carmona mientras permanezca escondido.

Murdoch soltó el aire despacio y frunció el ceño tanto que por un momento sus ojos desaparecieron tras las cejas espesas.

—¿Por qué?

—Se trata de una cuestión personal. No hay necesidad de comprometer a nadie más en este asunto.

Murdoch sacudió la cabeza.

—No puedo prometer eso. ¿Y si no sale de su escondrijo? No podemos estar esperando hasta el día del Juicio Final.

—No creo que tarde mucho en salir —repuso Pinner, sin mucha convicción.

—Eso no puede asegurarlo nadie.

—Es posible, pero estoy convencido de que no tardará en marcharse. Sólo debe de estar esperando a que le proporcionen papeles nuevos.

—No podemos esperar más.

—¿Ni siquiera dos o tres días?

Lentamente, Murdoch se dirigió hacia la puerta para comprobar si el pomo estaba cerrado con llave. Luego, se dirigió hacia la mesa, abrió un cajón del escritorio y sacó un Montecristo de una caja de madera que tenía guardada bajo llave. Después, rodeó el escritorio y se dejó caer con pesadez sobre la silla que antes había dejado vacía.

—Pinner, voy a contarte algo que es alto secreto. Si alguien se entera de que te lo he revelado, mi carrera estará acabada. Podrían fusilarme por esto. Hace apenas dos semanas, un aviador de la RAF se estrelló con su aparato frente a la costa de Huelva, muy cerca de donde vivía Miguel Carmona. Dentro de poco habrá un gran desembarco en Europa y aquel piloto inglés llevaba correspondencia confidencial de sir Archibald Nye al general Alexander quien, tal vez no lo sepas, es el comandante de las fuerzas del Medio Oriente. Por suerte, yo estaba muy cerca de allí cuando sucedió, de hecho me alojaba en la finca donde Miguel Carmona trabajaba antes de que lo denunciaran a la Guardia Civil. Tengo fundadas razones para sospechar que Miguel podría haber tenido acceso a los documentos que portaba el piloto de la RAF antes de emprender su fuga.

—¿Y si ha tenido acceso a ellos?

—Si ha tenido acceso a ellos puede tener en sus manos, tal vez sin saberlo, la clave que podría decidir el futuro de la guerra.

Pinner miró la botella tras la vitrina como una tentación. Ahora sí que necesitaba una copa.

—La verdad, no me lo puedo creer. Ya me resultaba bastante inverosímil en Londres y, para qué vamos a engañarnos, también me lo parece ahora.

—Comprendo tus dudas. Pero tienes que entender que no estamos dispuestos a arriesgarnos a que los alemanes, que seguro andan también tras la pista, encuentren primero a Miguel Carmona.

—¿Y cómo sabe que no lo han encontrado ya?

Murdoch se lo quedó mirando muy fijo. Parecía decirle con los ojos que era un estúpido si es que todavía no había entendido la cuestión. Mostrando una sonrisa que parecía una mueca burlona, aspiró una larga bocanada del Montecristo, la saboreó hinchando el pecho y luego soltó el humo despacio, por la nariz, como una chimenea, antes de contestar:

—Porque ellos no te tienen a ti. Tú, Gordon Pinner, eres la clave.

Doce

El bigote de Miguel ya era lo bastante frondoso como para procurarle un aspecto diferente. Con un poco de trabajo y esmero de un profesional, su foto podría pasar por la de otro en unos documentos falsos.

Rosa ya lo había advertido antes de concertar la cita con el fotógrafo para que fuera a su casa a retratarlo.

—Doménico vendrá esta noche —anunció a mediodía, antes de bajar al bar. Un ramalazo de angustia cruzó la mente de la mujer, pero lo desechó al instante. Se marcharía muy pronto: no tenía mucho sentido hacerse ilusiones respecto a él. El viejo camarada de Miguel y de su marido le había asegurado que los papeles nuevos los tendría en menos de veinticuatro horas. Si es para Carmona —añadió—, dejaré todo lo que tenga pendiente.

Pero aquélla fue una tarde dura en la taberna. No sonreía a los clientes, no tenía ganas de nada, salvo de que todo terminara y su vida volviese a la rutina de antes. Cuando llegó la hora de cerrar le pareció que el día había sido interminable.

Al subir lo encontró dando paseos por la habitación. Llevaba toda la mañana haciéndolo, como un animal enjaulado. Lo había escuchado más de una vez cuando no había nadie en el bar y el local se quedaba en silencio. A veces temía que algún cliente pudiese oírlo. Miguel estaba inquieto, su partida era inminente, y eso quebrantaba su ánimo.

Del cajón de un viejo mueble sacó una brocha y una navaja de afeitar. Se quedó mirando aquellos objetos unos segundos antes de decir nada, como si le preocupase la posibilidad de que, al cogerlos después de haber permanecido guardados durante tantos años, pudiera perturbar el descanso eterno de su marido.

Miguel no dijo nada. Correspondió con una sonrisa al gesto ausente de Rosa cuando volvió en sí y cruzó los escasos dos metros que la separaban de él. La mujer vació una jarra de agua en una palangana y mojó la brocha para ablandar las cerdas. Desde que la marcha de Miguel se había convertido en una realidad inminente apenas había cruzado una palabra con él.

Se quitó Miguel la camisa, quedando su torso cubierto por una camiseta de tirantes que dejaba a la vista sus hombros poderosos. Rosa bajó los ojos en un acto reflejo, pero Miguel advirtió su azoramiento. No era un hombre guapo, pero había algo en él que lo hacía irresistible. Vestido parecía extremadamente delgado, pero despojado de la camisa mostraba unos hombros morenos y musculosos y un torso fuerte y velludo. Rosa trató de apartar de su mente cualquier pensamiento que pudiera distraerla. Aprovechó mientras él se sentaba en una silla de espaldas a ella para respirar hondo y concentrarse en lo que iba a hacer. Le colocó una toalla sobre el pecho y los hombros, luchando contra el impulso de rozarlo más de lo necesario. Desde que murió su marido no había vuelto a estar con ningún otro hombre, y había llegado a creer más de una vez que había perdido todo interés por el sexo, incluso ya se había resignado a pasar el resto de su vida sola. No se lo había contado a nadie, ni siquiera Márquez lo supo, pero estaba embarazada de dos meses cuando lo fusilaron. Y perdió el feto. Lo peor de todo era que ya no podría tener más hijos. Pero, al cabo, era una mujer joven, y la llegada de Miguel y la estancia de varios días en su casa le había devuelto una sensación enterrada, unos temblores que había dejado de sentir hacía mucho tiempo.

Miguel Carmona cerró los ojos mientras la mujer enjabonaba su barba con la brocha, sin prisa, para que la piel se reblandeciera. Luego sintió un estremecimiento al escuchar el sonido familiar de la cuchilla al rozarse con el afilador antes de acercarse a su cuello.

—¿Cuándo te irás? —le preguntó.

Miguel tragó saliva. Llevaba viviendo una semana en su casa y no quería que sufriera más

—Si los papeles están listos, puede que mañana mismo. Pero no estoy seguro: aún he de buscar un medio de transporte hasta Cádiz.

—¿Crees que Doménico se encargará?

—Espero que sí.

—¿Confías en él?

Miguel se lo pensó un instante antes de responder.

—No me queda otro remedio. He de marcharme cuanto antes. Ya te has arriesgado demasiado por mí.

Rosa cerró los párpados mientras agarraba con fuerza la cuchilla para que Miguel no le notara el temblor en las manos. Todo acabaría en cuestión de horas. Los fantasmas del pasado se alejarían y ya no tendría que volver a pensar en aquellos tiempos. Sin embargo, no podía dominar sus pensamientos. No quería que Miguel se marchase, aunque se había ilusionado en vano. No podía quedarse, Rosa lo había sabido desde el primer momento: era demasiado peligroso para él, y también para ella. No tenía sentido hacerse ilusiones, pero no había podido evitar soñar con una vida diferente. Además, ella no quería pasarse la vida huyendo y escondiéndose. No había luchado tanto para acabar así.

Cuando terminó de afeitarlo le secó la cara con la toalla y le frotó la piel con colonia mientras Miguel permanecía sentado, con los ojos cerrados. Nunca lo había visto tan relajado, parecía como si una débil sonrisa se le dibujara bajo el bigote. Fue a buscar un espejo y se lo puso en las manos, para que echase un vistazo a su nuevo aspecto. Miguel frunció el ceño y lo separó de la cara lo bastante como para poder mirarse con comodidad. No se reconocía del todo con aquel bigote: nunca lo había llevado, y se observaba en el espejo con la incertidumbre de quien está mirando a un desconocido.

Rosa lo peinó con cuidado hacia atrás, aplastándole la espesa cabellera sobre el cráneo, procurando soslayar los ojos de Miguel que seguían clavados en ella desde el espejo que aún sostenía con el brazo extendido. Luego, la mujer le alisó el peinado con mucho cuidado con las palmas de las manos y él sonrió.

A Miguel le gustaba su nuevo aspecto: bien peinado, los pómulos marcados, la mirada penetrante, otra vez alerta. A pesar de todo lo que le había pasado, o tal vez por ello, se sentía más vivo que nunca. Durante un momento perdió la noción del tiempo, y pensó que ya estaba lejos, en otro país, a salvo de quienes querían detenerlo. Pero un instante después sintió una punzada de nostalgia al pensar cuánto tiempo tardaría en volver a España, si es que regresaba alguna vez. Le había desaparecido la sonrisa cuando volvió a enfrentar su nuevo rostro. De momento no era más que un fugitivo, y aún le quedaba mucho, quizá lo más peligroso, para encontrarse a salvo. Giró un poco el cristal y vio reflejada a Rosa de pie, detrás de él, mirándolo fijamente a los ojos, una expresión que sólo había visto en algunas mujeres, una mirada que nunca llegó a comprender y que sabía que jamás comprendería. Por muy inteligente que fuera un hombre jamás penetraría lo bastante en los pensamientos de una mujer como para entenderla del todo, igual que él estaba seguro de que nunca sabría qué pensaba Rosa en aquel momento, qué clase de impulso o razonamiento, o como quiera que se llamase, la había llevado a inclinarse sobre su espalda, a pasarle el brazo por el cuello, besarlo en la mejilla y abrazarse a él, como si quisiera fundir su cuerpo con el suyo.

Artemio Corona aplastó la colilla con la punta del zapato y se metió las manos en los bolsillos del pantalón. Esa noche hacía demasiado frío para el mes de mayo, o tal vez era que estaba demasiado nervioso como para entrar en calor. Al otro lado de la calle que desembocaba en el Altozano, Pinner, con el hombro apoyado en la pared, escrutaba la oscuridad de la plaza con gesto severo. Llevaban dos horas apostados, como unos vulgares delincuentes, desde antes de que cerrase aquel bar. Pinner no le había dicho nada, pero estaba claro que Miguel Carmona no debía de andar muy lejos de allí. El inglés había permanecido todo el tiempo en silencio, como si de verdad le costara mucho hablar con su antiguo amigo revolucionario, o tal vez porque le disgustaba tanto la presencia de Artemio que le traía sin cuidado mostrarlo abiertamente. A mí tampoco me gustas, cabrón —pensó Artemio—. Pero no te preocupes, que esto acabará muy pronto para los dos. Antes de lo que te esperas.

A pocos metros del lugar donde estaban apostados, a una prudente distancia como para poder pasar desapercibido, con el motor y las luces apagadas, el Mercedes negro de Murdoch, con Craven al volante pero sin su jefe, aguardaba acontecimientos.

Artemio no había tenido tiempo —y lo había evitado deliberadamente— de ponerse en contacto con Lacruz para comentarle las novedades sobre el caso Miguel Carmona. Faltaba poco para el desenlace, tal vez horas, y no estaba seguro —quién podría— de lo que iba a pasar.

Gordon Pinner estiró el cuello para ver mejor la figura del hombrecillo que cruzaba la plaza desde el puente de Triana. Artemio advirtió en sus labios una leve sonrisa de satisfacción, como si lo conociera o su presencia en el barrio confirmase sus sospechas. Se quedó observando al inglés, pero éste no dijo nada, ni siquiera se molestó en devolverle la mirada cuando Artemio levantó la barbilla inquiriendo una respuesta. Aquel hombre había doblado la esquina de la calle de la taberna y se había perdido en la oscuridad de la misma mientras Pinner lo seguía con los ojos, con la misma sonrisa a medio esbozar en los labios.

—¿Quién es? —preguntó Artemio—. ¿Lo seguimos?

Pinner sacudió la cabeza levemente. Artemio cruzó la calle hasta ponerse junto a él y bajó la voz.

—¿Tiene algo que ver con Miguel Carmona? Está escondido en esa calle, ¿verdad?

Pinner bajó la cabeza para mirar a Artemio. Le sacaba al menos un palmo de estatura. Dejó escapar un suspiro, algo parecido a una especie de sonrisa forzada.

—Sigámoslo —propuso Artemio—. Vayamos tras él y localizaremos a Carmona.

Había empezado a andar Artemio cuando Pinner lo agarró por el brazo.

—Aún no —le dijo mirándolo a los ojos, apretándole con su manaza.

Artemio lo miró de arriba abajo, con profundo desprecio. Sacudió el brazo para soltarse, pero Pinner apretó aún más la tenaza. A pesar de su aspecto tranquilo su fuerza era pareja a su apariencia corpulenta.

—He dicho que todavía no.

Artemio suspiró, resignado. Si el inglés se oponía, no tenía nada que hacer. Era demasiado grande para hacerle frente, y si forzaba la situación tal vez Carmona se les escurriría cuando estaban a punto de cazarlo.

—Estamos aquí para encontrar a Miguel Carmona —replicó, sin embargo—. Tal vez se te han olvidado las órdenes de Murdoch.

Pinner miraba alternativamente a los ojos de Artemio y a la calle por donde se había adentrado aquel tipo.

—Y lo haremos—concluyó, soltando el brazo de Artemio—. Muy pronto. Pero todavía habremos de esperar un poco.

Artemio se frotó el antebrazo y abrió y cerró la mano varias veces para que la sangre volviera a circularle con normalidad. De soslayo, vio a Craven, con la gorra puesta, al volante del Mercedes. Tenía que haber presenciado el forcejeo entre Pinner y él, pero se había abstenido de intervenir. En realidad, pensó, ni a Murdoch ni a su esbirro le importamos un comino Pinner o yo: lo único que cuenta para ellos es Miguel Carmona. Y, por lo que se respiraba en el ambiente, pronto lo encontrarían. Y él tenía que hallar el modo de que Lacruz pudiese capturarlo sin que Murdoch, Pinner o el sicario que aguardaba ahora en el coche se dieran cuenta de su traición.

Se frotó los párpados. Estaba cansado; llevaba demasiado tiempo sin dormir bien. Aquello estaba a punto de terminar, mal o bien, no se sentía capaz de anticiparlo, pero pronto acabaría. Sin decir nada volvió a la esquina en la que llevaba dos horas apostado, esperando a que sucediera algo que no sabía muy bien qué era. Encendió un cigarrillo y aspiró una profunda bocanada mientras observaba a Pinner, que había recuperado su postura hierática, como una estatua, apoyado el hombro en la pared, los ojos clavados en la oscuridad de la calle por donde había desaparecido aquel tipo bajito que portaba un maletín.

Doménico y Miguel Carmona se fundieron en un abrazo sincero. Habían pasado siete años desde la última vez que se habían visto. Aquel hombre pequeño que miraba el mundo tras los gruesos cristales de sus gafas de montura dorada tenía magia en las manos. Miguel recordaba los carteles animando a los jóvenes a apuntarse al Socorro Rojo que adornaban la taberna de Márquez aquellos días que habían quedado atrás para siempre.

—Te creíamos muerto —dijo Doménico, sin soltar los brazos de Miguel, como si quisiera prolongar su abrazo por más tiempo.

—Pues ya ves que no —respondió Carmona sonriendo—. Sigo aquí, dispuesto a dar mucha guerra todavía.

—Me alegro mucho, Miguel. No te creas que ya no me acuerdo de aquellos tiempos.

Miguel sonrió.

—Espero que ya falte menos para que todo esto termine y echen al gallego de Madrid —añadió Doménico, bajando la voz hasta un punto que apenas se le oía. Después, echó una mirada a Rosa, que permanecía de pie, al otro lado del pequeño salón. Dudó un momento antes de seguir hablando y dijo:

—He oído hablar mucho de ti a los camaradas estos días.

Miguel Carmona frunció el ceño. Dada su situación, que se hablara de él no era una buena noticia.

El fotógrafo volvió a mirar de soslayo a Rosa, como si no estuviera seguro de poder hablar en su presencia, pero ella no se movió, y Miguel no hizo ningún gesto que indicara que no podía ser sincero. Después de todo, la mujer fue quien lo buscó.

—¿Y qué dicen de mí?

Doménico se encogió de hombros mientras desenfundaba la vieja Leica.

—Dicen que unos ingleses están buscándote. Lo cierto es que todos te creíamos muerto, Miguel, y ha sido una alegría saber que no te dieron el paseo y que no te acribillaron en Aragón. Pero lo de los ingleses, la verdad, para qué vamos a engañarnos, estamos entre amigos, ¿no? Eso de unos ingleses locos por encontrarte le ha extrañado a más de uno.

Miguel se sentó en la silla donde iba a ser retratado antes de continuar la conversación.

—¿Unos ingleses a mí? —hizo un gran esfuerzo por disimular su interés— ¿Para qué?

Doménico apretó los dientes al ajustar el trípode.

—Pues no tengo ni idea. Tú sabrás —ahora lo miró a los ojos—. Andan diciendo por ahí que sabes algo que les puede ser muy útil para la guerra contra los fascistas.

Miguel lo miró, perplejo. Aquello sí que no se lo esperaba. Disimuló una carcajada, tratando de aparentar que no le daba importancia al asunto, cuando en realidad le preocupaba mucho la cuestión. La presencia de Pinner en Sevilla y su revelación insólita de una misión para el gobierno británico habían adquirido de repente una importancia que al principio se tomó a broma.

—No hablarás en serio.

Doménico lo miró fijamente.

—Yo no haría chistes con una cosa así. Algunos camaradas se han empeñado en hablar contigo.

Miguel asintió preocupado. Aquel órdago iba en serio.

—¿Y les has dicho dónde pueden encontrarme?

—No te muevas ahora —le ordenó mientras lo apuntaba con el objetivo—. Ya está.

Miguel no dejaba de mirarlo mientras recogía el material y lo guardaba todo con mucho cuidado en la maleta.

—No les he dicho nada, Miguel —dijo al cabo de un momento—. Ya sabes que yo confío en ti, igual que en los viejos tiempos, pero —hizo una pausa y echó un vistazo a la vivienda antes de proseguir la frase— si ellos quieren encontrarte convendrás que acabarán haciéndolo. Después de todo, saben dónde buscar.

Miguel apoyó la barbilla en la palma de la mano, pensativo. Tenía razón: los viejos camaradas sabrían dónde buscarlo, igual que había hecho Pinner. Por primera vez pensó que había escogido para esconderse el lugar menos apropiado.

—Sólo quiero preguntarte una cosa, Miguel —añadió Doménico—, y me gustaría que me dijeras la verdad.

Miguel asintió con el ceño fruncido. No le agradaba el cariz que estaban tomando los acontecimientos, sobre todo porque esto no se lo esperaba, y con el gobierno británico pisándole los talones por alguna razón que no alcanzaba a comprender, era difícil saber de dónde vendrían los palos.

—¿Qué quieres saber?

—¿Por qué te buscan esos ingleses? Hay gente que dice que te has pasado al lado de los fascistas. Que conste que yo no me lo he creído, Miguel, pero, ¿qué hacen unos ingleses buscándote en Sevilla?

—Te aseguro que no tengo ni la más remota idea.

Le había dicho la única verdad posible. Por mucho que había pensado en ello desde que Pinner vino a buscarlo no había sido capaz de llegar a ninguna conclusión. Que el gobierno británico anduviera tras su rastro, es más, que el gobierno británico le hubiera ofrecido a través de Pinner cobertura para abandonar el país, era algo que no lograba entender y que se le antojaba más inverosímil cada vez que lo pensaba. Pero Doménico, que había terminado de guardar sus aparatos en la maleta de madera, no parecía estar de acuerdo. Era una buena persona, pero Miguel sospechaba que no se acababa de creer lo que le había dicho. Fueron amigos años atrás, pero la gente cambia con el tiempo, y, lo peor de todo, se dio cuenta nada más pensarlo, Doménico muy bien podría estar sospechando lo mismo de él.

—Entonces, ¿qué piensas hacer?

A Miguel no le quedaba otra opción que fiarse del artista.

—Pensaba marcharme a Cádiz cuando tuvieras los papeles. También quería hablar de eso contigo.

—¿A Cádiz?

—Sí. Buscaré un barco que vaya al extranjero. No sé, América tal vez. Eres la primera persona a la que le cuento esto. Necesito que alguien me lleve hasta Cádiz de un modo discreto.

Doménico asintió, entornando los ojos, como si estuviese barajando las posibilidades que podría ofrecer a Carmona para viajar a Cádiz.

—Veré qué puedo hacer. No quiero que me digas nada más acerca de adónde vas ni lo que vas a hacer. Sólo espero que sepas lo que haces. Aquí hay mucha gente que espera que los aliados se decidan a desembarcar en Europa para que llegue el momento de derrocar a Franco. Creo que te conozco lo bastante como para saber de qué lado estás pero, insisto, sólo espero que no hagas nada que pueda ayudar a los fascistas.

Miguel frunció el ceño, pero no dijo nada.

—Piénsatelo —añadió desde el umbral, antes de marcharse—. Mañana por la tarde te traeré los documentos. Adondequiera que vayas, Miguel, no te olvides de los viejos tiempos.

Carmona asintió, sin comprender nada. Él no tenía ni la más remota idea de un hipotético desembarco de los aliados en Europa, y maldito lo que le importaba el curso de la guerra en sus actuales circunstancias. Pero de todo lo que le había pasado los últimos días había algo que no entendía y que le preocupaba cada vez más: por lo visto los ingleses lo buscaban porque, según ellos, sabía algo muy importante para el desarrollo de la guerra.

Desde la ventana vio a su viejo amigo atravesar la calle y perderse en la oscuridad. Se marcharía muy pronto. Sólo le quedaba esperar a que Doménico le trajera los documentos nuevos. Viajaría hasta Cádiz y trataría de buscar algún barco a Sudamérica, tal vez México. Sólo esperaba que sus antiguos camaradas no se pusieran nerviosos con el rumor que circulaba sobre él y se lanzaran a buscarlo a la desesperada. Sería lo peor que le podía pasar: que armaran jaleo y pusieran a la policía tras su pista. Suspiró profundamente, se alisó el pelo para tratar de relajarse. Veinticuatro horas, como mucho le quedaban veinticuatro horas para marcharse. Y esta vez intuía que sería para siempre. Sintió un leve escalofrío al pensarlo. Muy despacio, giró sobre sus talones y vio que Rosa, apoyado el hombro en el quicio de la puerta, lo observaba. Disimuló una sonrisa de compromiso mientras se preguntaba cuánto tiempo llevaría allí, mirándolo desde la penumbra del pasillo, tal vez leyéndole el pensamiento.

—Pronto terminará todo —dijo en voz baja, sin enfrentar sus ojos, como si en lugar de hablarle a ella se dirigiese al vacío, o a sí mismo, para reafirmarse en la opinión de que faltaba poco para que todo acabase, de que aquellas horas que pasarían tan rápido serían las últimas que iban a compartir.

De buena gana, Gordon Pinner habría atravesado la plaza para llamar a la puerta de la taberna. Su viejo amigo el fotógrafo había vuelto a aparecer media hora después de que atravesara el Altozano para dirigirse a la casa de Rosa.

Artemio le dirigió una mirada interrogativa cuando vieron de nuevo al hombre de la maleta caminando en dirección al puente de Triana. Pinner hizo caso omiso a sus gestos. La partida de Miguel era inminente. Seguro que no permanecería en la ciudad otro día más. Había visto trabajar a Doménico muchas veces. Realizaba la fotografía, y luego, en su casa, la revelaba y la pegaba en un documento que él mismo había falsificado con la misma aplicación que si estuviese restaurando un códice medieval

Desde la esquina oyó suspirar a Artemio. No iba a decirle nada, todavía no. Aquello iba a terminar de un momento a otro y aún no tenía idea de cómo resolverlo. Si se acercaba ahora a la casa de Rosa no haría más que forzar la situación inútilmente. Podría estropearlo todo y, además, no podría quitarse de encima a Artemio ni al esbirro de Murdoch.

—Vámonos —le dijo a Artemio, girándose hacia el coche.

Artemio dedicó una mirada furiosa a Pinner mientras se dirigía al Mercedes. El inglés parecía tranquilo, o al menos fingía muy bien estar tranquilo. Pero no podían irse así, por las buenas. ¿Qué pasaba con Miguel Carmona? ¿Estaba allí o no? ¿Acaso pensaba Pinner que lo iban a dejar escapar?

—¿Qué pasa con Carmona? —le preguntó a Pinner después de agarrarlo por el brazo, antes de que subiese al coche.

Pinner volvió la cabeza despacio, con los ojos claros y serenos fijos unos instantes sobre la mano de Artemio que lo sujetaba sin mucha convicción.

Artemio aflojó la presión y preguntó de nuevo:

—¿Qué pasa con Carmona? Hemos venido hasta aquí para hablar con él.

—Todavía no es un buen momento.

Artemio acercó su cara a la de Pinner y levantó la voz.

—¿Cómo que no es un buen momento? ¿Acaso piensas que nos va a estar esperando la próxima vez que vengamos?

Pinner ni se inmutó.

—Dime dónde está —insistió Artemio—. Si no lo haces te juro que me voy directo a esa calle y pregunto casa por casa hasta dar con él.

Pinner sonrió con indiferencia.

—Si lo haces, jamás lo encontraremos.

Artemio se lo quedó mirando sin decir nada. No le gustaba aquel inglés desgarbado y, lo peor de todo, no tenía más remedio que bailar al son que él tocase. No podía descubrir sus cartas, y tampoco le convenía ir con el cuento a Lacruz demasiado pronto para que arrestara a Miguel Carmona antes de que los ingleses pudieran hablar con él o al menos verlo.

Cuando Pinner abrió la puerta del coche, Artemio vislumbró por unos segundos las manos de Craven que aferraban el volante. Murdoch no parecía un hombre violento, pero contaba con gente en la que delegar el trabajo sucio. No era conveniente tentar a la suerte, descubrir el pastel a Lacruz antes de que Murdoch tuviera la oportunidad de hablar con Carmona. Maldijo en silencio mientras el Mercedes del inglés se perdía en las sombras. No le quedaba otro remedio que callar y esperar hasta ver cómo se desarrollaban los acontecimientos. Callar y esperar, callar y esperar, murmuró cuando empezaba a cruzar el puente para dirigirse a la casa de huéspedes donde vivía, después de volverse por última vez a mirar la calle donde se ocultaba Miguel Carmona.

Trece

En los últimos días Artemio había roto barreras que antes no imaginó atravesar siquiera: había acudido a la casa de Murdoch cuando sabía que al inglés no le gustaba ser molestado allí. Aunque alguien lo hubiese visto, incluso aunque lo hubiese visto algún confidente de Franz, siempre podía alegar que el motivo de su visita no era otro que el de informar a Murdoch acerca de cierta finca de olivos que estaba a buen precio en el Aljarafe. Sin embargo, nunca, a pesar de encontrarse relativamente cerca de la pensión, había visitado la casa de Pedro Lacruz.

Por fortuna el jefe de Falange no vivía en el Barrio de Santa Cruz, sino en la calle Amor de Dios. Si nunca había estado en su casa, mucho menos se habría imaginado que se atrevería a ir a verlo a esas horas, pero las instrucciones o las amenazas de Lacruz habían sido claras cuando lo abordó en la puerta de la casa de la Niña Heredia la noche anterior: se trataba de un caso de extrema importancia y, según estaban rodando las cosas, Miguel Carmona saldría a la luz más pronto que tarde.

Pinner y Craven habían regresado en coche a casa de Murdoch, y él cruzó el puente de Isabel II, la calle Reyes Católicos, O'Donnell, y pasó por la Campana para enfilar la calle Amor de Dios. A esa hora los bares estaban cerrados. Muy bien podían hacerlo en cualquier momento pero, tan tarde, cualquiera podía descerrajarle un tiro o rebanarle el pescuezo sin que nadie se enterase. Al pensarlo sintió un breve escalofrío recorrerle la espalda. Para tranquilizarse se palpó la pequeña Astra que llevaba oculta en el bolsillo interior de la chaqueta. No la llevaba encima desde los peligrosos días de Praga, y no estaba muy seguro de ser capaz de utilizarla si llegaba el momento, pero la había sacado de un cajón por la mañana y ahora se sentía un poco más tranquilo al sentir su peso junto al costado.

Más de una vez se dio la vuelta para cerciorarse de que no lo seguía nadie. Jamás había sentido ese miedo. Había desarrollado su trabajo como poco más que un juego divertido en el que nunca llegaba a implicarse del todo y por el que recibía un buen dinero, pero se le había ido de las manos.

La calle estaba tan oscura que apretó el paso. Quién le iba a decir que tendría prisa por llegar a casa de Pedro Lacruz.

Era muy tarde, pero pretextó que se trataba de un asunto extremadamente importante. Alzó el vozarrón aristocrático roto de aguardiente para que la criada oyera bien que Artemio Corona Sáenz de Artázcoz deseaba ver a Pedro Lacruz. Pocos minutos después, la misma criada lo invitó a pasar a un salón con las paredes repletas de fotografías. Para ser un hombre joven y soltero, la casa de Lacruz afectaba un toque femenino que cogió a Artemio por sorpresa, aunque razonó inmediatamente, sin poder evitar un ramalazo de envidia y de nostalgia, que tendría varias criadas a su servicio.

Lo echaba de menos. Ya era demasiado viejo para cambiar: los cuidados de un servicio bien preparado, las sábanas limpias, las camisas planchadas, los zapatos lustrosos por la mañana, los guisos bien condimentados servidos en soperas de plata a las dos de la tarde.

Quince minutos después Pedro Lacruz apareció en el umbral del salón, enfundado en un batín de seda. Lo miraba sonriente, con un habano entre los labios, sonriendo como en una extraña mueca de triunfo, con la barbilla ligeramente elevada. Estaba descalzo y tenía el cabello alborotado. Tal vez lo había pillado ocupado con una señorita y recordó con una punzada de remordimiento a la Niña Heredia. Le había prometido ir a verla hoy y le había fallado, pero sería lo primero que haría cuando todo terminase. Ir en busca de la Niña Heredia y pasarse tres días y tres noches, por lo menos, sin salir de su cama.

Lacruz soltó el humo despacio, como si disfrutara del momento, el hombro apoyado en el bastidor de la puerta, descansando el peso del cuerpo sobre una pierna, observando a Artemio sin disimular aquella sonrisa triunfante.

—¿Qué me traes?

Escuchó la voz como un eco lejano, un rumor que se fue aclarando mientras el dirigente falangista volvía a exhalar el humo despacio, con la cabeza levantada para recrearse en los círculos que dibujaba en el aire.

No repitió la frase. Lacruz estaba acostumbrado a mandar, no a tener que repetir las cosas.

—Traigo noticias sobre Miguel Carmona —respondió al cabo de unos segundos. Le había costado decir la frase, más de lo que imaginó. En toda su vida adulta casi nunca había tenido problemas con la moral ni con los ideales y, como una maldición, los estaba padeciendo en el momento más inoportuno.

Lacruz aspiró otra lenta bocanada del habano, deleitándose en la noticia. Aquélla era su forma de decir que siguiera hablando y Artemio lo captó de inmediato.

—Está en Sevilla.

Pedro Lacruz entornó los ojos antes de preguntar.

—¿Lo has visto?

Artemio sacudió la cabeza.

—Aún no. Pero es más que posible que lo haga muy pronto.

Lacruz se lo quedó mirando sin decir nada. Aplastó la colilla en un cenicero de bronce, metió las manos dentro de los bolsillos del batín, se dirigió a la ventana y miró el reflejo de Artemio en el cristal, esperando sus órdenes al otro extremo del salón.

—¿Cuándo es *muy pronto*?

—Mañana, pasado tal vez —respondió Artemio encogiéndose de hombros—. No lo puedo asegurar.

Los ojos de Lacruz se clavaron con dureza en los suyos a través del cristal de la ventana. El jefe de Falange estaba de espaldas a él y no por ello dejaba de imponer su mando. Lacruz era un hombre que se hacía respetar. Estaba acostumbrado a que sus subordinados obedecieran cualquier orden suya al instante, sin rechistar o poner ninguna objeción. Y Artemio sabía que no podía traspasar la línea que el otro marcase.

—Es probable que mañana —añadió.

Reflejados en la ventana, los ojos del otro seguían clavados en él, esperando información pero sin pedírsela abiertamente.

Le costaba trabajo decir nada más, pero sabía que Lacruz no se contentaría con tan poco. Encontrar a Miguel Carmona era un asunto demasiado importante como para dejar algún cabo suelto. Y él no estaba en situación de mentir, ni de ocultar nada que el otro pudiese averiguar más tarde que no le había contado.

Le resultaba difícil hacer aquello. De niño soñaba con ser un hombre con escrúpulos, de principios inquebrantables, pero ya pasaba de los cincuenta y, pese a peinar muchas canas, aún no lo había conseguido. Allí, delante de aquel falangista ambicioso, a punto de traicionar a Murdoch y a Franz, a Pinner y a Carmona, a quien ni siquiera conocía, se le vino a la memoria, con una nitidez irritante, aquel tiempo, cuando, de niño, procuraba imitar a su padre, un hombre recto y severo, una persona cabal que se hubiera dejado matar antes de traicionar sus principios. Artemio había tenido muchos conflictos internos durante gran parte de su adolescencia y de su juventud por culpa de su padre. Quería parecerse a él y no podía. Artemio, para su desgracia, era diferente, y la prueba estaba en que apenas cinco años después de que su progenitor muriese ya había perdido toda la fortuna familiar y se había convertido en una comparsa de sí mismo. Hacía mucho que logró mantener a raya los sentimientos de culpabilidad que lo atenazaban por haber arruinado su vida pero, por alguna razón que no alcanzaba a entender, allí, de pie en el salón de la casa de Pedro Lacruz, le sobrevino una desagradable sensación de bazofia en la boca del estómago, afectaba aquel asco por sí mismo como cuando era un adolescente y tenía la certeza, aunque no quisiese reconocerlo, de que jamás, por mucho que se empeñase, sería como su padre. Su padre, que se hubiera dejado matar antes de venderse o hacer daño a un amigo, y él, que no tenía principios a los que agarrarse cuando arreciara la tormenta, cuando ya no le quedase nada; él, que ni siquiera tenía amigos a los que vender. Artemio Corona, cincuenta y tres años, malviviendo en una casa de huéspedes, solo en la vida, con la única compañía femenina de una prostituta madura que lo traía loco, que estaba a punto de retirarse del oficio y que no le cobraba por cariño, por antigua amistad, o tal vez por lástima.

Rosa odiaba las despedidas, y sabía que aquélla iba a ser una que le iba a doler recordar el resto de su vida.
Durante toda la mañana lo había visto más huraño que otros días, como si la partida le alterase los nervios o, tal vez, prefería pensar, le costase tanto separarse de ella que andaba a vueltas con la idea de quedarse, de buscar una solución a su

problema sin tener que vivir como un fugitivo. Pero tenía la certeza de que no había una posible vuelta atrás. Doménico se lo dijo después de dejar los documentos en el bar al final de la mañana guardados en un sobre. Primero se tomó una copa de cazalla, sin decir nada: había otros clientes y era muy arriesgado decir alguna cosa que pudiera comprometer a cualquiera de ellos. Rosa, en una esquina de la barra, con mucha discreción, se llevó la mano al bolsillo del delantal donde guardaba el dinero y se quedó mirando un segundo a Doménico mientras apuraba el aguardiente, pero éste parpadeó y sacudió la cabeza enérgicamente.

—No es nada, mujer —dijo, encogiendo los hombros—. Estamos entre amigos.

Rosa bajó la cabeza, sonrió y se dirigió al otro extremo de la barra. Doménico dio una leve palmada sobre el mostrador, a modo de despedida, y abandonó el local.

Miguel había cogido el sobre y se quedó mirando los documentos nuevos con gesto grave, sabedor de que el final estaba cerca. Había una nota manuscrita que le dejó para que ella se la leyese: Zacarías —otro viejo camarada que aún conservaba una vieja falúa entoldada en la que cruzaban el río las cigarreras de Triana que iban a trabajar a la Fábrica de Tabacos antes de que inaugurasen el puente de San Telmo—, iría a recogerlo junto a los arcos del puente de Triana a las seis de la mañana para llevarlo hasta Sanlúcar de Barrameda. El mismo Zacarías se encargaría de conducirlo hasta alguien que le ayudaría a viajar a Cádiz. De madrugada, agitaría un fanal para anunciar su llegada por el río. Miguel debía encender y apagar tres veces una linterna para asegurar al viejo marinero que todo estaba en orden.

Carmona disimuló una sonrisa cuando ella terminó de explicarle su fuga de Sevilla, mas no dijo nada. Se pasó el resto de la tarde rumiando sus pensamientos, paseando desde un extremo a otro del salón.

Rosa deseó que aquella sonrisa que se había difuminado en su rostro no desapareciera durante las pocas horas que le quedaban por pasar junto a ella. Quería que esa expresión se le quedara grabada para siempre, para poder verlo así, alegre, cada vez que pensara en él durante el resto de su vida. Sabía que lo haría muchas veces, que lo recordaría cuando estuviera sola, que jamás olvidaría la noche que lo afeitó y lo peinó antes de que Doménico viniera a hacerle la fotografía para los papeles falsos. Luego, cuando el falsificador se marchó, se miraron en la penumbra del salón, sin decir nada, como si fueran los dos cautivos de un miedo nuevo, de una sensación que no podían controlar. Miguel se marcharía a un lugar incierto, y tal vez le fuera la vida en ello; Rosa se quedaría sola otra vez, con la única compañía de los clientes de la taberna. De pronto su rostro se encontraba a escasos centímetros del rostro de Carmona. No se había dado cuenta de quién había recorrido los pocos pasos que los separaban, si fue ella la primera en acercarse o si fue él, o tal vez los dos a la vez. Tampoco recordaba, y maldito lo que le importaba, cómo empezaron a besarse, pero no había olvidado que fue después de que ella le recorriera despacio el rostro con los dedos, los pómulos afilados, los labios carnosos bajo el bigote recortado. Le parecía muy atractivo, tremendamente atractivo, más ahora incluso que en los años en los que acudía a reunirse con su marido y con los otros camaradas. Luego todo fue tan rápido y tan intenso que durante un rato —o unas horas— perdió la noción del tiempo, y buena parte de la mañana la había pasado trabajando cegada por los fogonazos de la noche anterior que le venían a la memoria: las manos de Miguel sujetando su cintura mientras la besaba, las suyas en torno al cuello del hombre, acariciándole la piel suavemente, con la palma de las manos primero, clavándole las uñas en la espalda después, cuando él la cogió en volandas y la llevó a la habitación; parecía haber perdido el resuello, pero no de cansancio, sino de deseo. Se tumbó en la cama mientras Miguel cerraba la puerta despacio, como si temiese despertar a alguien o que alguien los sorprendiese abrazados, desnudos los dos en el cuarto. Entonces se la quedó mirando, muy fijo. Ella se había hecho un ovillo sobre el colchón, le daba un poco de vergüenza que la observase con esa expresión como de alucinado en el rostro. Los pensamientos de aquél tal vez fueran impenetrables, pero sin embargo su mirada era dulce cuando se puso de rodillas sobre la cama y le acarició el pelo, que se había soltado en una melena que se derramaba sobre las sábanas, y los brazos, los pechos, las piernas, todo su cuerpo. Entonces ella empezó a llorar, y él se quedó mudo, dudando qué hacer. Le preguntó si le había hecho daño y ella sacudió la cabeza, abrazándose a él como si fuera la última vez que fueran a verse, o es que tal vez lo era. Miguel restañó sus lágrimas con la palma de la mano. Qué te pasa, le preguntó. No es nada, respondió ella. No le ocurría nada y le pasaba todo, era algo tan sencillo que resultaba imposible explicar. Lo miró, todavía con los ojos acuosos, enrojecidos, y le sonrió. Aquella sería la última vez que lo vería. Por un momento se le pasó por la cabeza la idea de cómo se sentiría si Miguel Carmona no se hubiera vuelto a cruzar en su vida, arrastrando consigo a todos los fantasmas del pasado. Tal vez tendría más sosiego, aunque fuera falso. Pero no lo lamentaré, pensó mientras lo besaba despacio en los labios y sentía aquellas manos varoniles desabrochando los botones de su blusa. Atraparé este recuerdo para siempre, porque tal vez sea el último.

Amanecieron los dos abrazados, con las primeras luces del día. Se sentía extraña al despertar con los brazos de un hombre en torno a sus caderas. Se levantó despacio, se echó un chal sobre los hombros y abandonó el cuarto.

Las horas pasaron muy deprisa por la tarde. Apenas hablaron el último día de su vida que iban a verse. Cuando ella cerró el bar a mediodía, se fue derecha a la cocina sin decir nada, le daba un poco de vergüenza mirarlo a la cara después de lo que había pasado por la noche. Puso a calentar un plato de sopa para los dos y no se dio cuenta de que Miguel estaba en el umbral, mirándola con la cabeza gacha, las manos metidas en los bolsillos, las piernas un poco abiertas, parecía estar siempre alerta. Los tirantes le marcaban los hombros anchos bajo la camisa. Un cosquilleo le subió desde la boca del estómago. Sonrió y se puso a remover dentro de la cacerola con la cuchara de madera para que él no se lo notara.

Luego detuvo el movimiento de la cuchara y le dedicó una sonrisa.

—Te vas esta noche.

Miguel enarcó las cejas y sonrío ampliamente.

Rosa vertió el contenido de la olla con un cazo en dos platos hondos, los cogió y se dirigió al salón. Miguel se hizo a un lado para dejarla pasar. Cuando llegó a su altura ella le dijo:

—Zacarías vendrá a recogerte en la falúa. Es un buen hombre, de toda confianza. Lo conozco de cuando yo trabajaba en la Fábrica de Tabacos. Por la tarde estarás en Sanlúcar de Barrameda, y desde allí alguien que te está esperando te llevará a Cádiz. Del resto, no puedo decirte más, pero seguro que lo tendrán previsto.

El hueco de la puerta era demasiado estrecho para los dos. Rosa sentía el aliento cálido de Miguel mientras la miraba.

—Seguro que sí —respondió él, apartando el brazo para dejarla pasar. Dijo la frase despacio, con los labios muy cerca de su oído, como si más que hablar lo que quisiera fuera besarla, acariciar con los labios su cuello.

Por la tarde bajó de nuevo al bar. Esa noche cerraría pronto. Era un día especial. No había vuelto a ver a Pinner y eso la preocupaba. Por fortuna no entraron muchos clientes, y en cuanto oscureció y vio que no había nadie echó la persiana.

No había vuelto a pensar en un hombre, no en Miguel en concreto, sino en un hombre cualquiera, desde que su marido murió, y no le gustaba cómo se le enternecía el corazón al mirar a aquél, casi un extraño, instalado en su casa. No le gustaba sentirse cómoda con ello: por una parte estaba a gusto con Miguel Carmona, mucho, pero por otro lado había recobrado unos temblores en su interior que no podía controlar, y que sabía que la harían sufrir mucho.

Catorce

No hacía mucho frío esa noche de mayo, pero los dedos de Artemio temblaban dentro del bolsillo de la chaqueta, aferrados al mechero que guardaba ansioso hasta el momento oportuno de sacarlo y encender un pitillo. Era la señal convenida con Lacruz: sacar el encendedor del bolsillo, ponerse un cigarrillo en la boca y ahuecar la mano libre para encenderlo. Lo peor era que, por culpa de la tensión, se moría de ganas de fumar, y deseaba que Miguel Carmona apareciese por fin en la plaza tanto para capturarlo como para poder encender el ansiado pitillo.

Con el rabillo del ojo echó un vistazo a la otra esquina: con la gorra calada hasta las cejas, Pinner, impasible, mantenía la vista clavada en la calle por donde supuestamente debería de aparecer Miguel Carmona. Les dijo que estaba seguro de que esa noche saldría el fugitivo y se habían apostado todos cerca de la taberna: Pinner y él en la plaza del Altozano; Murdoch, que se había puesto al frente de la operación, aguardaba dentro del coche con Craven al volante, al otro extremo de la calle, donde ellos no podían verlo, por si Carmona escapaba en esa dirección.

Artemio escudriñó la plaza con un rápido vistazo, mas, aparentemente, no había rastro de Lacruz ni de ninguno de sus sicarios. Pero estaban cerca, seguro que sí. Él mismo había puesto al falangista al tanto de los acontecimientos esa misma tarde. Le contó que lo más probable sería que Miguel Carmona se dejase ver por la noche.

—Estaremos allí —le aseguró Pedro Lacruz—. Por descontado. En cuanto lo veas salir enciende un cigarrillo, despacio, que te veamos bien. Todo terminará en cuestión de minutos. Lo cogeremos en cuanto ponga el pie en la calle.

Ahora se moría de ganas de fumar. Acariciaba con la yema de los dedos el mechero y el paquete de tabaco que tenía preparado para no perder tiempo y encender un cigarrillo cuando llegase el momento. Ya estaba harto de aquello. Con un poco de suerte todo terminaría pronto. Había decidido que aquélla sería la última vez que se metía en asuntos que tuvieran que ver con la guerra. Deseaba que todo se resolviera satisfactoriamente para volver a lo de siempre, a hacer tratos de vez en cuando, un intermediario sin riesgos, con una vida tranquila, sin sobresaltos, visitar de vez en cuando a la Niña Heredia o tal vez tomarla para él solo, aunque para eso necesitaba mucho dinero, mas ya tendría un golpe de suerte. Maldita sea: claro que lo tendría.

Consultó su reloj de bolsillo. Faltaba media hora para las seis de la mañana. Apenas había cruzado palabra con Pinner que, de vez en cuando, cambiaba el peso de una pierna para descansar sobre la otra, sin mirarlo siquiera, atento siempre a la oscuridad de la calle por donde habría de salir Miguel Carmona, como si por el hecho insignificante de apartar un momento la vista o parpadear siquiera fuera a escapársele el fugitivo.

Era un tipo extraño el inglés. Parecía estar en mitad de ningún sitio, como si su vida se debatiera, igual que le pasaba a él, entre enormes contradicciones: inglés pero español, comunista convencido pero trabajando —a regañadientes, según sospechaba— para el MI6.

Tal vez sería por culpa de la tensión de los últimos días, pero se estaba ablandando: lo asaltaban unos escrúpulos insólitos y Pinner incluso empezaba a no parecerle tan desagradable. No es que tuviese ningún motivo concreto para sentir empatía hacía ese tipo pelirrojo mitad inglés mitad español, pero allí, viéndolo escrutar la plaza del Altozano como un profesional concienzudo, se dio cuenta, por primera vez desde que se encontraron, de que no le caía tan mal. Al final, en la vida uno hace lo que puede y no lo que quiere. Seguro que a aquel pelirrojo grandullón le gustaba tanto estar bajo las órdenes de Murdoch como a él tener que soportar a tipos como Lacruz.

Señaló la entrada de la calle con la barbilla y después encogió los hombros mirando a Pinner. El otro suspiró largamente, sacó las manos de los bolsillos del pantalón para indicarle con un gesto que esperase un momento, que todavía no. Artemio se lo quedó mirando mientras Pinner volvía a observar la calle con indiferencia. Parecía tranquilo, demasiado tranquilo. Esa observación le revolvió las tripas: ¿y si les había mentido? No era del todo imposible que Miguel Carmona ya estuviera lejos de la ciudad y que Pinner ya estuviera al tanto de su huida. Muy bien podía estar ayudándolo a escapar mientras los distraía a todos.

Dudando si llegaría a utilizarlo, volvió a acariciar el encendedor con las yemas de los dedos; un gesto inconsciente que trataba de evitar con todas sus fuerzas, para no dar la señal antes de tiempo. Sería su perdición si se presentaban allí Lacruz y sus esbirros para destapar el pastel y se encontraban con las manos vacías.

No quería ni pensarlo.

Rosa trató de esbozar una sonrisa mientras lo veía arreglarse. Miguel terminó de ajustarse la chaqueta frente al espejo, bajó la cabeza, como si estuviera pensando algo muy importante, se dio media vuelta y se la quedó mirando. Ninguno de los dos sabía qué decir al otro. Ambos eran conscientes de que, con toda probabilidad, aquélla sería la última vez que se verían y también, de algún modo, los dos pensaban que tal vez fuera lo mejor, como si a pesar de los días que habían pasado juntos necesitaran que llegara por fin el momento de la separación, como si les cansara la intensidad de lo que estaban viviendo.

—Es la hora —dijo Miguel.

Rosa asintió desde el umbral. Él carraspeó levemente, como si no tuviera nada mejor que decir.

—Es la hora —murmuró para sí Rosa un instante después.

—Ya sabes —añadió en voz baja, mientras se dirigían a la puerta—, Zacarías te recogerá a las seis en punto junto a los arcos del puente. Navegaréis hasta Sanlúcar de Barrameda en la falúa, y luego alguien se encargará de llevarte a Cádiz. Y después... bueno, adondequiera que vayas...

Rosa humilló los ojos en este punto, pero Miguel la besó antes de que tuviese tiempo de concluir el gesto. Ella cerró los párpados mientras sentía los labios de Carmona acariciándoselos despacio por última vez. Él limpió las lágrimas tibias que resbalaban por la mejilla de la mujer y disimuló una sonrisa. Rosa volvió a abrazarse a él, con más fuerza que antes, como si no quisiera dejarlo escapar, porque, a pesar de todo, a pesar de desear con todas sus fuerzas que aquello terminase de una vez y la vida retornase a la rutina tranquila, a su pequeño negocio, una fuerza que a duras penas podía contener en su interior le pedía que no dejase marchar a ese hombre, que le rogase que se quedara junto a ella o, peor aún, y Rosa se avergonzaba de pensarlo, cerrar el bar, abandonarlo todo y marcharse con él allá donde fuese.

—Ten cuidado, Miguel. Sólo te pido que tengas cuidado.

—Tranquila, mujer. No pasará nada.

—Es que tengo mucho miedo —le dijo, mientras recostaba la cabeza sobre su hombro.

—No hay nada que temer. Quédate tranquila.

Pero los dos sabían que estaba mintiendo.

Agarró las manos de Rosa y ésta las acercó a su pecho. Miguel apretó su mejilla contra la de la de mujer, y ninguno de los dos dijo nada durante unos segundos. Luego, se abrazaron por última vez en su vida.

—Venga —dijo Miguel, tratando de que no se le notase su preocupación al tiempo que le pellizcaba la mejilla.

Rosa asintió sin soltarle la mano que le había vuelto a coger. Aún estiró los dedos mientras aguantaba las lágrimas y Miguel salía a la calle.

Carmona se encaminó hacia la esquina después de consultar el reloj: faltaban veinte minutos para las seis de la mañana. Tenía tiempo de sobra. No tenía más que atravesar la plaza, cruzar el puente y esperar la llegada de Zacarías. El viejo marinero era otro de los camaradas del pasado. Miguel no lo recordaba, pero confiaba en Doménico, y sobre todo en Rosa, que no había puesto ninguna objeción a que Zacarías fuera quien se encargase de llevarlo a Sanlúcar de Barrameda.

No había nadie en la calle, pero eso no lo tranquilizó.

Pinner estuvo en la taberna dos días antes y no había vuelto, ni había venido ningún otro inglés a buscarlo. Tal vez lo estuvieran esperando en la calle; era una posibilidad a tener en cuenta, pero no tenía más remedio que arriesgarse: la vivienda de Rosa estaba rodeada de otras casas y si alguien lo descubría saltando por los tejados y avisaba a la policía estaría perdido. Lo mejor era salir por la puerta de la taberna, atravesar la plaza y dirigirse al puente.

Nunca estaban de más las precauciones. Ni siquiera tomándolas podría tener garantías de salirse con la suya. Además, estaba la suerte, o el azar, o como se llamase.

ϒ

Aún no le ha dicho nada a Lucía, pero ya ha tomado la decisión de marcharse al sur. Le va a decir que se vaya con él. Que empiecen juntos una nueva vida. Se ha despertado y ella ya no está en la cama. Debe de haber ido al pozo, a buscar agua. Medio dormido, Miguel sonríe al ver que la guerrera no está en la silla. Otra vez se la habrá echado encima, sobre el camisón. Son los últimos días de abril, pero hace frío, sobre todo por las mañanas. Miguel se incorpora en la cama, se despereza y, antes de levantarse, oye un ruido sordo, un sonido seco que le resulta demasiado familiar como para tener dudas. Da un salto y agarra el fusil que siempre ha guardado en la habitación. Se ha quedado sin aliento, el corazón se le ha acelerado. No le da miedo morir, pero le aterra saber lo que se va a encontrar cuando abra la puerta. Respira hondo, para darse una tregua y pensar. Se asoma por la ventana y ve el cuerpo de Lucía, derrengado sobre el brocal del pozo.

La han tomado por un miliciano rezagado y le han volado la cabeza. Miguel contiene las lágrimas y espera dentro de la casa, apuntando con el fusil. Está muerta y no puede hacer nada por ella. Aprieta los puños hasta que le sangran las manos. Sabe que se acercarán a recoger el trofeo, y esos minutos se le hacen eternos. Son dos hombres de paisano, deben de ser dos somatenistas, pero qué más da, no se entretiene en averiguar su identidad y los ultima a los dos de sendos disparos cuando miran extrañados el cuerpo de la mujer abrigada con una guerrera de hombre junto al pozo.

Pero ni siquiera por haber vengado a Lucía encuentra consuelo en la muerte de esos hombres. Nunca ha encontrado consuelo en la muerte de nadie. Y, mientras entierra el cuerpo de Lucía, no deja de maldecirse porque han acabado con su vida por su culpa, de un modo estúpido, sin sentido, como pasa, como ha pasado siempre, con todas las muertes.

Y

Y ahora, lo que más le preocupaba, más que él mismo, era Rosa. Cualquier cosa que le sucediese a él, que fuera cuanto más lejos de su casa.

Porque cabía la posibilidad de que algo no saliese bien. Desde que Pinner estuvo en la taberna, Miguel no había dejado de dar vueltas al asunto y no le encontraba explicación. Unos ingleses lo buscaban. No había llegado a creérselo del todo cuando Pinner se lo dijo a Rosa, pero no pudo evitar inquietarse cuando se lo confirmó Doménico.

Una luna preciosa iluminaba la noche, y corría una brisa fresca pero agradable. No llevaba equipaje, tan sólo unos pantalones, una camisa blanca sin cuello, una chaqueta del marido de Rosa, unas alpargatas y una gorra gris, además de un par de cigarrillos liados, los documentos falsos y una linterna en el bolsillo para avisar a Zacarías. Con los documentos no tendría problemas. Doménico era un artista: ni aun fijándose mucho nadie podría darse cuenta de que los papeles eran falsos.

Al llegar a la esquina detuvo sus pasos, sabedor de que Rosa lo observaba desde la ventana, tras las cortinas, tal vez sollozando en la penumbra. Se metió las manos en los bolsillos y tomó aire despacio. Con toda probabilidad, aquélla era la última vez que pisaría Triana, lo presentía; por mucho que los camaradas soñasen con que los aliados harían lo imposible por derrocar a Franco cuando derrotaran a los alemanes, él no lo tenía tan claro. La dictadura estaba bien asentada, y tenía el presentimiento de que había Franco para rato.

Volvió a cerciorarse de que nadie lo veía: todas las precauciones eran pocas y por nada del mundo quería arriesgar la seguridad de Rosa. Nada, ni un alma. Se giró despacio, por si acaso alguien lo observaba desde el otro extremo de la calle, y se quedó mirando durante una fracción de segundo el balcón desde donde él mismo se había asomado tantas veces los días que había estado escondido como una alimaña. Estaba demasiado oscuro para poder ver nada, pero tenía la certeza de que los ojos de Rosa se encontraban con los suyos.

Sonrió, agarró la punta de la visera con el índice y el pulgar de la mano derecha e inclinó la cabeza a modo de despedida.

Tenía que esperar a Zacarías junto a los arcos. Podía bajar desde la calle Betis directamente o atravesar el puente y bajar por la otra orilla, desde el paseo de Cristóbal Colón. El camino más corto era la calle Betis, pero resolvió que si alguien lo estaba esperando y sabía que una embarcación vendría a recogerlo pensaría que lo más lógico sería que aguardase en la orilla de esa calle, precisamente.

Miró a un lado y a otro, pero no vio a nadie. Sólo le llevaría cinco minutos atravesar el puente y bajar por el otro lado. De todos modos, con la linterna, para el viejo marinero no habría mucha diferencia entre que Miguel lo esperase en una orilla o en la otra.

Desde el otro lado, pensó para darse coraje cuando dio el primer paso en dirección al puente, podré ver venir de frente a quien venga para hablar conmigo, para detenerme, para matarme.

Porque tenía el presentimiento de que salir de la ciudad no iba a resultar sencillo.

Artemio Corona ya había sacado el ansiado cigarrillo y estaba a punto de encenderlo cuando Miguel Carmona se encontraba a medio camino entre la calle y el puente de Triana. Por fin lo tenía delante. Miró a Pinner cuando vio emerger una figura de las sombras de la calle y, aunque el inglés no dijo nada, supo que era él porque ya no le escuchaba: tenía los ojos entornados clavados en la sombra que había aparecido en la plaza como por arte de magia, caminando junto a la fachada de los edificios, como si no se atreviera del todo a ponerse a descubierto. Tal vez no se fiaba, y hacía bien.

Ya tenía agarrado el mechero de yesca, con la intención de no soltarlo, cuando Pinner abandonaba el portal donde estaba resguardado de la vista del fugitivo. No te muevas, déjame solo, le oyó decir al vacío. No lo había mirado siquiera. Parecía que lo único que existía para Pinner en aquel momento era la sombra que se dirigía hacia el puente despacio, como si no tuviera prisa por llegar o no le importara que lo estuvieran buscando, para hablar con él, para detenerlo, para traicionarlo, para matarlo.

Se alejó unos metros del escondite, para cerciorarse de que podría ser bien visto, y sacó el mechero. Lo encendió a la primera, mantuvo la chispa a la vista durante unos segundos, hasta que prendió el cigarrillo. Aspiró una profunda bocanada, pero, contra todo pronóstico, no le supo a nada. Estaba demasiado nervioso y demasiado preocupado como para tomarle sabor a un pitillo. Apenas había probado bocado desde la última vez que se entrevistó con Lacruz. No había vuelto a visitar a la Niña Heredia desde la noche que se encontró con el jefe de Falange en la puerta de su casa, y malditas las ganas que tenía ahora de echar un polvo. Por fortuna todo acabaría dentro de poco.

Ya era suficiente. Si Lacruz estaba allí tenía que haberse dado cuenta. Lo que hiciera a partir de entonces no era asunto suyo. Ahora tocaba seguir a Pinner a una prudente distancia y continuar con la farsa mientras todo terminaba. Exhaló el humo despacio y se volvió hacia el puente, pero aún no había terminado de girarse cuando sintió un mazazo en la mandíbula —a punto estuvo de tragarse el cigarro— y se derrumbó mientras los faros de un coche que arrancaba a su espalda iluminaban su caída.

ϒ

Hacía mucho tiempo que Gordon Pinner no daba una carrera y, antes de llegar al puente, luchando porque aquella pierna medio inútil le obedeciera, sintió como si los pulmones le fueran a reventar dentro del pecho. Aunque demasiado tarde, se había dado cuenta de que Artemio estaba nervioso por alguna razón que tenía que ver con Miguel Carmona, pero que no era exactamente el hecho de localizar al fugitivo. Pero no lo vio claro —y aquélla era una más de las muchas revelaciones que tendría antes de que amaneciera— hasta que lo vio encender un cigarrillo, qué casualidad, en el mismo momento que Carmona aparecía en la plaza. Sentía tanta rabia que si hubiera tenido una pistola le habría descerrajado un tiro a Artemio entre ceja y ceja allí mismo.

Se dio cuenta de que los faros de un coche iluminaban la noche, acercándose, y el haz de luz que le alumbraba la espalda mientras corría no venía precisamente de donde se suponía que debía aparecer el coche de Murdoch con Craven al volante. Antes de gritar vio que Carmona ya estaba muy cerca del otro extremo del puente.

—¡Corre, Miguel! ¡Corre!

Tuvo que pararse un instante antes de seguir: no podía correr y gritar al mismo tiempo. Le dolían los pulmones, la pierna derecha no le obedecía. Ya estaba demasiado viejo y demasiado dolorido para dar carreras.

Pero Miguel no parecía haberse enterado. Haciendo un gran esfuerzo, recorrió otra docena de metros y volvió a gritar. El coche estaba ya muy cerca, aceleraba a su espalda, cada vez escuchaba el motor más fuerte, pero no era el de Murdoch, estaba seguro de que no era el coche de Murdoch el que estaba a punto de pasar junto a él.

ϒ

Miguel Carmona escuchó la voz de Pinner cuando acababa de llegar al final del puente. Se volvió y vislumbró a lo lejos, a unos doscientos metros, la figura familiar de su viejo amigo, el inglés grandullón y pelirrojo, dando traspiés hacia donde él estaba después de recuperar el aliento.

—¡Corre, Miguel!

La primera vez no lo había entendido, pero ahora sí lo escuchó con claridad. Carmona cerró los puños con rabia. No tenía ni idea de lo que estaba pasando, pero cuando vio adentrarse en el puente las luces de un coche que aceleraba, sin pensárselo dos veces tuvo claro que la cosa se ponía fea para él. Maldijo en silencio y saltó desde la calle para refugiarse en la oscuridad. Tan cerca como había estado y todo se había ido al garete por culpa de Pinner. Si le había estropeado la fuga lo estrangularía con sus propias manos antes de que lo detuvieran. No faltaban más de quince minutos para que la falúa apareciera. Si Zacarías presentía problemas, por pequeños que fuesen, daría media vuelta, y entonces ya no tendría escapatoria. Pero pensó en ello demasiado tarde, cuando ya estaba agazapado junto al puente. Podía haber intentado distraer a quien lo estuviera persiguiendo para después regresar al lugar donde Zacarías debía recogerlo, pero ya no podía hacer otra cosa salvo esconderse.

Cuando Artemio se levantó, se dio cuenta de que un hilo de sangre tibia le bajaba por la comisura de la boca y le goteaba manchándole la solapa del traje y la camisa.

Aunque no había llegado a perder el sentido, le dolía la cabeza por culpa del tremendo puñetazo que le había propinado Pinner. Lo había pillado desprevenido. Se había quedado unos segundos atontado en el suelo. Entre tinieblas había visto el coche de Lacruz atravesar la plaza y perderse en el puente a toda velocidad. No podían haber pasado más de un par de minutos desde entonces. Él también echó a correr hacia el puente. Se acordó de Murdoch. ¿Cuánto tiempo tardaría en aparecer en escena? Se lo había jugado todo a una carta, no le había quedado otro remedio, esperando que todo pudiera resolverse de un modo más o menos satisfactorio para las dos partes, y sobre todo para él mismo. Llegó a pensar que tal vez Lacruz no tendría tiempo de detener a Miguel Carmona o que Murdoch daría con él antes de que el falangista pudiera ponerle la mano encima.

En cualquier caso, se lamentaba mientras se adentraba en el puente, no había sido más que una idea descabellada, descabellada y desesperada, y al final todos los palos iban a ir a parar al mismo sitio, a la cabeza de Artemio Corona, último vástago de la estirpe de los Corona Sáenz de Artázcoz.

Era Pinner quien había gritado, a Miguel Carmona no le cabía ninguna duda al respecto. Ahora había oído bajar a dos personas de un coche, seguro que el mismo vehículo que había enfilado el puente cuando vio a su antiguo amigo recuperando el aliento apoyado en la baranda. Pero todo se iba a ir al traste, y de la manera más estúpida posible. Tantas precauciones que había tomado desde que empezó su fuga y todo iba a terminar en cuestión de minutos.

Trató de relajarse, como cuando estaba en el frente. Aguantó la respiración, para no hacer ruido, atento a cualquier sonido. Desde abajo escuchaba los pasos de Gordon Pinner sobre el puente y otros que bajaban desde la avenida hacia el río.

Volvió a pensar en Zacarías: la vela no tardaría en aparecer, y si lo hacía ahora estaba convencido de que no iba a poder subir a la falúa. Aunque no se iba a entregar así, por las buenas. Aunque le atravesaran el pecho de un balazo no iba a dejar este mundo sin enterarse de qué cojones estaba pasando.

Desde su escondite sólo podía ver sombras, las siluetas oscuras de dos hombres que bajaban desde la avenida y se detenían unos segundos eternos mirando a un lado y a otro, buscándolo. Pero no podía ver sus caras, y ellos tampoco podrían ver la suya. De repente, el estrépito de Pinner, que abandonaba el puente después de una interminable carrera, distrajo su atención un momento.

Los vio mirar hacia arriba, pero tampoco ahora pudo distinguir sus caras. Entonces escuchó, en la penumbra, el chasquido de una pistola que se amartillaba y apuntaba al mismo lugar de donde procedían los pasos, a Pinner, su figura era inconfundible, grandullón y torpe, como antaño, jadeando en la oscuridad, el cuerpo doblado, con las manos apoyadas sobre las rodillas, tratando de recobrar el aliento mientras miraba resignado el arma que lo encañonaba.

—Gordon Pinner, me alegro de verte.

De los dos hombres que habían bajado del coche, era el que no había sacado la pistola quien habló. Miguel Carmona aguzó el oído y frunció el ceño, buscando en su cabeza algún recuerdo que pudiese relacionar con aquella voz, pero no le resultaba familiar en absoluto.

Lo escuchó expulsar el aire por la nariz, lentamente, como con desprecio. Levantó la cabeza, se puso en jarras y, apuntando con la barbilla a Pinner, añadió:

—Baja de ahí, maricón. Éste va a ser un encuentro de viejos amigos.

No había terminado de decir la frase y Miguel vio el brillo de la pistola, negra y reluciente, que acababa de desenfundar. Ahora lo distinguía mejor porque se había movido y lo rozaba la luz de la luna. Se había vuelto hacia los arcos del puente tras comprobar que no había emprendido la fuga por la orilla y que no se había lanzado al agua. Vestía una camisa azul y llevaba unos pantalones abombados por dentro de unas botas negras de militar. Cuando miró hacia los arcos observó en su rostro la expresión triunfante del que sabe que tiene la partida ganada. Miguel Carmona pensó, si no le quedaba otro remedio, en zambullirse en el río y nadar hasta la orilla de Triana, pero desechó la idea nada más ocurrírsele. Chapoteando en el agua sería un blanco demasiado fácil, y cualquiera de los dos hombres, si es que no había más, podría alcanzar el otro lado del río con el coche mucho más rápidamente de lo que él podría llegar a nado.

La única opción que tenía era abandonar su escondite y jugársela plantando cara a la muerte, como tantas veces había hecho.

Antes de salir se fijó en Pinner que, resignado, había recortado la distancia que lo separaba de los otros, respirando con dificultad. A pesar de la gravedad de la situación, sacudió la cabeza y a punto estuvo de sonreír al verlo: se trataba, en efecto, del viejo Gordon Pinner, el grandote y torpón de siempre.

De los dos hombres armados, el que parecía el esbirro, el que no llevaba la voz cantante, seguía encañonando a su viejo amigo. Al menos, se consoló Carmona, no juegan en el mismo equipo de Pinner, lo cual podía significar que el inglés, a pesar de todas las reticencias que tenía sobre él, tal vez estuviese de su parte.

Para confirmar sus sospechas, el falangista que estaba al mando, sin apartar la vista de los arcos donde suponía que estaba agazapado, apuntó a la cabeza de Pinner, con indiferencia, y gritó:

—¡Carmona, sal de tu escondite o le vuelo la cabeza a tu camarada!

Miguel frunció el ceño. Tampoco podía estar seguro de que aquello no fuese una trampa, y ni siquiera confiaba en Pinner lo bastante como para arriesgarse, pero no iba a comprometer a Zacarías, que estaba a punto de jugarse el pellejo por salvarlo. Aún no había visto la vela de la falúa acercarse, pero lo haría en cualquier momento, si es que no andaba ya muy cerca. A esa hora todavía estaba demasiado oscuro para poder distinguir una embarcación pequeña en mitad del río.

El hombre que apuntaba a la cabeza de Pinner parecía tranquilo, como si de verdad no le importase volarle la tapa de los sesos. Un hombre sabe cuándo ha perdido la partida, y Miguel, por desgracia, había sido derrotado por muy poco. Giró la cabeza para mirar hacia Triana antes de abandonar la oscuridad. Tan cerca como había estado y todo iba a terminar en un momento. También era mala pata: haber escapado dos veces de la Guardia Civil y que ahora, con los papeles nuevos en el bolsillo, un cabrón con uniforme azul le fuera a atravesar el pecho de un balazo.

Soltó el aire despacio, resignado y furioso al mismo tiempo, antes de salir de su precario escondite. Lo único que esperaba, toda vez que había fracasado en la huida, era que Rosa no se enterase de que lo habían acribillado como a una comadreja tan cerca de su casa. Por lo demás, había hecho todo lo que había podido y, al cabo, no había sido una vida tan mala después de todo. Si le había llegado la hora pasaría al otro mundo con la cabeza alta, después de llevarse a todo el que pudiera por delante.

En el mismo instante en que Carmona salió de su escondite vio a otro personaje al que no conocía bajar desde la calle. Parecía un tipo elegante, con un traje color marfil y un sombrero. Debía de ser amigo del falangista que le había gritado puesto que éste no se había movido cuando lo vio aparecer.

En el rostro de Lacruz se dibujó una sonrisa macabra al ver a Carmona. Bajó la pistola que apuntaba a Pinner mientras su esbirro seguía encañonándolo y enfiló el arma en dirección al otro, que lo miraba fijo, sin decir palabra, parecía que iba a saltar en cualquier momento, como si no le preocupase la pistola que le apuntaba al pecho.

—Miguel Carmona —dijo Lacruz, deteniéndose en cada sílaba, como si anunciara la entrada en escena de un famoso al que el público aplaudiría—. Miguel Carmona.

El fugitivo seguía taladrándolo con la mirada. Lo quería vivo, sería su mayor triunfo hasta el momento. Llevaba unas esposas colgadas del cinturón, pero aquel tipo pequeñajo y enjuto no parecía de los que se amilanan a la primera.

—Ponte de rodillas con las manos en la cabeza —ordenó.

Los ojos de Miguel Carmona se entornaron y a Lacruz le pareció vislumbrar algo parecido a una sonrisa. Sin embargo, no se movió, y Lacruz pensó que muerto tendría menos valor.

—No lo volveré a repetir —insistió, avanzando un paso.

La sonrisa de Carmona se hizo aún más evidente. Estaba claro que ese rojo bravucón no se iba a dejar pelar así, por las buenas, que no iba a ponerse de rodillas, y mucho menos se dejaría poner las esposas. Miró de soslayo a los otros. Pinner había recuperado el aliento y permanecía impasible mientras su esbirro lo encañonaba. A escasos metros, Artemio, con el labio partido, no le quitaba ojo de encima. Si no actuaba de un modo firme y rápido su autoridad quedaría en entredicho ante los demás.

Levantó el arma para apuntar directamente entre los ojos de Carmona, que tenía los suyos clavados en él, como si no le importase vivir o morir.

No iba a tener más remedio que dispararle. No iba a tener más remedio que matar a aquel tipo que lo miraba con odio. No era lo mismo que entregarlo vivo y estar presente cuando lo juzgasen, pero su cadáver también le resultaría valioso.

—Contaré hasta tres, Carmona.
Nada. Ni una palabra, ni un gesto.
—Uno... —dijo bajando la voz, levantando un poco el cañón del arma para poder ver los ojos de Miguel que seguían clavados en él, sin inmutarse.
—Dos...
Ya no podía echarse atrás. Miguel Carmona era hombre muerto.

Quince

$\mathcal{M}$iguel Carmona había pensado morir llevándose, por lo menos, a Pedro Lacruz por delante. Estaba a dos metros: en un salto, en cuanto dijera tres, se abalanzaría sobre él. Se llevaría un balazo de recuerdo antes de viajar al otro mundo, pero con un poco de suerte podría estrangularlo o descerrajarle un tiro con su misma pistola antes de dar el último suspiro.

Vio cómo Lacruz entrecerraba los ojos antes de terminar de contar y disparar. Tomó aire, cerró los puños y saltó sobre él cuando aún no había apretado el gatillo. Escuchó decir tres, y un disparo, y luego, mientras rodaba, pensó que la muerte debía de ser dulce. Estoy muerto, muerto o malherido, se dijo mientras rodaba abrazado a Lacruz viendo pasar una y otra vez el suelo y las estrellas ante sus ojos, con los dedos clavados en su garganta, para no dejarlo respirar, y con la otra mano buscando la pistola para arrebatársela. Estoy malherido, volvió a pensar, pero no siento dolor; debe de ser porque la herida aún está caliente. Durante la guerra había visto a muchos compañeros heridos o mutilados que no sentían nada hasta al cabo de unos segundos, caían muertos sin haberse dado cuenta, sin haber sentido ningún dolor.

Qué extraña es la muerte, pensaba en los eternos segundos que tardaba en buscar la pistola del otro, no la encontraba, y entonces dejaron de rodar y otra detonación rompió el silencio de la noche, y se dijo que ya no tenía escapatoria, que estaría muerto del todo antes de que su mano acabase de estrangular a Lacruz, que moriría a la orilla del río, a punto de haberse fugado, a punto de haber matado a aquel falangista que se había interpuesto en su camino.

Rodó sobre sí mismo, derrotado, muerto. Se palpó la sangre que le anegaba la camisa a la altura del costado y miró a su lado, a Lacruz, que yacía junto a él, sin aliento, sin pulso, con el pecho bañado en la sangre tibia que le manaba del cuello.

Se puso de rodillas y volvió a tocarse el costado. Tenía la camisa manchada de sangre, pero no estaba herido. La pistola con que Lacruz lo había encañonado estaba tirada a pocos metros de donde habían caído. Una sospecha le invadió de repente, pero no se entretuvo en pensar en ella hasta que cogió el arma, por si se había equivocado, por si tenía que usarla a pesar de haber acertado en su razonamiento. Con la pistola en la mano, apuntando sin saber muy bien a qué, miró hacia arriba, y sólo vio a dos personas de pie. El esbirro de Lacruz yacía en el suelo, junto a un charco de sangre que se le escapaba de un lado de la cabeza, y Pinner se rascaba la barbilla con el ceño fruncido y la tez pálida, como si no comprendiera muy bien lo que estaba pasando. Miraba a Artemio, y éste los miraba a los dos alternativamente, con la expresión asustada, los hombros hundidos, como si acabase de hacer algo que lo había liberado o no estuviera seguro de haber hecho lo correcto, el brazo inerte descansando a un lado, sosteniendo la pequeña Astra que apuntaba hacia abajo, como si le pesara una tonelada, como si el solo hecho de sostenerla o el hilillo de humo que salía de su cañón no fuera más que una de las muchas cosas de las que quisiera liberarse.

Miguel, sin soltar la pistola de Lacruz, vigilaba a Artemio, pero lo único que éste hacía era mirar al suelo, ausente de la situación. Entonces sus ojos se enfrentaron a los de

Pinner. Hacía muchos años que no se veían, y ahora, cuando por fin se habían encontrado, no estaba seguro de si darle un abrazo o dispararle a bocajarro entre ceja y ceja.

—Me alegro de verte, Miguel —fue Pinner el primero en romper el silencio.

Miguel lo miró sin soltar la pistola: a estas alturas no se fiaba ni de su sombra.

—Has tenido valor al volver a Sevilla.

—Tarde o temprano tenía que hacerlo.

—Ya —respondió Carmona, bajando los ojos, pensativo. Volvió a mirar al río. Estaba a punto de amanecer y la vela de la falúa de Zacarías aparecería en cualquier momento. Artemio seguía a pocos metros, con las manos metidas en los bolsillos, sumido en sus pensamientos.

—Así que ahora trabajas para el gobierno de tu país.

Pinner alzó una ceja y se encogió de hombros.

—Es el primer trabajo que he hecho para ellos... Y el último.

Carmona volvió a mirar al río. Por primera vez distinguió a lo lejos la vela de la falúa, entre dos luces. Sacó la linterna del bolsillo y la encendió y la apagó tres veces en dirección a la embarcación. Desde la falúa, Zacarías agitó el fanal a modo de respuesta. Luego, Carmona encendió un cigarrillo de los que llevaba liado en el bolsillo y miró a Pinner después de expulsar el humo.

—Me marcharé dentro de pocos minutos —dijo—. Espero que puedas aclararme el interés de tus jefes por encontrarme.

Pinner frunció el ceño. Por un momento se había olvidado de Murdoch, que debía de seguir aguardando al otro lado de la calle por si Carmona escapaba. Habían pasado tantas cosas que por poco se le olvida que aún tenía que convencer a Miguel de que se entregara a los ingleses, o es que nunca había pensado que su amigo se entregaría, ni a los ingleses ni a nadie.

—Tienes que venir con nosotros —le dijo, con tan poca convicción que si el otro hubiera soltado una carcajada no le habría extrañado—. Te ayudaremos a salir del país, te proporcionaremos nuevos documentos. Vendrás con nosotros hasta Inglaterra si quieres.

Carmona aspiró una profunda bocanada sin dejar de traspasar a Pinner con los ojos.

—Hablas como un auténtico espía —dijo—. Quién lo diría.

—No digas tonterías —respondió Pinner sin ocultar su enfado—. Estoy aquí para ayudarte a salir del país.

Miguel volvió a echar una mirada a la falúa que se acercaba antes de responder.

—Puedo arreglármelas bien yo solo. Muchas gracias.

Pinner asintió con la cabeza, para sí mismo, tan levemente que Miguel Carmona no llegó a darse cuenta. Llevaba razón su amigo. Podía arreglárselas muy bien solo. Maldita falta le hacía Murdoch ni nadie del MI6 para escapar. Si acaso, el único logro de Pinner había sido entorpecer su fuga.

—Pero antes de irme quiero que me cuentes por qué has venido desde Inglaterra para buscarme. Me muero de ganas de saber por qué me he vuelto tan importante de repente.

Pinner miró a Artemio. Estaba detrás de él, con la cabeza gacha, sin abrir la boca, como si esperase a ver qué ocurría para dar el siguiente paso.

—Es por lo del piloto inglés.

Carmona frunció el ceño.

—El cadáver del piloto inglés que encontraron en la costa de Huelva —matizó Pinner.

—El piloto...

—Quieren hablar contigo sobre eso.

—¿Sobre eso? Y yo qué sé sobre eso. Yo no sé nada acerca de ningún aviador británico. Ni siquiera lo vi. Dos días después de que apareciera el cadáver vinieron dos guardias civiles a detenerme y me largué del pueblo. No sé nada de lo que me preguntas.

—Ellos piensan que sí sabes algo. Por eso hemos venido a buscarte. Teníamos que hacerlo antes de que los alemanes te encontrasen.

—¿Los alemanes?

—Sí, los alemanes. También andan pisándote los talones.

Miguel Carmona apenas pudo contener un gesto que parecía una sonrisa cansada.

—No irás a contarme que estás aquí porque piensan que sé algo sobre un piloto inglés que apareció ahogado en Punta Umbría —se acercó a él, puso una mano sobre su hombro, el primer gesto de afecto que le había dedicado desde que se habían visto, lo miró a los ojos y bajó el tono de la voz—. Gordon, coño, aquí hay alguien que se está quedando con alguien. O ellos te han mentido o tú me estás mintiendo a mí. No me puedo creer que seas tan ingenuo.

Ahora fue Pinner quien frunció el ceño. No comprendía nada. Cada vez entendía menos lo que estaba pasando.

—Al menos lo has intentado —dijo Carmona para consolar a Pinner.

Pinner dejó escapar un largo suspiro. Lo había intentado, pero no había conseguido nada. No había nada que tuviera algún sentido para él.

—¿Qué ha sido de todo aquello por lo que habíamos luchado? —dijo cuando levantó los ojos. Parecía que le preguntaba a Carmona pero en realidad se lo estaba preguntando a sí mismo.

Miguel Carmona asintió levemente, se encogió de hombros y luego sacudió la cabeza despacio, como si hubiera reparado en algo que siempre había tenido presente pero sin llegar a admitirlo.

—No lo sé —contestó por fin—. No lo sé, Pinner, la verdad es que no lo sé.

La falúa ya estaba en la orilla. Era hora de irse. Miguel Carmona tendió la mano a Pinner y, apretando fuerte, sin soltársela, le preguntó:

—¿Quieres venir?

—¿Adónde?—preguntó Pinner sonriendo.

Miguel también esbozó una sonrisa. Ya tenía un pie en la embarcación.

—No lo sé —respondió.

Pinner sacudió la cabeza y entornó los párpados.

—Es mejor que cada uno siga su camino.

Miguel asintió y se fundieron en un largo abrazo. Al fin y al cabo no eran más que dos viejos amigos que se habían vuelto a encontrar después de muchos años.

—Cuídate, Miguel.

—Lo mismo te digo.

Entonces se escuchó un coche que venía desde el otro lado del puente, que cruzaba el río a toda velocidad.

Miguel miró hacia arriba con el ceño fruncido. Parecía que la fiesta aún no había terminado.

—¡Marchaos ya! —espetó Pinner—. No te entretengas, y no vuelvas la vista atrás.

Carmona asintió mirando de soslayo la baranda del puente.

—Suerte, camarada —dijo Pinner cuando la falúa se adentraba en el río.

Sabía que Murdoch se detendría al ver el Citroën de Lacruz en la acera con las puertas abiertas. Con un poco de suerte podría entretenerlos para darle tiempo a Miguel de ponerse fuera del alcance de las armas de Murdoch y de Craven, aunque tal vez podría Murdoch seguirlo en el coche desde la orilla y acabar con la vida de Carmona cuando lo tuviese a tiro. Ya estaba clareando y la embarcación en mitad del río, entre dos luces, no sería un blanco difícil.

Craven ya había bajado, pistola en mano, seguido de

Murdoch, que caminaba despacio, nada parecía alterarlo, con las manos guardadas en los bolsillos del pantalón, tocado con el sombrero y evidenciando su estilo británico con la pajarita al cuello, al mando de la situación. Craven esgrimía el arma sin saber muy bien a quién apuntar, mientras Murdoch echaba un vistazo no exento de indiferencia a los dos cadáveres que yacían en el suelo húmedo.

Pinner estaba preparado para saltar sobre Craven antes de que reparase en la vela de la falúa y empezase a disparar. Ya que había llegado hasta el final estaba dispuesto a expiar sus pecados del todo.

Pero Murdoch no parecía ni siquiera nervioso. No disimuló una sonrisa al contemplar el cadáver de Lacruz. Lo vio Pinner asentir, como si aprobase su muerte. Artemio también miraba muy fijo a Murdoch. Había guardado la pistola y no había abierto la boca desde que el agente inglés y su chófer llegaron.

Luego Murdoch recorrió la superficie del río con la mirada. A escasos doscientos metros de distancia, la vela de la falúa se había hinchado gracias a una oportuna ráfaga de viento. Pinner esperaba escuchar la orden a Craven para actuar, pero, en lugar de mandar nada, los ojos de Murdoch se entornaron, y a Pinner le pareció atisbar cierta satisfacción en los iris azules del caballero británico mientras inspiraba aire profundamente, despacio, como si experimentase un placer íntimo al observar la escena.

Pinner sentía batir su sangre con fuerza. Se le agolpaba en las sienes y en los oídos igual que un pitido insoportable. Temía que Murdoch diera la orden de disparar, y también, puesto que había tomado partido, también temía por su vida, porque no iba a dejar que Craven lo hiciera, y algo le decía que esta vez Artemio no lo ayudaría. Pero los segundos pasaban y no sucedía nada, y otra vez volvió a pensar, mucho más convencido, que Murdoch iba a dejar marchar a su amigo, que Miguel Carmona no había sido más que un instrumento de algo que no alcanzaba a entender, pero que era mucho más grande y complejo que ellos mismos, meros peones en un tablero que se movían desde lejos, por gente que nunca se manchaba las manos de sangre, jefazos del MI6, gente como el propio Murdoch, o aún más poderosos.

Suspiró, sin decir nada: no tenía mucho sentido preguntar. Él mismo, todos ellos, Artemio, los cadáveres de Lacruz y su esbirro, incluso Miguel Carmona, el actor principal que se alejaba en la falúa río abajo, no eran sino comparsas de un juego monumental.

Ese amanecer junto al río, Gordon Pinner comenzó a ver las cosas con la misma claridad que si le hubieran quitado un velo de los ojos y, gradualmente, todo empezó a tener sentido: la facilidad con la que había burlado a Craven el primer día, la falsa desidia de Murdoch, la información confidencial que le contó en su despacho, contraviniendo todas la normas. Tú, Gordon Pinner —le había dicho—, eres la clave. Todo, hasta el último detalle, formaba parte de un plan. No les interesaba encontrar a Miguel Carmona, no les había interesado en ningún momento, pero tenía que parecer que lo buscaban afanosamente, como si la clave de la guerra que se libraba en Europa dependiera exclusivamente de un hombre que no sabía nada y de un viejo amigo que ha venido a buscarlo. Pero Murdoch, perro viejo, sabía que él lo encontraría, y también sabía que se correría la voz de su presencia en la ciudad, o si no él mismo se encargaría de hacerlo. Y lo habían hecho a la vista de todos. Miguel era buscado por la policía española, pero Pinner estaba seguro de que eso para Murdoch era poco menos que irrelevante. Lo importante era que los alemanes estaban pendientes de ellos, de sus esfuerzos por encontrar a Carmona. Y los nazis también lo buscaban, y ahora estaba seguro de que Murdoch, o quien tomara las decisiones en Gibraltar o en Londres, pondría mucho cuidado en hacer saber a los agentes de la Abwehr que Miguel Carmona se les había escapado, que se les había escurrido entre los dedos en el último momento, llevándose un secreto que podría cambiar el curso de la guerra. Y los agentes alemanes intentarían localizarlo, claro que sí, para interrogarlo o para matarlo. Al final, todos los espías que había conocido —soviéticos, británicos o alemanes, daba lo mismo— eran tipos sin escrúpulos, gente capaz de vender a su madre o a su mejor amigo por la causa o por cualquier otra palabra hueca, palabras que llenaban de satisfacción las bocas de la gente que contemplaba la guerra desde sus cómodos despachos de Londres, Moscú o Berlín.

La ironía del asunto estribaba en que Miguel, sin estar al corriente de un futuro desembarco de los aliados en el Mediterráneo, seguía siendo un hombre importante para los dos bandos.

Le quedaba el consuelo de saber que, al menos de momento, Carmona estaba a salvo y que, con un poco de suerte, pronto embarcaría rumbo a un puerto lejano, donde tal vez pudiera mantenerse al margen de aquella locura, de aquellos tipos para los que su vida no era más que una pequeña pieza sobre un tablero gigantesco y en cualquier momento —y de qué modo— podrían decidir sobre su existencia, sobre la de todos ellos.

Junto a él, Murdoch miraba alejarse la falúa con la satisfacción del deber cumplido, como si ver la vela hinchada por la brisa en mitad del río fuera lo único que había esperado durante todos estos días.

Allí, mientras amanecía en la orilla, se preguntó Pinner si Goodman o Taylor sabían cuando lo reclutaron en Londres que todo se reducía a una mentira, a un embuste descomunal para engañar a los alemanes.

Sonrío con amargura. Todos habían sido engañados. Todos menos Miguel. Miguel, además, era el único que le había dicho la verdad: ahora no tenía dudas sobre lo del piloto ahogado. Ahora tenía la certeza de que no sabía nada sobre ningún documento que portase el aviador inglés, y maldita la falta que le hacía.

Expulsó el aire de nuevo, más tranquilo, cada vez más a medida que pasaban los segundos y Murdoch no daba orden de disparar a Miguel Carmona. Al MI6 le interesaba que su amigo siguiera vivo, que se marchase y que los agentes de la Abwehr lo buscasen hasta debajo de las piedras. No era más que una maniobra de distracción, y parecía que iban a salirse con la suya. Su papel en aquella farsa se reducía al de una ficha más, un mero peón en el juego, otro eslabón del engranaje, de ese sistema que le repugnaba cuanto más lo conocía.

Murdoch estuvo contemplando la vela de la falúa con los ojos entornados unos pocos minutos más. El brillo de los ojos denotaba la satisfacción que sentía, aunque no sonriera ni hiciera ningún amago que lo delatase. Luego se ajustó la chaqueta —al amanecer siempre refrescaba junto al río— y miró a Pinner, mas éste no dijo nada: a estas alturas sobraban las palabras.

A pocos metros de ellos, Artemio miraba el coche de Murdoch como una tentación, tal vez con esperanza. Había sellado su destino, había quemado sus naves al disparar a Lacruz. Pinner volvió la cabeza para mirar la silueta oscura de las casas de Triana y luego sus ojos se encontraron con los de Artemio, que lo miraba, y parecía sonreír, como si fuera el único que le adivinase el pensamiento.

—Es hora de marcharse —dijo Murdoch mientras se dirigía al coche, sin esperar respuesta de nadie, acostumbrado como estaba a que sus órdenes no fueran discutidas.

Artemio se sentó detrás, y Murdoch en el asiento delantero, junto al del conductor. Aparte de Pinner, Craven era el único que no había subido al coche. Observaba a Pinner con la mirada atravesada, sujetando la puerta, esperando a que subiera de una vez o a que su jefe le diera la orden de obligarlo a entrar.

Pinner se volvió para mirar hacia Triana. Faltaba muy poco para el alba. Respiró hondo, a modo de despedida y, lentamente, encaminó sus pasos hacia el coche. Mientras lo hacía se fijó en Artemio, que ahora tenía la mirada ausente, rumiando sus propios pensamientos en el asiento trasero. Estaba claro que para él todo había terminado en Sevilla. Era demasiado arriesgado, tenía muchos enemigos. Ojalá que lo traten bien, pensó. Muchas veces, demasiadas, el gobierno británico, igual que los soviéticos habían hecho con muchos de sus camaradas, acostumbraba a malpagar —cuando no a encarcelar o ahorcar en el caso de los primeros o a meterle una bala en el cráneo los segundos— a los agentes valiosos que se habían dejado el pellejo por una utopía. Unos terminaban en una cárcel de Londres y los otros, los que habían servido bien al Komintern, los agentes que se habían jugado la vida, de repente se convertían en sospechosos sólo por haber sobrevivido y eran torturados en una fría mazmorra de la Lubianka. Se preguntó cuál sería su futuro a partir de ahora, escuchando las bombas silbar en la noche londinense o tal vez encerrado por el MI6 hasta que acabase la guerra para que no pudiese contar nada sobre la misión. Ya estaba a menos de un metro del coche cuando tomó la decisión, aunque luego se preguntó —y se haría muchas veces esa pregunta durante el resto de su vida—, si no lo habría decidido mucho antes pero no había sido capaz de reconocerlo ni siquiera ante sí mismo.

—Yo me quedo —dijo, por fin.

Le salió la frase sin ninguna emoción, como si no le diera importancia. La dijo mirando a Murdoch, que, como si le hubiera adivinado el pensamiento, aún no había cerrado la puerta.

El jefe del MI6 asintió levemente, como un padre que

está seguro de la equivocación que va a cometer su hijo pero sin embargo le va a permitir seguir adelante para que escarmiente.

Pinner no dijo nada más, les volvió la espalda sin preocuparse de que intentaran detenerlo o dispararle. Al cabo, era un riesgo que no le quedaba más remedio que asumir.

Craven miró a Murdoch pidiendo instrucciones, pero éste le indicó con un gesto que lo dejase marchar.

—Déjalo —suspiró, contrariado—. No tiene adónde ir.

Gordon Pinner oyó arrancar el motor del Mercedes cuando giraba a la izquierda para adentrarse en el puente donde había perdido el resuello poco antes. Ahora volvía a estar solo, igual que siempre, y no tenía que dar cuentas a nadie. Esperaba que por fin lo dejaran tranquilo. Todo había terminado. Sabía que nunca más se encontraría con Murdoch, con Craven o con Artemio y que tampoco volvería a ver a Miguel Carmona. Tal vez sus camaradas nunca regresaran del exilio, quizá los aliados no tuvieran intención de invadir España cuando acabase la guerra. Que hicieran lo que quisieran. Él ya había tenido bastante. Había cumplido su parte del trato. Se había jugado el pellejo para salvar a Carmona y los agentes del MI6 habían conseguido lo que quiera que les interesase. Ahora le tocaba la parte más delicada, la razón principal por la que había venido a Sevilla. No iba a resultar sencillo, ni mucho menos. Tal vez jamás lograse que ella volviera algún día a confiar en él, pero aquel acto, aquella decisión de no volver que ya había tomado en Londres antes de partir pero que no llegó a reconocer en su fuero interno hasta que se escuchó a sí mismo diciéndole a Murdoch que no subiría al coche, era el comienzo de una nueva vida, el nacimiento de un nuevo Gordon Pinner, el final del principio de su nueva existencia.

Se detuvo a mitad del puente y se acodó en la baranda, mirando las aguas oscuras del río. La vela de la falúa había desaparecido en el horizonte, más allá del puente de San Telmo. Los primeros rayos de sol se asomaron por detrás de los edificios del barrio del Arenal. Hoy haría calor, mucho calor. Muy despacio, saboreando el momento, lió un cigarrillo, lo encendió con el mechero de yesca que le había quitado a Artemio —sonrió al recordarlo— y aspiró una bocanada profunda. Dentro de un rato abriría un bar en Triana. Tal vez se pasaría luego a hacer una visita. No le iba a ser fácil ser perdonado, pero era un hombre paciente. Llevaba muchos años esperando poder hacerlo y estaba preparado para aguantar cuanto hiciese falta. Tenía mucho tiempo por delante para conseguirlo, y no tenía ninguna prisa.

Tenía toda la vida.

Octubre de 2000 - junio de 2001
andrespd@teleline.es